KB115293

주무르면 다 고침! 13

강준현 현대 판타지 소설

초판 1쇄 찍은 날 § 2019년 11월 7일
초판 1쇄 펴낸 날 § 2019년 11월 14일

지은이 § 강준현
펴낸이 § 서경석

총괄팀장 § 노종아
편집책임 § 김대용
디자인 § 고성희

펴낸곳 § 도서출판 청어람
등록번호 § 제387-1999-000006호
등록일자 § 1999. 5. 31
어람번호 § 제1-3061호

주소 § 경기도 부천시 부일로 483번길 40 서경B/D 3F (우) 14640
전화 § 032-656-4452 팩스 § 032-656-4453
http://www.chungeoram.com
E-mail § chungeorambook@daum.net

ⓒ 강준현, 2018

ISBN 979-11-04-92081-3 04810
ISBN 979-11-04-91881-0 (세트)

도서출판 청어람

MODERN FANTASTIC STORY

강준현 현대 판타지 소설

13

주무르면 다고침!

목차

84. 크리스마스쯤 해서

1박 2일의 촬영.

이영웅과의 대결은 저녁을 먹고 하기로 했다. 입원 환자들을 위한 간단한 공연―촬영을 위한―이 준비되어 있었지만, 두삼이 뭔가 하길 바라는 사람은 없었다.

이영웅은 가운을 입고 잔뜩 힘이 들어간 채 말했다.

"대결을 허락해 줬으니 방식은 맡기죠."

"후회하지 않겠어요?"

"얼토당토않은 제안만 아니라면."

"좋아요. 방식을 말하기 전에. 나이가 어떻게 돼요?"

"…그게 중요합니까?"

"아까 얼핏 보니 서른다섯이던데."

"…어디를 얼핏 봐야 그게 보입니까?"

"글쎄요……. 그게 중요한 게 아니라 나도 서른다섯이니 편하게 얘기하는 건 어때?"

"…이미 편하게 하는 거 같은데?"

"오케이! 그럼 나가자."

"…어딜?"

"대결 방식은 내가 정하라며. 일단 나와."

뜬금없는 얘기지만 한의원은 비싸다.

특히 이름 있는 한의원의 경우 1회에 20만 원이 넘는 돈을 받기도 한다.

이방익의 한의원이 그랬고, 조금 저렴한 편이긴 해도 재생병원의 진료비 역시 비싸다. 그래서 빠른 치료를 한 후 일상으로 복귀하는 이들이 아닌, 느리지만 몸에 칼을 대고 싶어 하지 않는 이들이 즐겨 찾는다.

그래서인지 재생병원의 위치는 강남의 번화가 가까운 곳에 위치해 있다. 즉, 정문만 나서도 오가는 사람들이 많았다.

휘이잉~ 차가운 바람이 분다. 따뜻한 곳에 있다가 나와서인지 이영웅은 부르르 떤 후 투덜거렸다.

"…뭐 하자는 거야?"

"네 실력 테스트."

"…뭐?"

"농담이 아냐. 대결을 하고 싶으면 네 실력을 증명해 봐. 정색한다고 달라질 것 없어. 설마, 정말 나랑 같은 수준이라고 생각하는 건 아니지?"

"……."

그렇게 뚫어지게 쳐다봐야 소용없다.

어차피 대결을 할 생각은 애당초 없었다. 이상한 능력을 각성했는지, 장갑 때문인지 모르지만 대결 자체가 불공평했다.

능력을 이용해 이겨 봐야 떳떳하지도 않고.

진의모 때 일은⋯ 넘어가자.

그나저나 이상윤의 옆에서 잘난 척을 지켜봤던 게 이럴 때 도움이 될 줄이야. 어쩌면 마음속으로 그의 거침없이 내뱉는 말투를 동경하고 있었는지도 모르겠다.

"으득! 좋아! 그 테스트 받아줄게. 어떤 거지?"

"간단해. 내가 가리키는 사람의 몸 상태를 추측해 보는 거야. 가령, 저기서 오는 갈색 머리 아가씨의 신체 사이즈⋯ 쿨럭! 이상을 말이야."

"⋯어디?"

"저기 왼쪽에 짧은 미니스커트 입은 아가씨랑 같이 오는 여자 말이야."

"몽골인이냐?"

"그 정도는 아니고. 이제 보이지? 어때?"

"30—24—34. 훌륭하네."

"그걸 보라는 게 아니잖아. 어디가 이상이 있냐고? 그리고 32는 돼."

"⋯⋯."

이영웅은 뚫어지게 쳐다봤다. 병원을 지나 더는 보이지 않을 때까지. 그러나 두삼이 뭘 얘기하려는 건지 알 수가 없었다.

"⋯어떤 이상을 보라는 거야? 설마 하이힐을 신어서 발바닥에

굳은살이 박혀 있는지 보라는 거야?"

"너 옆에 있는 미니스커트 입은 여자 봤지?"

"아니거든!"

"그럼 네 실력이 내 생각만큼은 아닌가 보네."

"…잘난 척하는 것까진 뭐라고 하지 않겠어. 하지만 테스트라면 룰을 정확하게 설명해."

"무서우니까 그렇게 노려보지 말라고. …알았어. 방금 내가 말한 여자 허리가 좋지 않아. 어깨가 치우친 것이 왼쪽으로 살짝 휘었어."

"……"

"그런 상태에 무리하게 하이힐까지 신고 있으니 무릎도 좋지 않고. 절뚝이는 거 봤어?"

"…매냐?"

"그 정돈 아니고. 그렇게 보란 말이야. 얼핏 보니 이일균 선생님께 추나요법을 배우고, 태국에서 비전 마사지까지 배운 사람이 그 정도는 봐야 하는 거 아닌가?"

재미없는 녀석이다. 이럴 땐 어디를 얼핏 봐야 알 수 있느냐고 물어야 재미있는데 말이다.

다행히 이글거리는 눈은 두삼이 아닌, 두삼이 가리키는 사람에게로 향했다.

"오른쪽에서 오는 양복 차림의 중년 아저씨."

"…요추 이상."

"넘겨짚지 마. 추나요법 운운했다고 척추에 이상이 있는 사람만 가리킬 것 같아? 왼쪽에서 오는 베이지색 바지를 입은 30대

남자."

"……."

"눈으로만 보지 말고 머릿속에 그려. 먼저 정상인을 그려놓고 내가 가리키는 사람을 대입시켜. 다리를 절고 있어야 다리에 이상이 있다고 생각할 거야? 저쪽에서 오는 등산복 차림의 아저씨."

몇 번 더 했지만 상기된 얼굴로 가리키는 사람만 볼 뿐 대답이 없다.

막 40대 아주머니가 지나갈 때 말했다.

"허리, 골반, 무릎. 휴우! 할 마음은 있기나 한 거냐?"

"…기다려 봐."

오래 참았다. 이영웅은 의심스러운지 아주머니를 향해 뛰어갔다.

싸대기를 맞는 건 아닌지 모르겠다.

다행히 그는 무사히 돌아왔다. 그러고는 약간 침울한 표정으로 말이 떨어지길 기다렸다.

물론 다시 가리키자마자 이글거리는 눈으로 쏘아봤지만 말이다.

'그나저나 실력을 너무 높게 잡았나? 정말 저 녀석 누나의 말처럼 머릿속에 근육이 들어찬 건가?'

두삼은 눈은 물론 귀도 좋았다.

9시까지 기다렸지만 실패. 지나가는 사람들에게서 눈을 떼지 않는 그를 두고 촬영 팀에 복귀했다. 그리고 11시에 촬영을 마쳤다.

"출출하지 않냐? 배도 채울 겸 술 마시러 안 갈래?"

"저녁 늦게 술 마시면 다 살로 가지 않아요? 다이어트해야 하는데."

"광고 찍어서 한턱내려고 했는데. 산 걸로 치면 되는 거냐?"

"사지도 않고 산 걸로 치는 게 어디 있어요. 가죠. 이 근처에 맛있는 집 있어요."

"다이어트는?"

"다이어트는 내일부터. 누군가가 그렇게 말했죠."

"나 그 사람 누군지 알 것 같아. 살찐……."

"두삼이 넌 닥쳐!"

곯아떨어진 진보라와 일부 스태프를 제외하곤 우르르 밖으로 나섰다. 유민기가 말한 맛집은 병원과 멀지 않은 곳에 있었다.

연예인이 많이 드나드는 곳인지 한쪽 벽면이 다 그들의 사인이다.

연말 술자리가 시작됐는지, 맛집이라 그런지 자리를 겨우 잡을 수 있었다.

손석호가 팍팍 주문해서 테이블엔 술과 안주로 가득 찼다.

"잘 먹을게요, 석호 형."

"오야. 많이 먹어라."

"근데 광고 하나 찍고 이렇게 사면 남는 것도 없겠네요. 왜 이렇게 많이 시켰어요?"

"누가 하나래? 세 개야."

"와! 대박! 그럼 이걸로 퉁 칠 게 아니잖아요? 세 번은 사야 하는 거 아니에요?"

"철희, 너 두 개 찍은 거로 알고 있는데. 몇 번 샀지?"

"형이랑 액수가 다르잖아요!"

"치맥 사면서 그 얘기 하지 않았었냐?"

"...형은 쓸데없이 기억력이 좋다니까. 그나저나 전설을 찾아서 때문에 다들 광고 한두 개씩은 찍었네요?"

"한 사람 빼고."

술을 마시고 안주를 막 입에 넣는데 시선이 두삼에게 향했다.

"...뭐? 왜? 광고? 두어 개 들어왔었어요. 근데 병원에서 금지시 켰어요. 얼굴이 너무 팔리면 안 된대요."

"그 거짓말을 믿으라고?"

"광고비보다 술값이 더 들 것 같아서라고 하면 믿을래요?"

"내비둬라. 사정이 있겠지. 솔직히 저 녀석이 광고를 거절해서 우리한테 온 것도 있을 테니까."

"무슨 말인지 모르겠네요. 술이나 마셔요. 세 개니까 세 배는 먹어야죠."

"훗! 그래."

변명치곤 너무 허술했다.

사실 전화번호를 어떻게 알았는지 광고 문의가 꽤 들어왔다. 손가락으로 꼽다가 부족해서 세길 포기할 정도로.

모델료도 꽤 셌는데, 얼굴이 팔리면 귀찮은 일이 생길 것 같 아 포기했다.

가끔 네 사람에게서 연예인이 되어서 짜증 났던 일을 들었다.

시비 거는 사람도 많고, 사기 치려 접근하는 사람들도 많고, 평범하게 사는 게 힘들다나.

괜스레 주목받고 싶은 마음은 없다. 뭐, 그런 것치곤 이미 너무 많은 주목을 받았지만.

지금처럼 말이다.

술이 적당히 오른 듯한 20대 초반의 이들이 밖으로 나가다가 일행을 봤다.

"어! 이 사람들 그… 그… 한의사 예능에 나오는 사람들 아냐?"

"오! 맞다. 근데 항상 건강 챙기라고 말하던 사람이 이렇게 술을 마시고 있어도 되는 건가?"

"크하하! 그건 그러네."

예의라는 걸 배웠는지가 의심스러운 녀석들이다. 유유상종일까 세 번째 나서는 녀석도 만만치 않다.

이죽거리며 어깨에 손을 턱하니 올렸다.

"TV 속과 현실이 다른 사람들이잖아. 근데 한의사 씨, 듣자 하니 엄청나던데 나는 어떤지 좀 봐주쇼. 담배랑 술을 마셔서 그런지 몸 상태가 영 아니네."

"……."

"검사비는 술값으로 줄 테니까 비싸게 굴지 마시고, 응?"

보통 이런 경우 일행의 매니저들이 처리한다. 그중 두 명은 덩치도 좋고 얼굴까지 험악해서 웬만한 양아치들은 알아서 꼬리를 만다.

그러나 맛집이라서, 손님이 많아서, 그들의 위치가 멀찍이 떨어져 있어 달려오는 시간이 늦었다.

물론 매니저들이 아니더라도 성질이 그리 좋은 편이 아닌 이경철이 있었다.

잘생긴 외모로 축구계의 스타였던 그답게 발로 차면 네 명의 다리쯤은 쉽게 부러뜨릴 수 있는 힘과 성질을 갖추고 있었다.

"…이봐, 젊은 친구들. 적당히……"

이경철이 인상을 쓰면서 일어섰다.

두삼은 즐겁게 술을 마시러 온 자리가 어색해지는 게 싫었기에 나서야 했다.

사고를 쳐야 한다면 연예계 생활이 걸려 있는 이들보다 자신이 더 좋았다.

들고 있던 500cc 맥주잔에 힘을 줬다.

쩍! 팍!

"……!"

"……!"

맥주잔이 쪼개지며 이번에도 모두의 시선이 자신에게 쏟아졌다.

"하하! 맥주잔이 시원찮네요. 어디가 아픈지 봐달라고요?"

"…그, 그래요."

"잠깐만요. 술을 마시면 손아귀 힘 조절이 안 되거든요. 물 한 모금 마시면 괜찮을 거예요."

이번엔 집어든 건 스테인리스 컵. 500cc컵일 땐 손이 다칠 수 있어 깨질 만큼만 힘을 줬지만, 이번엔 제대로 힘을 줬다.

우직! 마치 종이컵처럼 찌그러지는 컵.

"됐네요. 정신이 좀 드네요. 손 내밀어 봐요. 참! 혹시 손목뼈가 어스러져도 책임 안 져요. 술 취한 사람한테 진맥을 부탁한 건 댁이니까."

"……."

"우리 술 마셔야 하니까 얼른 내밀어요. 왜 귀밑이라도 잡아줘요? 아! 그건 안 되겠네요. 목이랑 머리는 다치면 죽잖아요."

"…돼, 됐습니다. 야! 가자. 씨발! 재미없다."

끝까지 자존심은 챙기겠다는 건가?

의도적으로 한 건지, 입에 붙어서 그런 건지 모르지만 그만 끝내려는데 욕이 기분 나빴다.

"어이! 진단해 주면 술값 계산해 준다는 친구."

"…왜… 요?"

"술값 계산하고 가요."

"…진단해 준 것도 아니잖아요?"

"마약 끊어요. 몸 망가진 후에 경찰서 가서 망신당하기 싫으면. 진단 됐죠? 계산하고 가요. 경찰청에 신고하기 전에."

그들은 두삼 일행의 술값을 계산하고 조용히 떠났다. 그러나 분위기가 가라앉는 건 어쩔 수가 없었다.

전철희 덕분에 분위기가 조금 좋아졌지만 12시 30분쯤 술집에서 나와 병원으로 갔다. 그리고 재생병원과 함께한다는 차원에서 병원 숙직실에서 잤다.

늦게 잤음에도 5시 30분쯤 눈이 떠졌다.

다른 사람들 잠을 방해할까 세면도구를 챙겨 조용히 나오는데 숙직실 의자에서 앉아서 졸고 있는 이영웅이 보였다.

"…깜짝이야. 얜 여기서 자고 있는 거야?"

낮게 중얼거리며 화장실로 가려는데 이영웅이 인기척에 잠을 깼다.

"이제 알아."

"뭘? 잠이 덜 깬 것 같은데 안에 들어가서 자."

"걷는 모습만 보고 몸 상태를 알아내는 거 이젠 할 수 있다고. 테스트해 봐도 좋아."

혼자 남아서 하더니 알아낸 모양이다.

"용케 알아낸 모양이네. 몇 시까지 한 거야?"

"새벽 3시."

"씻고 나서 확인해 보지."

열정만큼은 인정해 줘야 할 모양이다. 씻고 밖으로 나오자 이번에 화장실 앞에서 기다리고 있었다.

"…스토커냐?"

"한시라도 빨리 확인해 보고 대결을 해야지. 근데 대결은 뭐로 할 거야?"

"생각 중."

"…밤새 뭐 한 거야?"

"당연히 실패할 줄 알았거든. 걱정 마. 테스트하는 동안 생각해 둘 테니까."

이영웅과 함께 밖으로 나갔다. 그는 드문드문 지나가는 사람들을 보며 100퍼센트는 아니지만 곧잘 맞췄다.

"어때?"

"나쁘지 않네."

"…아직까진 나쁘지 않은 정도라는 건가?"

"뭐, 그래도 테스트는 합격이야."

"어쨌든 좋아. 대결은?"

"얼굴색 보고 이상 알아맞히기?"

"……."

"쯧! 그렇게 인상 쓰지 마. 농담이니까. 네가 잘할 수 있는 추나요법과 마사지로 환자 보기 어때?"

"승패 방식은?"

"시작 전, 끝난 후, 상대가 치료한 환자를 살펴보면 결과가 나오지 않겠어?"

"좋아!"

대결이 아니다. 환자에게 치료와 마사지를 서비스로 해주는 시간이다.

*　　　　*　　　　*

쫘악!

"이영웅, 일 안 하고 여기서 뭐 해?"

"……."

등짝을 제대로 맞았지만 의자에 앉아 고개를 숙이고 있던 이영웅의 등은 펴지지 않았다.

다시 등을 때리려던 그의 누나는 손을 내리고 그의 옆에 앉는다.

"한 선생은 좀 전에 갔어. 무슨 바람이 불었는지 입원한 환자들을 둘러보더라."

"……."

"네가 이렇게 기죽어 있을 만큼 잘하디?"

"……."

"잊어버려. 어차피 질 대결이었어. 아버지가 그러시더라. 당신도 이길 수 없는 상대라고."

"…진짜?"

"아버지도 안 된다고 하니 말문이 트이니?"

"나야 그렇다고 해도 아버지까지 진다니 말이 안 되서 묻는 거잖아!"

"바보냐? 추나요법이라면 모를까, 다른 부분에선 그 남자 괴물이야. 특히 마사지에 대해선 완성형 인간이고. 어제 말했을 텐데."

"…그렇게 잘할지 몰랐지."

"그래서 잘난 척하디?"

"아니. …오히려 자신이 알고 있는 노하우를 가르쳐 줬어."

"근데 뭐가 문제야? 배웠으면 된 거지."

"…같은 나인데 그 정도라니 자존심이 상하잖아."

"솔직히 말해줘?"

"됐어. 말하지 마."

"네가 한 선생한테 자존심을 내세울 만큼 된다고 생각하는 거야? 착각 마. 피 흘리며 쓰러진 사람을 한 명이라도 살릴 수 있을 때 그런 소릴 해. 그리고 이렇게 있을 시간이 어디 있어. 얼른 그를 따라잡아야지!"

"맞아! 조만간 본때를 보여주겠어."

"역시 넌……."

"응?"

"아무것도 아냐. 가자! 이영웅!"

"가자!"

이영웅의 누나는 불끈 손을 쥐며 걷고 있는 동생을 보곤 가볍게 한숨을 쉬었다.

단순해도 너무 단순했다.

*   *   *

개인적으로 맡고 있는 사람들이 있다 보니 온전히 건강검진에 집중할 수가 없었다. 그중 케빈의 경우는 본격적인 재활에 들어갔다.

한강대학병원과 학교 사이에 위치한 야구 연습장에서 케빈은 천천히, 아주 천천히 피칭 동작을 반복하고 있었다.

두삼은 그의 등에 손을 올리고 말했다.

"천천히."

"이거 한 번이 투구 10개 하는 거보다 더 힘들다는 거 알아요?"

"그럼 열 번만 하고 끝낼까?"

"…연습할 땐 더 던지기도 해요. 근데 이건 뭐 하는 운동이에요?"

"…말했을 텐데. 네 몸의 근육 밸런스를 정확히 알기 위함이라고. 그래서 어깨에 가장 부담 없이 공을 던질 수 있게 할 생각이야."

"그게 돼요?"

"안 되면 어쩔 수 없지. 이건 서비스 개념이야."

"실험이 아니고요?"

"긍정적으로 생각해. 내가 이번에 추나요법을 배워왔는데, 코어 근육이 얼마나 중요한지 알게 됐거든."

"코어 근육은 기본입니다만."

"내가 말하는 건 조금 달라. 동양의학과 관련이 있거든. 음…… 영어로 말해서 그런지 설명하기 애매하네."

두삼이 본 재생 추나요법의 제일 큰 특징이라고 하면 자극을 통한 근육 강화다.

뼈를 아무리 맞춘다고 해도 결국 근육이 뒷받침을 해주지 못한다면 사상누각이나 다름없다.

이영웅과 함께 입원 환자를 보면서 알게 된 사실인데, 재생 추나요법을 장기간 하면 뼈와 근육 사이에 새로운 근육이 붙는다는 것이다.

두 명의 환자를 본 후, 혹시나 싶어 양해를 구하고 환자들을 살펴본 결과 알게 됐다.

"…공을 던지게만 해주세요."

"그렇게 되길 바라고 있어. 자세 흐트러진다."

"붸에~ 붸에~"

"……."

아무래도 한국어 공부를 하는 모양이다.

*   *   *

형제자매 간에도 잘 풀리는 사람이 있고, 잘 풀리지 않는 사람도 있다. 그리고 가족을 위해 희생하는 사람, 그 희생으로 잘 풀리는 사람, 도움을 주기만 하는 사람, 받기만 하는 사람, 베푸는 사람, 그렇지 않은 사람 등 천차만별이다.

한강대학병원 정형외과 우형식 선생은 손위의 형에게 도움을 받아 의대 공부를 마치고 의사가 되었다.

공장에서 일하며 학비를 댄 형에게 빚을 갚겠다는 생각하고 있었지만 쉬운 일이 아니었다.

펠로우를 마치고 스태프가 되어 돈을 벌기 시작했으나 결혼, 출산이 이어지면서 생활을 하기 급급해졌다. 물론 형이 버는 것에 비교하면 많이 벌었지만, 어떻게 된 일인지 여유가 없었다.

그렇다고 아예 사이가 나쁜 건 아니었다. 명절이면 항상 만나고 가끔 병원 앞에서나, 형이 다니는 공장 불경기 얘기를 하며 술을 마셨다.

젊은 시절부터 지독한 고생 때문일까, 나이보다 5년은 더 들어 보이는 모습에 이젠 자신의 과거의 빚을 갚겠다는 말이 목구멍까지 올라올 때가 있다. 그러나 집을 장만하느라 낸 빚의 이자와 이제 4살, 2살 된 두 아이를 떠올리면 뱉을 수가 없었다.

비겁한 변명임을 알지만, 형이 중학교2, 초등학교 6학년 두 아이를 키우며 월세 생활을 하고 있음을 알지만, 오늘도 말을 삼키고 술만 먹으면 하는 얘기를 꺼낸다.

"형, 요즘 경기 어렵지?"

"다 그렇지. IMF 이후로 나아진 적이 있나 싶다. 그래도 숙련

공이라 그럭저럭 버티고 있다. 넌?"

"수술, 수술, 수술. 이러다 내가 수술대 위에 눕는 거 아닌가 싶어."

"몸 관리 잘해."

"건강검진 받았는데 몇 가지 자잘한 병을 제외하곤 없대. 참! 형은 건강검진 받았어?"

"매년 받는 건데, 뭘."

"빼먹지 마. 꼭 우리 병원에 오고."

"알았다. 의사 동생 이럴 때 써먹어야지. 지금은 바쁘고, 크리스마스 후에나 가봐야겠다."

"꼭 그렇게 해. 근데 연말인데 일이 좀 들어왔나 봐?"

"꽤. 그 때문에 좀 있다 들어가 봐야 해."

"술 마시고 일하려고?"

"가끔 힘들 땐 마시고 해. 너처럼 사람 살리는 일이 아니잖아. 그저 철판을 찍어내는 것뿐이라고."

"난 내가 다치는 게 아니거든."

"걱정하지 마. 20년이야. 달인의 경지라면 믿겠냐?"

"믿어. 그래도 조심해."

"알았다. 자! 이건 애들 크리스마스 선물."

"아직 돈도 모르는 애들한테 뭘 이런 걸 줘."

"그럼 네가 사줘."

몇 번을 거절해도 결국 쥐여준다.

구겨진 편지 봉투를 건네는 우진식. 봉투보다 손에 문신처럼 박힌 기름때가 더 눈에 밟힌다.

크리스마스가 다가와서 그런지, 더는 누를 수가 없어서인지 목에 걸려 있던 말이 터져 나왔다.

"형, 크리스마스 끝나고 전셋집 한번 알아봐. 부족한 돈은 내가 마련해 볼게."

"쓸데없는 소리 한다. 제수씨랑 애들 생각해서 부지런히 돈 모아. 아파트 살 때 빚도 많이 졌잖아."

"집값 올라서 대출 더 받을 수 있어. 그리고 요즘 안정적으로 벌고 있으니까 괜찮아."

"됐거든. 정 돕고 싶으면 일단 자리부터 확실히 잡아. 그다음에 도와줘도 늦지 않아."

"늦어!"

"그 자식 참, 얼마 마시지도 않고 취했나 보네. 이만 일어나자."

"형!"

"무슨 말인지 알았으니까 천천히 생각해. 먼저 들어간다. 얼른 들어가서 쉬어. 제수씨한테 안부 전하고."

우진식은 마치 못 들을 말을 들은 사람처럼 후다닥 일어나서는 작별을 고했다.

어렵게 용기를 냈건만 당사자가 거절할 줄이야.

우형식은 허탈한 마음에 자리에서 일어나지 못했다.

아마 우진식은 그의 마음을 진즉에 알고 있었던 모양이다. 괜찮다는 형의 말에 이제야 말을 꺼낸 것이 더 미안하고 부끄러웠다.

'형, 이번엔 꼭 해줄게!'

그동안 핑곗거리를 만들며 주저하고 있었음을, 외면하고 있었음을, 결심하고 나자 알 수 있었다.

마음의 문제였지 형편의 문제가 아니었고, 자신이 조금만 아끼면 될 일이었다.

일어나 집으로 향했다.

결심을 했지만 살림과 육아를 맡고 있는 와이프와의 상의가 필요했기 때문이다.

좋은 사람이니 아마 반대하지 않을 테지만, 생활비가 줄어들면 감당해야 할 사람은 와이프였다.

아이들은 자고 있었다. 형이 준 봉투를 건넨 후 돕고 싶다는 얘기를 꺼냈다.

"그렇게 해, 오빠. 예전부터 돕고 싶다고 했잖아."

"고맙다, 은혜야. 내가 골프도 줄이고 돈 나가는 걸 최대한 줄여볼게."

"그러지 마. 그건 사교에 들어가는 거잖아. 내가 좀 줄여볼게. 그럼 은행 이자 내는 데 문제없을 거야."

"…고마워. 조금만 고생해 줘. 내년 하반기엔 좀 더 벌 수 있을 거야."

"알았으니까. 이제 그만 씻어요. 으~ 술 냄새. 술이나 좀 줄여요."

"후후! 그럴게."

마음이 급해 옷도 벗지 않은 채 얘기부터 꺼냈다.

막 옷을 벗으려 할 때 전화가 울렸다.

"병원인가?"

레지던트가 해결하지 못하면 펠로우에게, 펠로우가 해결하지 못하면 바로 위의 스태프에게 연락이 온다.

사실 그에게 늦은 시간에 전화가 올 정도의 대형 사고는 고작 1년에 2, 3번이다. 야근이 많아 그런 것도 있지만 말이다.

"어, 형수님?"

"형님이 어쩐 일이래. 얼른 받아봐, 오빠."

"응. …네, 형수님."

―…도, 도련님.

목소리를 듣는 순간 심장이 덜컹! 내려앉는 기분이었다. 병원 생활을 하며 수없이 들었던 목소리.

수술실로 들어가기 전 아이의 아빠를 부탁한다는, 부모님을 부탁한다는, 보호자들의 그것과 일치했다.

아니나 다를까, 형수의 말이 이어졌다.

―해, 해수 아빠가… 흑!

"혀, 형수님, 울지 말고 말씀하세요."

심장이 미친 듯이 뛰고 있었지만 이럴 때일수록 침착해야 했다.

―…프레스에 손을 다쳤어요. 흐윽! 흑!

"1… 119는요?"

―곧 도착한대요. 흑! 이제 어떻게 하죠?

"그럼 당장 공장으로 연락해서 구급대원에게 한강대학병원 수부센터로 가라고 전해주세요. 제가 병원에 연락해 둘게요."

―…알았어요.

심장이 미친 듯이 뛰고 머릿속에 아무런 생각이 들지 않았다.

왜 가족 수술을 하지 못하게 하는지 오늘에서야 알 수 있었다.

"…무슨 일이래요?"

"…형이 프레스에 손이 끼였나 봐."

"어머! 어떻게 해?"

"병원에 먼저 연락해야지."

수부센터는 외과센터에서 분리되어 나가면서 생긴 과로 손가락, 피부, 혈관, 뼈, 근육 등 미세수지접합 수술에 특화된 센터였다.

정형외과보다도 의사 수는 적지만 수족지에 관해서는 전문가들만 모인 곳이다.

마침 수부센터에 동기가 있었기에 바로 연락을 했다. 자고 있는지 10번 정도 울리고 나서야 전화를 받았다.

―…어, 형식아. 이 시간에 웬일이야?

"자는데 미안. 다름이 아니라 우리 형이 프레스에 손을 다쳤대."

―이런. 상태는?

"모르겠어. 방금 연락받았거든. 혹시… 병원에 누가 있냐?"

가장 중요한 일이다. 누가 뭐래도 수부센터에서 수술을 제일 잘하는 사람은 센터장. 다음이 과장이다. 특히 센터장은 미세 혈관과 신경 접합엔 국내에서도 손꼽히는 인물이었다.

―…어쩌냐, 센터장님은 해외 컨퍼런스 가서서 모레나 오실 텐데.

"…과장님은?"

―연락드려 볼게. 너무 기대는 마라. 그 양반 어지간히 술고래

잖냐. 특히 연말이라……. 아무튼 연락해 보고 바로 알려줄게.

동기와 통화를 끝낸 우형식은 전화를 기다리는 동안 얼른 병원에 가기 위해 다시 옷을 입었다.

"병원에 다녀올 테니까, 기다리지 말고 자."

"그래요. 연락 줘요."

"내일 아침에 연락할게."

어차피 누가 수술에 들어가든 1, 2시간으로 끝나는 수술이 아니었다. 망가진 정도에 따라서 12시간이 훌쩍 넘는 경우가 허다했다.

마침 단지 내에 들어온 택시를 탔을 때 연락이 왔다.

"응."

―아니나 다를까 술 먹고 있단다. 그 양반은 꼭 이럴 때 술을 먹어서는…….

술을 먹고 있다고 해서 수부센터 과장을 탓할 순 없었다. 그도 먹지 않았던가.

기분을 풀어주기 위해 하는 말이라는 걸 알기에 대수롭지 않게 넘겼다.

―아무튼 지금 최고의 선택은 김학길 선배야.

"선배는 집이래?"

―오늘 당직이야. 내가 이미 말해뒀으니까 도착하면 바로 수술 들어갈 거야. 내가 볼 때, 선배 실력 과장님이랑 큰 차이 없으니까 너무 걱정하지 마.

"고맙다."

―근데 병원 행정실엔 연락했냐?

병원 행정실엔 병원 관계자의 직계가족들을 위한 프로그램이 준비되어 있었다.

사고가 나면 행정실이 알아서 최고의 의료진을 조합해 준다.

"아니. 직계가 아니잖아."

─형이잖아. 상관없으니까 연락해 봐. 그 정도 융통성은 있어.

"고맙다. 얼른 자라."

─그래, 내일 병원에서 보자.

통화를 끝내고 잠깐 망설이던 그는 밑져야 본전이라는 생각으로 행정실 단축 번호를 눌렀다.

*　　　　　*　　　　　*

하란은 TV를 보다가 새근새근 잠들었다. 요즘 일 때문에 바쁘게 뛰어다니느라 꽤 힘든 모양이다.

주무르고 있던 다리를 똑바로 해준 후, 두삼 역시 잘 준비를 했다.

사실 잘 준비랄 것도 없다. TV와 불을 끄고 기운을 조금 돌리면 끝났다.

─두삼님, 병원 행정실에서 연락이 왔네요.

루시가 귀에 설치된 기기를 이용해 말했다. 스마트폰은 밖에 두고 들어오는데, 누군가 잠들었을 땐 이런 식으로 알렸다.

깨지 않게 조심스럽게 나와 스마트폰을 들었다.

"여보세요."

─여긴 병원 행정실이에요. 한두삼 선생님, 자는 걸 방해한

건 아닌지 모르겠네요.

"아직 잠들기 전입니다. 말씀하세요."

―다름이 아니라 오늘 정형외과 우형식 선생님 가족분이 프레스에 손이 눌려 수술이 잡혔어요. 수부센터 김학길 선생님이 집도를 하게 됐는데 한 선생님을 찾으셔서요.

김학길은 응급센터 노상철과 술자리를 할 때 만난 적이 있었다.

응급실에서 자신이 한 일을 듣곤 수족지 수술에 꽤 유용하겠다면서 기회가 되면 도와달라는 말을 했었다.

그게 오늘인 모양이다.

"수술은 언제부터입니까?"

―구급차가 10분 후면 도착할 거예요. 검사하고 준비를 하려면 아무래도 시간이 조금 더 걸리겠죠?

"알겠습니다. 지금 가죠."

설령 약속을 하지 않았더라고 해도 이런 기회를 놓칠 생각은 없다.

"루시, 하란이 깨어나면 수술 때문에 병원에 갔다고 말해줘."

―그럴게요. 차는 어떤 걸로 준비할까요?

"요번에 온 걸로."

스포츠카는 내버려 두고 아주 튼튼한 중형차를 구입했다. 안 그래도 어려 보이는데 교수가 스포츠카는 좀 가벼워 보이지 않느냐는 얘기가 돌아서 구입한 것이다.

실제 구입은 미국에 가기 전에 했다. 그러나 하란이 자율 운행과 루시의 첨단 장치를 설치하느라 이제야 탈 수 있게 된 것이다.

각설하고 다소 무거운 느낌의 차를 타고 본관 옆길을 따라 조금 올라가자 수부센터가 보였다. 여기서 숲으로 좀 더 올라가면 재활치료센터 RC가 있다.

지하 주차장에 주차를 하고 수술실이 있는 2층으로 곧장 올라갔다.

문이 열리자 고운 얼굴을 40대 초반의 간호사 기다리고 있었다.

"기다리고 있었어요, 한두삼 선생님."

"감사합니다. 어디로 가면 되죠?"

"저기 방에서 옷 갈아입으면 수술실로 안내할게요."

탈의실이 아닌 물품 창고 같았는데 책상 위에 수술복이 놓여 있었다. 얼른 입고 나가 곧장 수술실 쪽으로 걸음을 옮겼다.

환자의 가족인 듯 평범한 아주머니와 중학생쯤 되어 보이는 두 아이가 당장에라도 울 것 같은 표정으로 자신을 바라본다.

수술을 도우면서 제법 봤다고 하지만 여전히 익숙하지 않다.

보호자의 간절함을 매순간 봐야 한다는 것이 본관과 한방센터의 가장 큰 차이점이 아닐까 싶다.

살짝 고개를 숙이는 것으로 그들의 눈빛에 답했다.

"3번 수술실이에요. 수고하세요."

"수고하셨어요, 간호사님."

자동문을 열고 안으로 들어갔다. 굳이 팻말을 보지 않더라도 3번 수술실이 어딘지는 알 수 있었다.

본관 가운을 입은 채 초조한 표정으로 수술실 앞에서 서성이고 있는 이가 보였다.

정형외과 우형식 선생일 것이다.

그는 의사지만 지금은 조금 전에 봤던 보호자 얼굴과 다르지 않다.

"한두삼 선생."

"아, 네. 우형식 선생님이시죠?"

정형외과라면 건강검진으로 발칵 뒤집어놓은 곳이다 보니 아무래도 조금 껄끄러웠다. 한데 그는 덥석 손을 잡았다.

"…잘 부탁해."

짧은 한마디 말이었지만 그의 마음을 알기엔 충분했다.

"최선을 다하겠습니다, 선생님."

무슨 말을 더 할 수 있을까.

손을 소독하고 수술실로 들어갔다. 눈만 내놓고 있는 김학길의 눈이 부드럽게 휘어진다.

"어서 와, 한 선생. 늦게 전화해서 미안해."

"아닙니다. 이렇게 빨리 함께할 줄은 몰랐네요."

"몇 번이고 부르려고 했어. 근데 교수님 눈치가 보여서 말이야."

"오늘은 허락받으셨어요?"

"아니, 보호자한테 받았지. 하하하!"

"그러다 혼나시는 거 아닙니까?"

"어쩔 수 없었다고 해야지. 그리고 한 식구의 가족이 아플 땐 어떤 수를 써도 결과만 좋으면 돼. 왜 자신이 없어?"

"어디 자신감으로 치료하나요. 환자분 상태는 어떻습니까?"

"아직 나오기 전이야. 먼저 볼래?"

"네. 출혈이라도 잡아봐야죠."

환자는 잠들어 있었고 수련의들이 열심히 손을 수술하기 편하도록 닦고 있었다.

"……!"

소지(새끼손가락)과 약지가 잘린 채 얼음통에 담겨 있었고 중지는 당장에라도 끊어질 듯이 덜렁거리고 있다. 게다가 절단면이 뭉개져 있어 복구가 가능할까 싶다.

"심하지?"

"…네, 심하네요."

"수족지 미세 접합술에서 중요한 건 시간과 미세함이야. 빠르게 연결하지 않으면 접합을 제대로 하더라도 제 기능을 못 하고, 신경과 혈관, 힘줄을 미세하게 연결하지 않으면 역시 제 기능을 못 해. 결국 두 가지 다 해내야 한다는 거야."

"제가 할 일은요?"

"시간을 벌어줘. 자네, 끊어진 혈관을 연결할 수 있다며? 무슨 수를 쓰는지 모르지만, 그렇게만 해주면 내가 무슨 일이 있더라도 접합하도록 할게. 어때? 할 수 있겠어?"

수술실에서 집도의가 하는 일에 비해 두삼의 일은 복잡하지 않았다. 특히나 지금처럼 확실하게 할 일을 정해주는데 머뭇거릴 이유가 없다.

미세 혈관을 일일이 연결하는 게 쉬울 리가 없겠지만, 당장 숨이 넘어갈 만큼 급한 환자가 아니니 시간은 넉넉했다.

지금까지 해온 일이 단기전이라면 이번엔 장기전이라고나 할까.

"맡겨주세요. 그럼 제가 먼저 시작하겠습니다. 조금만 기다려주세요."

두삼은 빛나는 왼손으로 환자의 오른팔 어깨를 잡았다. 그리고 혈관과 맥으로 기운을, 신경으로 전기적 신호를 보내며 팔을 스캔했다.

몸 전부를 스캔하는 것이 아니라서 금세 손끝에 이르러 기운이 빠져나간다.

'일단 가장 굵은 혈관부터!'

짓눌러서 으깨지고 찢어졌더라도 혈관들을 차례차례 막기 시작했다.

연신 피를 닦던 수련의들과 집도의인 김학길의 표정이 바뀌었다.

'허! 눈으로 보고도 믿기지 않는군.'

두삼의 실력에 대해 어느 정도 들었던 김학길이지만 어깨에 왼손을 올린 채 오른손으로 팔을 꾹꾹 누르는 것만으로 피가 멈추는 모습은 신기 그 자체였다.

하지만 그의 놀람은 시작에 불과했다.

특히 뼈가 부러지고 너덜너덜해진 중지를 두삼이 만지면서 생겨난 일은 기묘하다고 할 정도였다.

'…저건 뭐지?'

끊어진 부분에 묘하게 빨간 줄 같은 것이 보였다. 이상하다 싶어 루페를 내리고 살펴봤다.

'…맙소사!'

손가락이 절반 이상 끊어졌지만, 혈관은 무사한 듯이 피가 손끝으로 전달되고 있었다.

어떻게 이렇게 되나 싶어 그 자신도 모르게 손을 뻗는데 두삼의 손이 그를 막았다.

"만지시면 안 돼요."

"아… 미안. 근데 수술할 땐 어쩌려고?"

"하실 땐 편하게 하세요. 제가 알아서 조절할게요."

"알았다."

"김 선생님, 검사 결과 나왔습니다."

"엑스레이 올려라."

수술을 위한 간단한 검사와 엑스레이밖에 할 시간이 없었다. 뼈를 제외하고 나머지는 수술을 진행하면서 살펴봐야 했다.

"음, 뼈가 깔끔하게 나간 게 다행이라면 다행이네. 너희들 생각은 어때?"

수술 전에 후배들에게 항상 물어보는 질문이었다.

퍼스트로 들어온 3년 차 레지던트가 말했다.

"소지의 경우 잘린 곳이 관절 부위라 재활 후에도 움직임이 힘들 것 같습니다."

"잘 봤어. 소지의 경우 구부러지게 봉합 후 끝마디에 힘이 실리게 만드는 게 최선일 거야."

이번엔 세컨드인 2년 차 레지던트가 말했다.

"뼈가 깔끔하게 부러진 것은 그렇다고 해도 잘린 면이 너무 거칩니다."

"그렇지. 피부를 당겨서 접합을 하면 손 전체가 구부러진 모양이 될 거야. 재활 역시 그만큼 걸릴 테고. 이럴 땐 자연적으로 치유가 가능한 때까지 접합을 하는 게 중요하다."

"그게 어느 정도입니까?"

"말로 설명하기엔 미묘해. 상처의 상태와 상황마다 조금씩 다르거든."

이러한 대화는 수술의 범위와 상황을 팀에게 알리고 긴장을 풀기 위함이다. 접합은 집도의가 하지만 수술은 보조 의사와 간호사들로 이루어진 팀이 하는 것이기 때문이다.

몇 가지 질문이 더 오고 가는데 서드를 맡고 있는 1년 차의 목소리가 들렸다.

"한 선생님, 벌써 꺼내시면 안 됩니다."

"괜찮아요. 이렇게 해야 더 안전합니다. 김 선생님, 중지부터 하실 거면 꺼내도 되죠?"

두삼이 얼음에 있는 손가락이 담긴 봉지를 꺼내려 했다. 기겁할 일이지만 조금 전 신기한 일을 봐서 인지 믿음이 갔다.

"자칫 손가락이 망가질 우려가 있는데 괜찮겠어?"

"믿어주신다면요."

"한 선생에게 시간을 맡긴 건 나니까."

두삼은 허락이 떨어지자마자 잘린 검지를 꺼냈다. 그리고 잠시 손에 쥐고 차가운 기운을 없애더니 조립 로봇의 손가락을 맞추듯이 맞췄다.

"테이프 감아요."

서드는 김학길을 봤고 고개를 끄덕이자 눈을 질끈 한번 감았다 뜨며 감았다.

'…이건 미친 짓이야.'

중지를 접합하는 데 적어도 3시간이 넘게 걸릴 터. 그동안 잘린 부분의 조직이 손상될 가능성이 높았다.

'이것 봐. 피가 스미어 나오잖아. 도대체 선생님은 왜 이런 결정을… 어? 이게 무슨……!'

새하얗게 질려 있던 손가락에 피가 도는지 서서히 붉어지고 있었다. 그리고 두삼이 손가락을 잡고 살짝 움직일 때마다 더 붉어졌다.

서드는 자신도 모르게 손가락 끝을 꾹 눌러봤다. 손끝의 붉은 부분이 뒤로 밀리는 모습이 멀쩡한 손가락과 다를 바 없었다.

"…뭐하는 거예요?"

"아! 죄, 죄송합니다. 너무 신기해서……."

"이해는 하지만 조심해 줘요. 소지도 줄래요?"

"예? 예!"

소지까지 똑같이 하고 나서야 두삼은 김학길에게 말했다.

"이제 시작하셔도 괜찮습니다."

"그러지. 후우~ 정형외과 우형식 선생의 형이라는 얘기는 다들 들었지? 더 잘하자는 얘긴 못 하겠다. 언제나 최선을 다했으니 말이다. 다만 실수는 하지 말자."

"예! 선생님."

"그럼 시작하자. 매스!"

길고 긴 수지접합 수술이 시작됐다. 두삼은 출혈을 신경 쓰며 수술을 지켜봤다.

루페를 이용한다고 하지만 뼈를 맞추고 미세 혈관을 접합하는 건 결국 인간의 손이다.

큰 혈관을 이을 때처럼 꼼꼼하진 않았다. 그러나 자신처럼 미세 영역을 보지 못하면서도 차근차근 접합해 나가는 모습은 가히 대단했다.

작은 쌀 알갱이에 조각하고 불경을 쓰는 사람처럼 말이다.

감탄만 하고 있진 않았다. 접합을 하고 나오면 그 부분을 기운으로 감쌌다.

한 방울, 두 방울의 물이 모여 강을 이루듯이 이런 작은 행동이 환자의 재활에 도움이 되길 바랐다.

중지 접합이 끝났다.

마치 바느질을 처음 해본 사람이 바느질한 것처럼 조악했지만 해야 할 일은 다 했다.

물론 미세한 부분까지 확실히 볼 수 있는 두삼이 볼 때 부족한 부분이 있었다. 그러나 가르쳐 준다고 할 수 있는 영역이 아니었기에 조용히 할 일만 했다.

수술 팀과 자신 사이엔 잘하는 부분이 달랐다.

10분간 휴식.

미세 혈관과 신경, 힘줄, 인대까지 연결하는 일은 3시간 만에 김학길의 수술복을 젖게 만들기에 충분했다.

"안 힘드세요?"

힘들어 보여 물었다.

"힘들지. 자칫 힘을 잘못 줘서 약한 혈관이 찢어질까 봐 극도로 예민해지거든. 자넨?"

"지켜보는 거 말곤 하는 일이 없잖아요."

수술 중에 절단된 손가락에 피를 공급하는 일은 중요한 일이었다. 그러나 그동안 많은 일을 겪은 두삼에겐 압박감을 주지 못했다.

그래서인지 기운을 5분의 1쯤 소모한 걸 빼곤 멀쩡했다.

"하하! 농담도 잘하는군. 원리는 모르겠지만 출혈을 조절하고 흐름을 조절하는 게 쉬울 리가 없지. 아무튼, 내 걱정은 하지 마. 수술 중에 나가떨어지는 일은 없을 테니까. 수부센터 수술은 대부분 길거든. 자! 퍼지기 전에 다시 시작해 볼까."

"네!"

이어 절단된 약지의 밑 한 마디가량을 가로로 잘랐다. 그리고 뼈를 작은 나사로 고정한 후, 다시 미세 접합술을 시행했다.

완전히 절단된 손가락을 연결하는 건 더 오랜 시간이 걸렸다. 특히 소지를 접합할 땐 필요 없는 부분을 자르고 인공 뼈까지 삽입해야 했기에 약지보다 1.5배쯤 더 걸린 것 같았다.

그렇게 길고 길었던 12시간의 수술이 끝났다.

*   *   *

"하아아아아아암!"

따뜻한데 건강검진을 받으러 오는 사람들이 없으니 긴 하품이 절로 난다.

"선생님, 좀 쉬고 계세요. 어제 긴 수술도 하셨잖아요. 오면 깨워 드릴게요."

"심심해서 그런 것뿐이야. 근데 오늘은 안 오려고 작정한 건가? 죄다 연기네."

"내일이 크리스마스라 쉬려고 오늘 바쁘게 일하는 거 아닐까요?"

"그럴 수도 있겠네."

오늘은 크리스마스이브다.

공휴일이라고 병원이 멈추는 건 아니지만 크리스마스, 추석, 설날 같은 특별한 휴일은 최소한의 인원만 남겼다. 그래서 그 전날이 유독 바쁘긴 했다.

건강검진을 하루라도 빨리 끝내고 싶긴 한데 급할 건 없었다.

앞으로 80명가량 남았고 12월 31일까진 두삼의 스케줄 시간에 따라 무조건 방문을 해야 하기 때문이다.

"참! 은서랑은 잘돼 가?"

"네. 가끔 싸우긴 하지만요."

"오늘 만나냐?"

"당연하죠. 크리스마스이븐데요. 저녁 먹고 영화나 한 편 볼까 생각 중입니다."

"예약해 둔 곳은 있고?"

"아뇨. 엇! 하는 순간에 괜찮다는 곳은 예약이 끝났더라고요. 적당한 곳에서 먹으려고요."

"그래? 그럼 이거 쓸래?"

"뭔데요?"

"이경도 셰프 레스토랑 예약해 둔 건데 여친이 너무 바빠서 못 가게 됐거든."

"이경도 셰프라면 TV에 나오는 그 스타 셰프 말이죠? …정말

제가 가도 되겠습니까?"

"응. 주변에 애인 있는 사람들 몇 명 있긴 한데 그들보단 너한테 주는 게 나을 것 같아서. 음식값도 지불해 뒀으니 써!"

"헉! 감사합니다."

"그리고 이건 건강검진 돕는 애들 나눠줘라."

준비해 둔 봉투를 꺼내 건넸다.

"상품권 몇 장씩 넣었다. 크리스마스 겸 새해 선물이라고 생각하면 될 거야."

"선생님도 슬슬 결혼 준비하셔야 할 텐데 무슨 돈이 있다고 이런 걸……."

"나 돈 많으니까 걱정 말고 나눠줘. 난 커피 마시고 올게. 사람 오면 연락하고."

번외 수입이 많다는 걸 양태일은 모르고 있었다.

얼마 전부터는 화장품 판매 금액이 매달 들어오고 있었는데 연봉보다 많았다.

어차피 쓸 시간도 없이 쌓이는 돈, 고생하는 후배들을 위해 쓰는 것도 나쁘지 않았다.

점심시간이 지나 다소 한가한 푸드 코트에 앉아서 커피를 마셨다.

멍하니 지나가는 사람들을 보는데 누군가 뒤통수에 딱밤을 때렸다.

"누가… 아! 노 선생님."

"바쁜 시간에 여기서 뭐 하나?"

"선생님이랑 같은 이유죠. 하하!"

그의 손엔 커피가 들려 있었다.

"허! 이 녀석 봐라? 지금 출근했다는 거냐?"

"에? 땡땡이치신 거 아니셨어요?"

"조금 일찍 나온 거거든."

"크리스마스이브에 근무라니 힘드시겠네요."

"애들 낳고 나면 크리스마스이브는 그냥 휴일 그 이상도 이하도 아냐. 애들은 조금 다르겠지만."

"왠지 병원이 더 편하다는 것처럼 들리네요."

"그 정도는 아니지만 피곤하긴 매일반이라고 할까?"

노강철은 누가 들을까 걱정되는지 주변을 두리번거리며 낮게 말했다.

왠지 그 모습이 짠하다.

"근데 넌 이렇게 한가하게 있어도 돼? 애인과 이브를 보내려면 준비해야 하는 거 아냐?"

"준비야 이미 오래전에 끝냈죠."

"역시 총각이네."

"근데 애인이 바빠서 밤 늦게나 온대요. 그때 분위기나 잡아 봐야죠."

"오홍! 그래?"

"…어째 콧소리가 섬뜩하네요."

"너 응급실이 언제 제일 바쁜 줄 알아?"

무슨 말을 하려는지 대번에 알았다. 그러나 안타깝게도 선약이 있었다.

"죄송하지만 이미 다른 약속을 잡았어요."

"에이~ 좋다가 말았네. 무슨 약속?"

"동문회 회장님이랑 식사하기로 했어요. 도움받은 것도 있고 해서요."

"동문회 회장이라니 만나지 말라고 할 수도 없겠군."

"정 급한 일 생기면 연락하세요. 감사하게도 병원 근처까지 오신대요."

"연락할 일이 없길 바라마. 이만 가봐야겠다. 메리 크리스마스."

"하하! 팀장님도 메리 크리스마스입니다."

그가 떠나고 난 후 얼마 되지 않아 건강검진 대상자가 왔다는 메시지를 받고 일어났다.

건강검진과 케빈, 부르스 두 사람의 치료를 끝낸 것은 오후 6시. 송부성을 만나기 위해 예약해 둔 일식집으로 갔다.

그는 먼저 와 기다리고 있었다.

"일찍 오셨군요?"

"나이가 드니 약속 시간을 맞추려면 미리미리 움직여야 하더군. 그러다 보면 가끔 이렇게 빨리 도착한다네."

"부지런하신 거죠. 일단 저녁부터 시킬까요?"

"그러세."

그에게 연락이 온 건 그제 밤이었다.

시간을 내어달라는 얘기에 할 일이 없는 오늘로 약속을 잡은 것이다.

"크리스마스이븐데 사모님과 약속은 없으세요?"

"요즘 크리스마스는 크리스마스 같지가 않아서. 예전엔 크리스마스 전후로 온 동네가 크리스마스 분위기가 넘쳤었지. 어딜 가도 캐럴이 들렸고 트리와 작은 전구가 반짝였거든."

"…그랬었나요?"

우리나라의 크리스마스가 그랬다니 실감이 나지 않았다. 그저 애인과 선물을 주고받고 할 수 있다면, 함께 사랑을 속삭이는 날이 아니었나?

아무튼, 그의 즐거운 시간을 뺏은 게 아니길 빌며 저녁을 먹었다.

반주로 먹던 사케가 바닥이 났을 때 다시 한 병을 주문하고 본론을 물었다.

"한데 어쩐 일로 보자고 하셨습니까?"

"자네에게 사과하고 싶어서."

"에? 회장님께서 무슨 사과를?"

"학교 일 말일세. 학교가 학생을 버리다니 대체 무슨 생각들을 하고 사는지. 쯧!"

"아! 그 얘기라면 오히려 제가 감사드려야죠. 촬영 때문에 학교에 갔을 때 들었습니다."

"아냐. 당연한 일을 했을 뿐이네. 교수라는 작자들이 돈 몇 푼에 임철호 그 인간의 어긋난 자식 생각을 동조하며 교수의 명예를 저버리다니 나이 든 사람으로 부끄럽기 짝이 없는 짓이지. 며칠 전에서야 관련된 자들을 다 처벌했다네."

이런 사람도 있구나 싶다. 하긴 나쁜 놈들만 있었다면 나라가 이미 무너졌을지도. 그렇다고 제대로 서 있는 것 같지는 않지만.

아무튼, 그의 말에 과거의 상처가 한결 나아지는 기분이긴 했다.

다만 거기까지다. 뭔가에 감격해서 기분이 획 뒤집힐 만큼 충동적인 나이는 아니었다.

"감사합니다. 근데 혹시 동문회에 참석하라는 건……."

"안 해도 되네."

"…네?"

"과거의 문제가 해결되었다고 해도 애초에 있지 말았어야 할 일을 자네가 당했다는 것에 변함이 없잖나. 복수를 한다고 해도, 보상을 받는다고 해도 없었던 일이 될 수가 없어."

"……."

"풀릴 때까지 자네 하고픈 대로 하게. 그리고 풀리면 그땐 참석하는 걸 생각해 보게."

"그게 다입니까?"

"그러네."

진심인가? 감동을 주기 위함인가? 이 양반의 진짜 의도를 모르겠다. 그러나 확실하게 심장은 후자 쪽으로 기울었다.

자신의 기분과 상관없이 송부성은 그 부분에 대한 얘기는 다 했다는 듯 화제를 전환했다.

"참! 임철호 부자에 대해선 얘기를 들었나?"

"동문회에서 쫓겨났다는 얘기 말입니까?"

"그 이후의 일 말일세."

"신경 쓰지 않고 있었습니다."

"훗! 신경 쓰고 있군."

이 아저씨가…….

"의원을 줄였네. 전엔 10명의 한의사가 일했는데 지금은 3명뿐이지. 실력보단 꼼수를 키워온 의원의 말로라고 보면 되겠지."

여전히 먹고 살 만한 모양이다.

더 망가지길 바라냐고? 그렇다! 적어도 자신이 망가졌던 것만큼이라도 망가지길 바란다.

똑같은 구덩이에 빠져 허우적거리길 바란다.

그다음에 구덩이를 빠져나올지는 알 바 아니지만.

"표정을 보니 더 망가지길 바라는 모양이군?"

"그 집안 얘기가 나오면 표정 관리가 안 되네요."

"쌓인 게 많으면 그럴 수 있지. 근데 굳이 신경 쓰지 않아도 될 걸세."

"……?"

"근처에 있는 정형외과가 이번이 기회라고 생각했는지 확장을 했거든. 아마 1, 2년 지나면 더 축소될 수밖에 없을 걸세."

1, 2년 후에 좀 더 망한다는 것뿐이지, 구덩이는 아니다.

'부자는 망해도 3년은 간다더니……. 아예 근처에 한의원을 차려 버릴까?'

비슷한 한의원을 차려 돈으로 밀어붙이면 임철호의 병원으로 가는 손님을 뺏어올 수 있을 것이다. 그렇다면 더 빨리 망할 터.

너무 기분 좋은 생각을 했나 보다. 송부성이 표정을 다소 근엄하게 지으며 말했다.

"혹시나 한 가지 충고를 해도 되겠나?"

"얼마든지 하십시오."

"복수에 매몰되지 말게. 복수를 말라는 게 아니네. 당했는데 가만히 있으면 요즘 애들 말로 병신 인증이지."

"…회장님이 그런 말씀을 하시니 이상하네요."

"젊은 사람들과 자주 어울린다네. 허허. 아무튼, 복수는 하되 영악하게 하게. 환자를 치료하는 시간까지 투자하며 복수를 하진 말게. 그렇게 될 것 같으면 차라리 주변 사람을 이용하고. 내가 적극적으로 나선 이유는 학교의 치부를 제거하기 위함이기도 하지만, 자네가 좀 더 치료에 전념했으면 하는 마음에서였네."

그런 건가.

민규식 원장이 임동환의 교수직을 박탈할 때 도운 것 역시 같은 맥락일까.

하긴 임철호의 한의원 근처에 한의원을 낸다고 하면 아무래도 그쪽에 신경을 쓸 수밖에 없을 것이다.

"침을 놓을 수밖에 없었고, 오랜 시간 기다려 온 일일 테니 당장 결정을 하긴 힘들겠지. 하지만 천천히 생각해 보게. 늙은이가 재미없는 얘길 길게 한 것 같군. 자자! 한잔 마시고 잊고 크리스마스에 어울리는 얘기나 함세."

"…네."

"차이나타운 총기 난사 사건에 대해 궁금한 게 있는데 말이야."

그 얘기가 크리스마스하고 어울린다고 생각하십니까!

하여간 이 양반도 그리 정상은 아니었다.

송부성과 꽤 오랫동안 얘기했다. 차이나타운 사건, 지난 금요일에 방송된 경해대 한방병원 편, 동문회 체육대회 등. 꽤 수다스러웠다.

술은 처음 마신 사케 두 병이 다라 밖에 나왔을 땐 이미 술이

깬 후였다.

"잘 먹었습니다, 회장님."

"체하진 않았나?"

"좋은 말씀인데 그럴 리가요. 다음에 제가 모시겠습니다."

"기대하지. 그럼 들어가겠네."

그를 배웅하고 자율주행으로 집으로 갈지, 대리 기사를 부를지 고민하다가 부르는 것으로 결정했다.

음주운전은 안 했지만, 음주운전으로 걸리는 건 사양이었다.

Rrrrrr!

"응? 이 시간에 웬 병원?"

응급센터 번호는 아닌 것 같은데 무슨 일이 생겼나 싶어 전화를 받았다.

―한두삼 선생님이죠?

무척이나 다급한 소리.

"네. 전데요."

―여기 산부인과인데 어디 계시죠?

"병원 근처의 음식점에 있습니다. 무슨 일이시죠?"

―원장님 비서실의 김희선 비서 아시죠?

"아! 네."

―지금 출산을 했는데 신생아 상태가 좋지 않아서 연락드렸어요. 김희선 씨가 선생님이 봐줬으면 해서요. 오실 수 있으신가요?

"당장 가겠습니다! 아기 상태는 어떻습니까?"

―호흡곤란 증상이 일어나고 있어요. 검사실로 가기 전에 가

벼운 발작까지 일어났고요.

들었다고 어떤 병이다, 라고 판단하기엔 힘들었다. 전화를 끊고 차에 오르려는데 대리기사가 왔다.

"대리 부르신 분~"

"여깁니다! 목적지 대신 한강대학병원으로 가주세요."

"…거긴 너무 가까운데요."

"대리비는 넉넉하게 드릴 테니 빨리요!"

"예!"

뛰어가는 것보단 당연히 빨랐다. 수고했다는 인사와 함께 오만 원을 주고 바로 산부인과로 뛰어갔다.

"후욱! 한두삼입니다. 김희선 씨 아기는요?"

"검사실에요."

"살균복과 소독제, 장갑이 필요합니다."

"잠시만요. 여기요."

간호사가 챙겨주는 살균복을 입고 소독제로 손을 닦은 후 장갑을 끼고 검사실로 갔다.

"에엥…… 에… 엥, 엥!"

힘겹게 울고 있는 3kg에 불과한 아이를 두 명의 간호사가 잡고 여의사가 뭔가를 검사하고 있었다.

사실 갓 태어난 아이를 검사하는 건 배 속에 있는 태아를 검사하는 것보다 어떤 면에서 힘들었다. 특히 당장 숨이 넘어갈 듯이 칭얼거리니 여의사도 꽤 당황스러운 모양이다.

"한두삼입니다. 뭔가 나왔습니까?"

"…아뇨."

"제가 잠깐 봐도 될까요?"

"…그러세요. 태아 때 검사할 때는 아무 이상이 없었는데… 출산을 해서 울기 시작하면서부터 호흡곤란 증상이 일어났어요."

자신에 대해 어느 정도 알고 있는지 다른 설명 없이 비켜준다. 의사의 설명을 들으며 검지를 작디작은 아이의 목에 댔다.

작다고 해도 있을 것은 다 있다 보니 몸을 스캔하는 데 어른만큼 시간이 걸렸다.

"이런!"

"…찾았나요?"

"심장판막증… 대동맥판 폐쇄 부전증입니다."

심장판막증은 판막이 좁아지는 협착증과 판막이 제대로 닫히지 않아 혈액이 역류하는 폐쇄부전증이 있다.

김희선의 아기는 그중 후자였다.

"아! 심장 초음파 검사 땐 나오지 않았는데……."

심장 초음파가 만능은 아니다. 발견하지 못하는 것도 있고, 출산하며 증상이 갑자기 일어날 수도 있었다.

언제 들어왔는지 얼굴의 실핏줄이 터진 김희선이 손을 벌벌 떨며 말했다.

"…그, 그럼 우리 둥이는… 어떻게 되는 건가요?"

"상태가 어떤지 정확히 알 수 없으니 정확한 검사 결과가 나올 때까지 지켜볼 수밖에 없어요. 아직 아기라 좋아질 수도 있고 약물 치료로 나을 수도 있어요. 손상이 심하지 않은 경우는 판막 성형술로 치료가 가능하고요."

물론 기다리는 동안 아기가 버텨줘야 가능한 일이다.

"…시, 심한 경우는요?"

"…판막을 이식해야 해요."

"아……!"

"희, 희선 씨!"

휠체어에 앉아 당장에라도 기절할 것 같은 김희선을 보고 그녀의 남편이 외쳤다.

두삼은 초상집 같은 분위기에서 부부와 아기, 그리고 담당의를 보며 고민했다.

'나서야 하나?'

사실 방법은 있었다. 다만 할 수는 있는데 설명할 길이 애매했다.

워낙 분위기가 나빠 고민은 짧았다.

'내가 언제부터 제대로 설명했다고. 정 이해 못 하면 크리스마스 기적이라고 하지, 뭐.'

아기가 당장은 숨을 할딱거릴 뿐, 위험하지 않을 수 있다. 그러나 출산 후 하루가 다르게 성장하는 아이에게 며칠간이라 하지만 혈액이 역행하는 일은 몸에 어떤 악영향을 끼칠지 알 수 없었다.

"저……."

조용한 분위기에서 말을 꺼내자 김희선을 제외한 이들이 모두 쳐다본다.

"제가 방법이 있을 것 같은데요."

85. 새로운 클리닉

심장판막을 치료한 적은 없지만 유사한 부분을 치료한 적이 있었다.

소변이 역류해서 염증을 일으키는 신우신염.

힘이 없는 판막에 기운으로 공기층을 만들어 제대로 기능하게 만들었다.

물론 신우신염을 일으키게 만든 판막과 심장의 판막은 다르다. 하루 10만 번 이상 펄떡여야 하는 것이 심장판막이다.

고로 완벽한 치료가 될 수 없을지도 모른다. 하지만 아기가 좀 더 자라 안전하게 수술을 할 수 있을 때까지 버텨준다면 충분했다.

"…어떤 방법이죠?"

담당의가 미심쩍은 표정으로 물었다. 그녀의 반응은 지극히 당연했다.

"힘이 없는 판막에 공기층을 넣을 수 있습니다."

"……."

"현재 상태는 역류하지 못하게 버티는 힘이 없습니다. 바람 빠진 풍선처럼."

"설명하지 않아도 알아요. 판막에 고형물을 넣는 수술법도 있으니까요. 다만 어떻게 가능한지가 궁금할 뿐이에요."

"뜬금없는 질문이지만 저에 대해 알고 계신가요?"

"이 병원 사람이라면 모른 척하는 사람은 있을지 몰라도, 모르는 사람은 없을 걸요. 차이나타운 사건의 히어로."

"그런 말을 들으려고 한 건 아닌데……. 아무튼 제가 스무 명의 총상 환자를 무사히 응급실에 보냈죠. 어떤 방법이었을까요?"

"당연히 출혈을 막았겠죠. 방송에서도 그렇게 얘기했고요."

"어떻게 출혈을 막았을까요?"

"그야……."

"공기를 이용해 혈관을 막은 겁니다."

자세히 설명할 필요 없었다. 어차피 아직까진 혼자만의 기술이고 자세한 설명을 해봐야 이해하기 힘들었다.

"판막에도 똑같이 할 수 있다는 건가요?"

"네."

"위험성은요?"

"어떠한 시술과 수술도 완벽한 건 없습니다. 그래서 시술 전에 묻는 거고요."

얘기를 하는 도중 김희선 보니 어느새 정신을 차리고 얘기를 듣고 있었다.

"김 비서님, 어떻게 하시겠어요?"

"…그걸 하면 괜찮아질까요?"

"예상대로만 된다면 그렇죠. 둥이의 다른 곳은 아주 건강하거든요."

"……."

김희선은 대답을 바로 하지 못했다. 한데 평소 민규식에게 들었던 두삼에 관한 얘기가 떠올랐다.

'젊은 사람이 너무 신중해. 확신이 없는 일은 하지 않으려 해. 환자의 죽음을 두려워 한달까. 물론 그게 당연한 일이고, 그 점이 마음에 들긴 하지만.'

대학병원 비서실에서 일하는 그녀가 민규식이 말하려고 한 바를 모르진 않았다.

의사의 발전은 수많은 시행착오 끝에 이루어진다. 그러나 시행착오는 곧 환자에겐 불행이다.

그녀는 탄생의 울음이 아닌 고통에 겨워 울고 있는 아기를 보곤 결심한 듯 입술을 깨문 후 입을 열었다.

"…해주세요."

"그러죠. 간호사님, 보호자 동의서 받아주시겠어요?"

"네? 아, 네!"

동의서에 남편이 사인을 할 때까지 기다렸다. 그리고 사인이 끝나는 순간, 아기의 가슴에 손가락을 올리고 가볍게 몇 번 눌렀다.

안으로 들어간 기운은 제대로 기능을 하지 못하는 판막 속으로 들어가 자리를 잡았다. 그리고 그 순간 작은 심장은 정상적으로 동작하기 시작했다

조금 전 이상했던 것을 만회하려는 듯 쿵쾅! 쿵쾅! 잘도 뛴다.

"히끅! 흐으~ 흐으~"

아기 역시 고통이 사라졌을까 안정적으로 숨을 고르며 괴상한 소리를 토했다. 그리고 이제야 자신이 태어났음을 알리려는지, 배가 고픈 건지 여느 아이처럼 울었다.

"우엥! 우엥!"

"후우~ 잘 참았다."

"…잘 된 건가요?"

"보시다시피. 이제 아기를 안아주서야겠네요."

"감사해요, 한 선생님. 흑!"

"약속을 지킨 것뿐인데요. 혹시 이상이 있으면 언제라도 좋으니 연락 주세요."

이제 가야 할 시간. 떠나기 전, 두삼은 아기의 젖은 머리를 가볍게 만져주며 중얼거렸다.

"메리 크리스마스."

시계는 어느새 12시를 가리키고 있었다.

*　　　*　　　*

새해가 되고 휴가가 정식으로 끝났다.

건강검진을 하는 동안 어차피 똑같이 출퇴근을 했는데 '정식'

이라는 말이 붙자 갑자기 땡땡이를 치고 싶은 기분은 뭔지.

놀아도 너무 놀았나 싶다.

새벽부터 눈이 와서 그런지 대기실에 단 한 명의 환자도 없었다.

"새해 복 많이 받으세요, 도 간호사님."

"어서 와요, 한 선생님."

"근데 환자가 없어도 너무 없는 거 아니에요?"

"다른 날은 이 정도는 아니었는데……. 눈 오는데 많이 막히지 않았어요?"

"조금 일찍 출발했어요. 다른 사람들은요?"

"아직요. 다들 평소와 같은 시간에 출발했나 보죠. 커피 마실래요?"

"하하! 주는 건 마다하지 않죠."

"참! 선물 고마웠어요."

"약소하죠."

도 간호사와 커피를 마시는 동안 부스스한 모습의 양태일이 안마과로 들어왔다.

"당직이었냐?"

"잘 쉬셨어요, 선생님. 네. 크리스마스 때 쉬었으니 1월 1일은 제가 해야죠."

"오호~ 즐거운 크리스마스였나 봐?"

"…선생님이 주신 식사권 덕분이었죠. 힘! 다른 분들은 안 오시나?"

뒷얘기는 하고 싶지 않은지 그는 수선스럽게 이리저리 돌아다녔다. 그리고 그의 바람대로 갑자기 우르르 몰려왔다.

이방익은 커피를 든 채 출근하며 외쳤다.

"내 방에서 회의할 테니까 최소 인원만 빼곤 다 들어와. 각자 마실 건 알아서 챙기고."

각각 의자와 음료수를 들고 안으로 들어가 자리를 잡았다.

이방익은 커피를 쪽 한 모금 빨곤 말했다.

"어제 하루 동안 곰곰이 생각해 봤는데 역시 안마과라는 이름만으론 올해 우리 과 매출을 장담할 수 없을 것 같아. 그래서 다음 주부터 클리닉을 하기로 결정했어."

"어떤 클리닉인데요?"

"성기능클리닉."

"…와우."

"…결국……."

"하아~"

각양각색의 반응이 튀어나왔지만, 그는 표정의 변화 없이 말을 이었다.

"다들 예상하고 있었잖아. 척추클리닉은 재활의학과에서 죽어도 안 된다는데 어떻게 해? 이왕 시작한 거 제대로 해보자고. 다들 오케이?"

"…네."

"대답이 영 시원찮네. 그래도 결정을 바꿀 생각은 없어. 이번 주는 다들 바쁠 거니 정신들 바짝 차려. 수련의들은 새로운 안마술을 배우고, 간호사들은 체계를 확실히 만들어야 할 테니까."

"네, 선생님."

"크게 달라지는 건 없을 거예요. 어차피 소문이 날 때까지 환자가 많진 않을 테니. 엘튼 선생과 한 선생만 남고 일 봐요."

근무 시작 전에 하는 회의는 전달 사항을 전달하는 것이 다였다.

방에 세 사람만 남게 되자 이방익이 다시 말했다.

"성기능 장애에 대해서는 알고들 있지?"

"크게 성적 욕구 장애, 성적 흥분 장애, 신체 질환 장애로 구분하면 되지 않을까요?"

"그래. 그 정도로 구분하면 되겠네. 그중 성적 욕구 장애는 정신건강의학과에 맡기고 우리는 성적 흥분 장애와 신체 질환 장애에 집중할 거야. 전에 내 병원에서 몇 가지 요법을 시행했었지."

"어떤 건지 궁금하네요."

"특별한 건 아냐. 한 선생도 짐작 가능한 것들이지. 흔히 말하는 정력에 좋은 약과 혈의 자극 정도지."

"선생님이 그리 말씀하시는 거 보니 잘 안 되셨나 봅니다?"

"오는 환자들이 적었지. 그렇다고 해서 딱히 발전시키려 하지 않았어. 잘되는 게 있는데 굳이 잘되지도 않는 일에 집중할 이유가 없었으니까. 그저 형식상 갖추고 있었을 뿐이랄까. 물론 효과가 없는 건 아냐. 치료를 받는 환자 중 상당 부분은 만족했으니까."

"음, 새로 만들기를 원하세요?"

지금까지 말을 종합해 보면 그는 기존에 했었던 성기능 향상 요법이 마음에 들지 않는 게 분명했다.

"맞아. 얼마 전에 오르가슴을 느끼지 못하는 환자를 고치지 않았나?"

"…그건 어떻게 아셨대요?"

"자네가 치료한 환자 정보를 내가 볼 수 있다는 거 모르나? 전부 다는 아니지만."

"아! 그러네요."

"어쨌든 기존의 것을 알고 있는 엘튼이랑 상의해서 좀 더 발전된 형태로 만들어 봐. 비아그라 같은 한약을 만들면 더 좋고."

"헐! 너무 큰 걸 바라는 거 아니세요? 만들면 시장 가치가 얼마나 되는 줄 아세요?"

"수십 조는 되겠지. 허허허! 농담이야. 부담은 가질 필요 없어. 당장 만들어내지 못해도 어차피 케이스를 접하다 보면 쌓일 테니까."

이방익은 대수롭지 않게 말하고 회의를 끝냈다. 그리고 두삼의 새해 첫 일은 이렇게 시작됐다.

이방익의 방을 나서며 엘튼에게 물었다.

"언제부터 시작할까요?"

"오전에 딱히 할 것도 없는데 지금 할까?"

"하긴 환자도 없으니……. 몇 명 테스트에 참여할 사람 부를까요?"

"왜, 내가 못할까 봐?"

"음, 그리 신뢰할 만한 실력은 아니죠."

"뭐라고! 이 자식이……."

"하하! 농담입니다. 이 선생님이랑은 잘되고 있죠?"

"아직까진 거리를 두는 느낌이야. 아무래도 믿음을 주긴 아직 역부족인 것 같지?"

"느낌일 뿐이잖아요. 힘내세요. 그나저나 역시 사람을 부르는
게 낫겠네요."

"……."

쓸데없는(?) 사람은 제외하고 쓸데 있는 공동희와 양태일을 불
렀다.

사실 다른 사람을 부른 이유는 최근에야 알게 된 일이지만
자신에겐 웬만한 혈 자리가 통하지 않는다는 점 때문이었다.

마취침술은 되는데, 건강 관련 침술은 하나 마나였다. 아무래
도 임독양맥이 연결되고 기운이 넘치면서 더는 건강할 필요가
없다고 몸이 거부하는 것 같긴 한데, 정확한 이유는 아직 모른
다.

이런 상태에서 괜히 정력과 관련된 침을 맞아봐야 별다른 효
과가 없을 것 같아 두 사람을 부른 것이다.

공동희는 보자마자 눈을 좁히며 투덜댔다.

"신년회 준비하느라 바쁜데 무슨 일로 부른 거야?"

"우리 과에서 새로운 클리닉을 준비 중인데 네 도움이 필요해
서."

"…난 의술은 아무것도 모르는 사람인데 무슨 도움?"

"의술은 필요 없어. 그저 애인이 있는 사람이 필요하거든."

"……?"

"이번에 우리 성기능클리닉 하기로 했어."

"난 정상이야!"

"누가 뭐래? 이방익 선생님 병원에서 만든 기능 회복 요법에
대해 알아보기 위해 부른 거야."

"…기능 회복?"

"내가 전에 해줬던 것과 비슷한 거겠지?"

"크흠! …친구의 부탁을 냉정하게 거절하는 것도 예의는 아니지. 대신 빨리 끝내줘. 진짜 바쁘단 말이야."

"물론이지. 일단 들어가자."

양태일의 경우 선택의 여지가 없었다.

두 명을 침대에 눕히고 엘튼은 바로 설명을 했다.

"가장 먼저 발기부전 때문에 병원을 찾는 환자를 위한 요법이야. 발기부전의 경우 혈관 질환자가 많기에 피의 흐름을 원활히 하는 안마와 병행했어. 그리고 임맥의 관원혈을 자극해 생식기 순환을 돕지. 그다음은……."

엘튼은 설명과 함께 요법을 시행했고 두삼은 양태일과 공동희에게 손을 올린 채 몸의 변화를 살폈다.

'오! 이거 상당히 효과가 좋은데.'

이방익은 별거 아닌 것처럼 말했지만 그의 요법은 상당히 효과가 좋았다.

다만 단점도 있었다. 치료 케이스가 많지 않았던 것이 사실인지 그 수가 많지 않았다.

성기능 장애는 남과 여, 기혼과 미혼, 나이, 심인성과 신체적 스트레스 등 여러 가지 요인에 따라 다르게 나타난다.

원인이야 어떻게 됐든 뭉뚱그려 치료하고 있지만, 그렇다고 해도 부족했다.

'음, 일단은 사례에 따른 치료 방법을 다양화시키는 것부터 해야 하는데…….'

아무래도 본관 비뇨기과에 도움을 요청할 수밖에 없을 것 같았다.

생각하고 있는데 침대에서 일어난 공동희가 어깨를 툭 치며 말했다.

"어쩔 거야!"

"…뭘?"

"이거!"

그는 고개를 숙였고 두삼 역시 따라 고개를 숙였다. 한데 공동희의 바지가 잔뜩 성을 낸 채 서 있었다.

"음, 이 점도 고쳐야겠네."

"…당장 고쳐달라고!"

"화장실로 가서 해결하라면……."

"……."

"큼! 안 되겠지?"

가장 먼저 그의 해면체에 가득 찬 피를 빼야 했다.

*　　　　　*　　　　　*

비뇨기과는 콩팥, 부신, 방광 등의 비뇨기관, 전립선, 고환, 정낭, 음경의 생식기관을 다룬다.

2000년대 초반까지만 하더라도 경쟁이 치열한 인기 학과였다. 그러나 지금은 산부인과와 더불어 모집 정원의 절반도 응모하지 않는 비인기과가 되어버렸다.

굳이 미국을 언급하자면, 미국에선 무척이나 인기 있는 과로 경쟁률이 상당히 치열하다.

문화적인 차이라고 할 수 있는 부분.

우리나라의 경우 비뇨기과에 가면 색안경을 끼고 보는 이들이 아직도 있으니 말이다.

그러나 개인적으로 삶의 팍팍함의 차이가 아닐까 생각한다.

하루하루 힘들게 살아가느라 애인을 사귀는 것은 물론이고, 결혼은 꿈도 못 꾸는 삶에 비뇨기과와 산부인과는 남의 일일 수밖에 없다.

아닌 말로 쓰지도 못하는 물건(?) 따위 녹이 슬어도 정비할 맛이 나겠는가.

또 하나의 진입 장벽은 비뇨기과의 치료가 상당히 비참함을 선사한다는 것이다.

전립선염으로 방문하면 항문에 손가락이 들어오는 전립선마사지를 받을 수 있기 때문이다.

고통스러운 건 둘째 치고, 불쾌하기까지 한 치료.

정확한 진단과 치료를 위해 필요한 과정이다. 또한, 의사라고 좋아서 하는 일이 아님을 알아야 한다.

비뇨기과에 대해 이런저런 불평을 늘어놓고 있지만, 사실 꼭 필요한 과다. 특히나 남자들의 경우 2년, 여성들의 경우 산부인과에 6개월 한 번씩은 방문하는 게 좋다.

각설하고, 환자들의 비뇨기과 방문 사례를 얻기 위해 민규식 원장 찬스를 썼다.

연초라 바빠 만나진 못하고, 통화를 했다.

―오! 이제 비뇨기과까지 발을 넓히려고?

"…그게 아니라 성기능클리닉을 하게 돼서 정보를 얻으려는 거뿐입니다."

─허허허! 그게 그거지. 좋은 현상일세.

"언제쯤 될까요?"

─기록을 볼 수 있는 권한이야 줄 수 있지만, 비뇨기과의 허락 없이 환자 정보를 줄 수 없지.

"그도 그렇겠네요."

─그러니 직접 비뇨기과 과장과 얘기해 보게.

"에~ 과장이랑요?"

─왜, 싫은가?

"아닙니다. 과장씩이나 되는 분이랑 만난다니 부담스러워서요."

─원장인 나한테 전화해서 부탁하는 사람이 할 소린 아닌 것 같네만.

"아! …원장님은 워낙 친근하셔서……."

─변명은 됐네. 이렇게 친근하게 대하는 게 나도 좋거든. 아무튼, 연락해 둠세.

"감사합니다."

기록만 봐도 충분했으나, 도움이 필요한 입장에선 찬밥 더운 밥 가릴 수는 없었다.

민규식과 통화 후, 1시간 뒤에 연락했고 저녁에 만나기로 약속했다.

케빈과 부르스의 치료를 끝내고 비뇨기과로 갔다. 그리고 노크하고 안으로 들어갔다.

"……."

어라? 방을 잘못 들어왔나 보다. 병원 조직도엔 분명 남자였는데 여자가 있다.

"잘못 들어온 거 아니에요. 도 선생님은 작년부로 병원을 그만두셨어요."

"…아! 죄송합니다, 선생님. 조직도를 보고 와서, 다른 방을 찾아온 줄 알았습니다."

"과장으로서 첫날이라 그런지 몇 명이 한 선생과 같은 모습을 보이더군요. 앉아요. 차는?"

"괜찮습니다."

"난 커피 한잔해야겠어요. 인수인계를 받았지만 알아야 할 게 너무 많아서 밤새야 할 것 같거든요."

"아, 네."

그녀는 머그잔에 커피를 채워 소파에 앉았다.

"정식으로 인사드리겠습니다. 한두삼입니다."

"오영미예요. 원장님께 들었어요. 성기능 장애로 내원한 환자들 기록이 필요하다고요?"

"네."

"이유를 물어봐도 될까요?"

"안마과 치료 매뉴얼을 만들까 하고요."

"치료 매뉴얼이요?"

"A라는 성기능 장애에 A—1이라는 치료 방법을 만들어서 과의 누구라도 치료할 수 있게 하는 거죠."

"무슨 말인지 알았어요. 근데 환자 기록만 보고 만들 수 있는 건가요? 치료법이라면 환자에게 어떻게 적용되는지 봐야 하지 않아요?"

"음, 그게 좋긴 하죠. 하지만 이제 시작하는 단계니 환자가 오면 그때 매뉴얼을 업데이트시키는 수밖에요."

"성기능클리닉을 이제야 시작했으니 꽤 오래 걸리겠네요?"

"저희 과장님은 올해 어느 정도 성과를 내려는 것 같은데, 그게 마음대로 되겠습니까."

"그래요? 으흥~"

오영미는 턱을 만지며 뭔가를 생각했다. 꽤 길어졌기에 무슨 생각을 하느냐고 묻고 싶었지만, 방해될 것 같아 얌전히 끝나길 기다렸다.

그녀는 한참 뒤에 입을 열었다.

"미안해요. 생각이 길었네요. 솔직히 같은 병원 사람이긴 해도 비뇨기과와 관련이 없는 사람에게 환자의 민감할 수 있는 의료 기록을 보여주는 건 망설여졌어요. 게다가 그저 사례들을 보기 위함이라니 더욱더요."

"이해합니다."

솔직히 큰 기대는 안 했다. 자신이 본 환자들의 의료 기록을 누군가가 보여달라고 했다면 역시 고민했을 것이다.

포기하려는데 그녀가 말을 이었다.

"하지만 방법이 없는 건 아니죠."

"……?"

"우리 비뇨기과와 안마과의 성기능클리닉이 협업을 맺는 거예요. 그럼 얼마든지 보여줄 수 있죠."

"협업이요?"

"솔직히 말하죠. 작년, 아니, 몇 년 전부터 비뇨기과의 매출은 마이너스예요. 원장님이 배려하고 있지만, 언제까지 계속될지 알 수 없죠."

마이너스 매출을 좋아할 사람은 병원에 없다.

민규식이 그러한 부분을 이해하고 연봉에 영향이 없다 해도 이래저래 손해 보는 부분이 있었다.

매출이 우수한 곳에 비해 선정할 수 있는 의약품 수가 적거나, 사용할 수 있는 경비 역시 적다.

웬만한 의사들은 딱히 신경 쓸 필요가 없지만 과를 책임지는 과장에겐 뼈아플 수 있었다.

"협업을 한다고 플러스가 될까요?"

"모르죠. 하지만 해보지도 않고 포기하는 것보단 낫지 않을까요?"

"맞는 말씀이네요. 근데 어떤 식으로 협업을 하실 생각이십니까?"

"원래 돈이 되지 않으면서 시간만 잡아먹는 성기능 장애 분야를 없앨까 고민 중이었어요. 센터장님의 허락이 떨어질지는 미지수였지만요."

"아! 환자를 저희에게?"

"네. 성기능 장애 환자들이 오면 안마과로 보낼 생각이에요. 그것만으로도 저희에겐 이익이 될 거예요. 물론 그쪽으로 간 환자 중 비뇨기과 치료가 필요한 사람은 보내주면 좋겠죠."

손이 많이 가고, 환자가 적고, 돈이 되지 않는 진료과목을 없애는 병원이 많다. 안타까운 일이지만 한강대학병원도 예외는 아니다.

'괜찮은 제안인데……'

이제부터 환자를 모아야 하는 입장에서 더할 나위가 없다. 다만 너무 빠르게 진행되는 게 아닌가 싶어 걱정될 뿐이다.

"일단 과장님과 의논한 후 말씀 드려도 될까요?"

"그렇게 해요. 조급하게 진행할 생각은 없어요."

"그럼 얘기를 나눈 후 연락드리겠습니다."

환자의 의료 기록은 얻지 못했지만, 더 좋은 제안을 받은 걸 위안으로 삼고 일어났다.

*   *   *

성기능클리닉을 하기로 결정을 내리자 이방익의 추진력이 빛을 발했다.

그는 얘기를 전달받자마자 비뇨기과로 가서 협업을 결정짓고 왔다. 그리고 매뉴얼을 만들기도 전에 다음 날부터 환자를 봐야 했다.

40대 중반의 남자가 쭈뼛거리며 말했다.

"소변을 볼 때마다 따끔한 느낌이 있어서요."

"전에도 이런 적이 있습니까?"

"전에 한 번. 솔직히 그때 기억 때문에 올까 말까 했는데, 점점 심해지는 거 같아서 왔어요."

"혹시 최근에 밖에서 외도를 하신 적은?"

"성병을 말하는 거라면 걸릴 리가 없어요. …쪽팔린 얘기지만 몇 년 전부터 전혀 감흥이 없거든요."

"아! 그러시군요."

경험은 그냥 만들어지지 않는다. 전에 하던 일과 달리 이번 일은 경험이 미천했다. 이럴 땐 부지런히 문진을 하며 데이터를 모아야 했다.

문진 결과, 어제 본 비뇨기과 의료 기록 속의 전립선염과 비슷하다.

"전립선에 염증이 생긴 것 같은데 일단 확인 좀 해보겠습니다."

"…그 전에 한 가지만 물어보죠. 여기서도 바지를 벗고 검사를 하거나 치료를 합니까?"

반드시 필요하지만 사람을 질색하게 만드는 검사와 치료법.

물론 염증이기에 약을 먹으면 낫겠지만, 위치 때문에 꽤 오랫동안 먹어야 했다.

가장 먼저 바꿔야 할 것은 바로 이것.

"아뇨. 명색이 안마과인데 그럴 이유가 없죠. 다만 주변을 만져보긴 할 텐데 괜찮으시죠?"

"그 정도라면……"

전립샘, 전립선의 위치는 방광 바로 밑에 위치해 있고 요도를 감싸듯이 자리해 있다. 접근하자면 항문을 통해 직장 바로 앞쪽에서 가장 가까웠다.

하지만 전립선에서 뻗는 혈과 맥은 주변과도 이어져 있다.

직접 자극할 때보단 효과가 부족하겠으나 수치심을 없앨 수 있다는 점에선 아주 훌륭했다.

"이제부터 제가 누르는 곳들에서 조금이라도 이상이 있으면 말해주세요."

"네."

전립선과 연결된 가장 가까운 혈은 항문과 음낭의 중심에 있는 회음혈로 생식기와 관련이 깊은 혈이다.

회음과 연결된 임맥부터 뻗어 나온 작은 혈까지 깊이를 달리하며 눌렀다.

"…방금 누른 곳이 찌릿합니다."

"그렇군요. 계속하겠습니다."

연관된 혈을 누른 때마다 약하게나마 전립선에 닿았는데, 그중 아주 강한 것만 환자가 느끼고 있었다.

'네 개 정도 알아냈으니 다음에 전립선이 좋지 않은 환자가 왔을 때 시험해 봐야겠네.'

그의 전립선이 부은 걸 알아내는 건 너무나 쉬운 일이었다. 다만 다른 한의사들 역시 찾을 수 있게 하는 것이 목적이었다.

"전립선염이 맞네요. 지금 치료를 하지 않으면 더 심각해질 수 있습니다."

"어떤 치료입니까?"

"약과 마사지죠. 아! 직장을 통한 마사지는 아닙니다. 조금 전 제가 손댔던 부분을 문지르는 정도입니다."

"그 정도라면……."

"이 주간은 사흘에 한 번, 그다음부터는 일주일에 한 번 방문하면 될 겁니다."

"그건 그렇게 하고……. 큼! 아까 말한 대로 이 녀석이 최근 몇 년간 도통 꿈쩍을 안 하는데 그것도 전립선염 때문입니까? 이거 가끔 마누라 눈치가 보여 발기부전 치료제를 먹어야 하는 건 아닌지 고민됩니다."

사람들이 착각하는 게 발기부전 치료제를 먹으면 바로 발기가 되는 줄 아는데 착각이다. 혈관이 확장되고 피가 아래로 몰린다고 해도, 결국 '자극'이 없으면 무용지물이다.

자극으로 피가 쏠리고 나면 그 피를 가두는 역할을 하는 것이 발기부전 치료제다.

부작용 역시 염두에 둬야 하는데 자칫 지속 발기라도 되면 꽤 위험하다.

"아직 그러한 약에 의존하긴 이른 나이 같은데요. 평소 흡연과 음주량은 어느 정도 되십니까?"

"하하…. 그런가요? 하루 1갑, 일주일에 소주 세 병 정도 먹습니다. 네 병인가?"

"운동은요?"

"거의 못 하고 있습니다. 이런저런 핑계로요."

환자를 받아보고 나서야 비뇨기과에서 성기능 장애 부분을 안마과에 넘긴 이유를 알 수 있었다.

아직 체계화되지 않은 것도 한몫을 했지만 상담 시간이 꽤 오래 걸렸다.

"한약과 함께 제가 가르쳐 드리는 동작을 하루 10분씩만 해보시면 어떻겠습니까?"

"그게 비아*라와 시*리스만큼 효과가 좋을까요?"

"장기적으로 보면 분명 더 좋을 겁니다."

"그건 좀 더 생각해 봐야겠군요."

"…그러세요. 소변검사하고 가시면 됩니다."

환자가 진료실을 나가고 나자 두삼은 길게 한숨을 내뱉었다. 간만에 남의 돈 먹기가 이렇게 힘들다는 걸 알게 되었달까.

"후우~ 이거 만만지 않네."

"수고하셨습니다."

양태일이 어지럽혀진 드레싱 카를 정리하며 말했다.

"다른 환자는?"

"아직 없습니다."

"그나마 다행이네."

"근데 선생님 하시는 걸 옆에서 지켜봤는데, 성기능클리닉을 선택한 게 잘한 건지 모르겠습니다."

"왜? 효율이 안 나오는 것 같아?"

"그런 것도 있는데, 그보단 선생님 말씀이 환자분에게 안 통하는 것도 좀 속상하고요."

"자식이… 내가 뭐라고?"

"그야 당연히… 그러니까 그게……."

"딱히 생각해 보니 떠오르는 게 없지? 날 유명하게 했던 건 결국 치료의 일부분이야. 환자를 무사히 병원에까지 갈 수 있게 한 것뿐이지."

"다른 것도 잘하시잖아요!"

양태일은 마치 자신의 일이라도 되는 양 인정할 수 없다는 듯 외쳤다.

"나도 알아. 하지만 성기능클리닉은 처음이니 부족할 수밖에 없어. 그러니 시간을 투자해야지."

"차라리 잘하는 일을 하시는 게 낫지 않습니까?"

"네가 이방익 선생님께 말해줄래?"

"……."

"훗! 이래저래 마음에 들지 않는 모양이다?"

"…그건 아닌데……."

"너무 부정적으로 생각하지 마. 그건 나에게 맡기고 넌 수련의니까 일단 배우는 것에 집중해. 혹시 아냐, 네가 나중에 유명한 한방 비뇨기과 한의사가 될지."

"그건 사양하겠습니다."

"훗! 그런 반응을 보이니 더 그렇게 되게 만들어주고 싶은데. 누워 봐."

"싫습니다."

"이게 빠져 가지고. 우리 클리닉을 위해 꼭 필요한 일이야."

"…뭐하시려고요?"

"아까 전립선 이상 유무를 판단할 수 있는 혈을 몇 개 찾았거든. 확실한지 테스트해 보게."

"왜 꼭 접니까?"

"그럼 은서한테 하리?"

"……."

서은서 얘기가 나오자 얌전히 침대에 눕는 양태일.

아까 찾은 혈 자리를 누르며 확인 작업을 했다. 그리고 한편으론 양태일의 말에 대수롭지 않게 말했지만 성기능클리닉을 활성화할 방법을 생각했다.

*　　　　*　　　　*

1월답지 않게 날이 풀리자 환자들이 차츰 늘었다. 하루 20명이 넘는 환자와 의료 기록이 더해지며 매뉴얼 역시 착실히 늘어났다.

물론 매뉴얼이 늘어날수록 해야 검증하고 테스트해야 할 일 역시 기하급수적으로 늘어나 아주 타이트한 하루하루를 보내야 했지만 말이다.

점심을 먹고 비타민D 합성을 위해 병원 공원에서 걷고 있는데 양태일이 뛰어왔다.

그는 두삼의 스마트폰을 내밀며 말했다.

"헉헉! 선생님, 전화기도 놓고 여기 계시면 어떻게 합니까."

"아! 미안. 잠깐 나온다고 놓고 왔네. 근데 무슨 일인데 그래? 어디 급한 환자라도 왔어?"

"그게 아니라 센터장님이 찾으셔서요. 후우~훅!"

"훗! 그런 일이면 굳이 서두를 필요 없잖아. 이제 들어가려고 했는데."

"그래도 무슨 일인지 몰라서……."

"아무튼 전해줘서 고맙다."

양태일의 어깨를 툭 쳐주곤 센터장실로 갔다.

센터장실엔 고홍섭과 침구과의 장인규 선생이 함께 있었다.

"안녕하세요. 센터장님, 장 선생님."

"어서 와. 이리 앉게."

자리에 앉자 고흥섭이 말을 이었다.

"다름이 아니라 이번 2학년 1학기 수업 때문에 불렀다네."

"수업이라면 작년에 했던 교양 수업을 그대로 하기로 한 거 아니었습니까?"

"그렇긴 한데. 한의대에서 예과 2학년부터 양방의학의 비중이 커지는 거 알고 있지?"

사실 한의학과라고 해도 예과 1학년, 본과 2학년 때를 제외하곤 양방, 즉 서양의학의 교과목을 더 많이 배운다.

한의학이 3, 서양의학이 7정도.

주객이 전도되었다는 말이 나오지만, 그럴 수밖에 없는 것이 인체의 내부를 살피는 데 실제로 서양의학만 한 것이 없다.

물론 서양의학이 7이라고 해도 겉핥기식으로 배우는 거고, 파고들어 배우는 건 한의학 3일 수밖에 없지만 말이다.

수업은 서양의학과 한의학을 면허증을 동시에 가진 교수님이 하는 경우가 있었는데, 이는 소수에 불과했고 대부분은 서양의학의 강사들이 수업을 해줬다.

한강대학병원에서 교수의 수를 늘리지 않는 것도 이러한 이유에서였다.

"네. 알고 있습니다."

"한강대학교라고 해서 크게 달라질 건 없을 거야. 하지만 그렇다고 무작정 따라 하는 건 좋을 것이 없다는 의견이 많아."

두삼은 고개를 끄덕이는 걸로 추임새를 대신했다.

"그래서 한방 해부학 개론이라는 과목을 신설하자는 의견이 나왔어."

"생리학을 배우지 않습니까."

생리학은 생물을 대상으로 하는 생물학과 생물의 모양과 구조에 관심을 가지는 형태학을 포함하고 있으며 생물학 안에 해부학이 포함되어 있다.

즉, 한방이라는 말을 붙였지만 중복이라고밖에 볼 수 없다.

"그렇지. 하지만 거기에 조금 더하자는 거야."

"커리큘럼을 어떻게 정하는가는 학과 마음이긴 한데… 그래서요?"

"작년 2학기 때부터 진행됐던 얘기였지. 그리고 교수도 정해졌고. 근데 문제가 생겼어."

"…임동환 선생이었군요?"

"마취침술을 발표했었으니까 부족함이 없다고 생각했거든. 물론 지금은 자네가 했다는 걸 모르는 사람은 없지만 말일세. 아무튼 임 선생이 문제가 생긴 후에 장 선생이 하기로 했다네. 근데 장 선생이 자네에게 맡기면 어떠냐고 해서 자네 의견을 들어보려고 불렀다네."

장인규를 흘낏 보자 그는 어깨를 으쓱하며 빙긋이 웃었다.

얄밉긴 했지만 거절하면 그뿐이다.

"자네 생각은 어떤가?"

"글쎄요. 너무 갑작스러워서. 무엇보다도 책을 준비하지도 못했는데……."

"책 걱정은 말게. 이미 만들어져 있다네."

"그래도 필수과목일 텐데 제가 맡는다는 건……."

"전공 필수가 부담스럽나? 교양 필수로 해줄 수도 있네. 문제될 것도 없지."

아니 이 양반들이!

머리를 굴려라, 두삼아! 머리를!

"아무리 책이 만들어졌다곤 하지만 곧 개학인데 그걸 언제 보고 가르치겠습니까. 그리고 해부학에 대해 권위 있는 분이 맡는 것이……."

"한의사라면 누구나 아는 내용일세. 또한, 혈관을 척척 막는 자네가 해부학에 대해 모른다는 게 말이 안 되지. 민 원장에게 듣자 하니 그동안 서양의학도 꽤 많이 공부했다고 하던데."

"한 선생. 내가 뜸을 가르칠 때 한 말 기억하지? 자네가 배운 것, 알게 된 것을 전해주게."

"……."

이 양반들 짰네. 짰어.

"몇 시간짜리 수업입니까?"

"3시간 정도면 적당하지 않겠나?"

2시간 수업이나 3시간 수업이나 비슷하다. 다만 새로운 것을 가르치려면 책을 달달 외울 정도로 머릿속에 새겨야 한다는 것이 힘들달까.

신세 진 적이 있으니 이렇게 갚는 것도 괜찮을지도.

"알겠습니다. 이미 정하신 것 같은데 더 버텨봐야 소용없겠네요. 책이나 주세요."

"허허! 자네라면 허락할 것이라 생각했지. 책은 여기."

"…두껍네요."

"교수들 전체가 달라붙어 만든 책인데, 당연하지."

그러고 보니 저자가 표지에 없다. 마지막 장을 보니 과장급 선생들의 이름이 쭉 쓰여 있다.

"참! 파일 보내줄 테니까 강의하다가 고치거나 더할 점 있으면 고치게. 그렇게 하려고 만든 책이니까 부담 가질 필요 없어."

"고치기는커녕 학기 시작 전까지 다 볼 수 있을까 걱정입니다. 그럼 전 이만."

"고생하게. 허허허!"

무거운 책을 들고 센터장실을 나왔다.

＊　　　　＊　　　　＊

30대 중반의 남자가 심각한 표정으로 들어왔다. 그러고는 어디가 안 좋아서 왔느냐는 질문에 망설이다가 조심스레 입을 열었다.

"…안 섭니다."

"그런 지가 얼마나 되셨죠?"

"…몇 년 전까진 괜찮았습니다. 최근에 딱히 생각한 적이 없어서 정확히는 모르겠습니다."

"이 서류를 작성해주시겠어요?"

두삼은 발기부전과 관련된 문진표를 건넸다.

시간이 너무 걸려 비뇨기과에 문의했더니 사안별 문진표가 준비되어 있었다.

다행히 입 밖으로 꺼내기 힘든 말도 문진표를 작성할 땐 곧잘 적었다.

환자가 5분간 작성한 문진표를 훑어봤다.

'음, 젊은 사람의 발기부전은 대부분 심리적인 현상인데. 자위 행위도 몇 년간 안 하다니 대단한 정신력이네. 신체도 무척 좋은 편이고……'

들어올 때 살펴본 그의 몸은 균형 잡히고 건강한 몸이었다. 특히 튼실한 허벅지를 보곤 너무 과한 정력 때문에 온 건가 하는 생각도 했었다.

하지만 다음 장을 넘겨 그가 주로 하는 운동을 보고 나서야 이해할 수 있었다.

'헐! 죽마고자였네.'

죽마를 오래 타면 고자가 된다는 뜻으로 대학 다닐 때 농담 삼아 동기들끼리 하던 말이다.

물론 그의 취미가 죽마는 아니다.

사이클!

과연 엉덩이를 받칠 수 있을까 싶을 정도로 작고 무게 중심이 앞으로 쏠리는 안장에 회음부의 신경과 혈관조직이 손상됐기 때문이었다.

젊은 환자 중 상당수가 사이클로 인한 발기부전으로 치료받았다는 게 비뇨기과 진료 기록에도 나와 있었다.

이건 남자만의 문제가 아니다.

뜬금없는 얘기지만 중학교 때였나, 친구 집에서 우연히 본 독일 영화에서 여자들이 자전거를 타면서 흥분하는 장면이 나와서 자전거보다 못한 놈이라는 욕이 유행했었다.

그러다 한의학과를 다니면서 그것이 잘못된 생각임을 알게 됐다. 자전거를 오래 타면 음핵의 감각이 오히려 손상되어 불감증에 걸린다는걸.

사이클은 분명 여러모로 좋은 운동이다.

단, 오랜 시간 타지 말고, 자주 쉬어주고, 회음부가 닿지 않게 고안된 안장을 쓴다면 말이다.

"일단 의심이 되는 건 사이클로 인한 회음부 혈관과 신경 파열입니다."

"…그런 얘기가 있어서 조심히 탔는데요."

"의심이 되는 부분이라는 거죠. 검사를 해보고 다시 얘기를 나눌까요?"

"…네."

"양 선생, 검사실 안내해 드려."

손만 올리면 알 수 있는 일이다. 그러나 다른 의원들이 할 때를 생각해야 했다.

한편으론 기껏 기운을 이용해 검사를 해주었다가, 치료는 생각해 보겠다고 하고 가버리는 환자들 때문이기도 했다.

기운을 쓰고 정확한 진단을 내려줬지만 검사를 했다는 증거가 없으니 돈을 받을 수가 없었다.

똑똑!

"웬 노크. 안내해 줬으면 그냥 들어오면… 어! 은수였구나."

환자를 검사실로 안내한 양태일인지 알았는데, 한방부인과와 특별실을 맡고 있는 이은수였다.

"선배, 바빠요?"

"보시다시피 한가해. 음료수 있는데 줄까?"

"아뇨. 금방 말하고 가봐야 해요."

"무슨 일인데?"

"특실에 이번에 들어온 환자 때문에요."

"누구?"

"천상보이즈의 에덕이요."

최근 한방센터 특실은 알음알음 소문이 나면서 KM엔터테인먼트뿐만 아니라, 연예계에서 유명하다는 기획사들이 계약을 맺고 소속 연예인들을 보내고 있었다.

몸의 이상을 치료하기 위해 오는 이들도 있지만, 한 며칠 보신한다고 생각하고 오는 이들도 제법 많았다.

천상보이즈는 2세대 인기 아이돌 그룹으로 동남아시아, 남미, 유럽에서 인기를 떨치고 있었는데 이번에 앨범 활동이 끝난 후 휴식 겸 입원을 했다.

이은수에게 거의 맡기고 있지만, 환자에 대해서는 파악하고 있었다.

"걔가 왜? 너한테 찝쩍대?"

"……."

"하하, 농담이야. …미안."

조금 친해졌나 싶었는데, 정색하는 걸 보면 타고난 성격인가 보다.

"난 또, 농담이면 농담이라고 말하고 해요, 선배."

"…그, 그래."

농담할 때 '나 농담한다' 하고 하는 사람도 있느냐고 되묻고 싶지만 더 어색해지는 건 사양이다.

"다른 멤버들은 괜찮은데, 에딕 그 친구만 절 자꾸 피해요. 여자라서 그런가 싶기도 해요."

"쑥스러운 건가?"

"그건 아닌 거 같아요. 다른 멤버들 말로는 제일 활달한 성격이래요. 제가 보기엔 몸 상태를 숨기고 싶어 하는 거 같아요."

"겉으로 보기에도 안 좋아?"

"네. 식은땀을 자주 흘리고 창백해요. 진맥을 해야 음식을 준비하는데……."

"내가 가볼게."

"그래 주시면 고맙죠."

"내가 책임자인데 당연한 일이지. 진료 끝나고 들를 테니까 걱정 마."

"그럼 가볼게요."

"응. 아! 은수야, 이현석 선생님은 어디에 계셔?"

미국에 가 있는 사이 공동희에게 말했던 난임클리닉에 관한 일이 실제로 진행되어 이현석이 입사했다는 얘기를 들었다. 그에 인사라도 할까 싶어 물어본 것이다.

"산부인과 외래진료실 옆에 난임클리닉을 열었어요."

"아! 그래서 못 찾았구나. 근데 왜 하필 복잡한 외래진료실 있는 데다가 클리닉을 내셨대?"

"임산부 곁에 있으면 임신이 더 잘 된대요."

"그런가? 난임 전문의가 말하는 것이 맞는 말이겠지. 수고해라."

얼핏 그런 얘기를 들은 것 같은데 과학적으로 근거가 있는 건 아니었다.

외래 진료를 일찍 끝내고 특실로 갔다.

특실 입구 안쪽에 마련된 소파에 앉아 있던 두 명의 매니저 시선이 일제히 두삼을 향했다. 그러고는 머리부터 발끝까지 샅샅이 살폈다.

출입 카드가 없으면 의사도 들어오지 못한다는 걸 모르진 않을 텐데 살벌하게들 쳐다본다.

"어! 예능프로그램에 나오는 한의사시잖아."

"어라. 진짜네. 이곳 담당 의사세요?"

"그런데요. 에딕 만나러 왔습니다."

"아! 그러시구나. 처음 봐서 사생 팬이 의사 분장을 했나 싶었습니다. 하하하!"

"설마 그렇게까지 하겠어요?"

"사생 팬의 무서움을 잘 모르시네. 선생님도 조심하세요. 침대 옆에 누군가가 누워 있을 수도 있습니다."

"그렇다고 덮치시면 큰일 납니다. 큭큭큭!"

겁을 주며 즐거워하는 두 사람을 뒤로하고 에딕의 방으로 갔다.

노크하자 한참 지나서야 문이 열렸다.

"…무슨 일이세요?"

"자고 있었으면 미안해요. 이 선생을 자꾸 피한다고 해서 혹시 여자라서 그런가 싶어 내가 왔는데, 불편하면 내일 얘기할까요?"

"…괜찮습니다. 들어오세요."

에딕은 이은수의 말처럼 병색이 완연했다. 특히 눈의 초점이

흐릿한 것이 꽤 위태로워 보였다.

'응? 이 냄새는……!'

병실로 들어가자 흔히 밤꽃 냄새라고 하는 남자의 냄새가 코를 간질였다.

일단은 모른 체하고 그가 권하는 의자에 앉았다.

"……."

"……."

먼저 말할까 싶어 기다렸는데, 그는 시선을 피한 채 여자의 손처럼 긴 손을 만지작거릴 뿐이다.

결국, 먼저 입을 열었다.

"한의학엔 환자를 볼 때 사진(四診)으로 봐요. 그중에 자세, 움직임, 혈색 등 눈으로 보는 걸 망진(望診)이라고 하죠."

"……."

"에딕 씨의 혈색, 자세, 눈의 초점을 봤을 때 굉장히 기가 약해진 상태예요. 당장 조치하지 않으면 위험할 수 있어요."

"…링거라도 맞을까요?"

"링거와 영양제를 함께 맞는 게 좋을 것 같네요. 근데 그건 임시 조치밖에 되지 않아요. 근본적인 처치가 되지 않으면……."

말을 하는 와중에 그의 앉은 자세는 눕듯이 무너지고 있었다. 앉아 있기도 버겁다는 것이다.

"계속 누워 있어야 할지도 몰라요."

"아뇨! 앨범 활동을 하고 나면 항상 이랬어요! 금방… 원래대로 될 겁니다."

발끈해서 외치던 그의 외침은 뒤로 갈수록 힘이 없었다. 스스로 현 상태가 범상치 않다는 걸 알고 있음이 분명했다.

협박이 먹힌 거 같으니 이젠 설득할 차례.

"뭘 걱정하는 거죠? 혹시 한의학이 미덥지 않아요? 그렇다면 다른 곳을 소개해 줄 수도 있어요."

"그건 아니에요. 다만… 안 좋은 소문이 돌까 봐……. 그리고 혹시나 몹쓸 병이라면……."

올해 서른하나 된 어른이 하는 말치곤 너무 어린애 같다. 그러나 사람마다 조금 다를 뿐이지 어린애 같은 부분이 분명 존재했다.

두삼의 경우는 위급한 환자를 볼 때 너무 뜨거워지는 것이 어린애 같달까.

"솔직히 전 대단한 비밀들을 많이 알고 있어요. 그러나 그 비밀이 세상에 밝혀지는 일은 없을 겁니다. 믿기 힘들겠죠. 그러나 믿어도 된다고 말해주고 싶네요. 그리고 설령 몹쓸 병이라면 하루, 아니, 1시간이라도 빨리 아는 것이 좋아요. 시간이 지날수록 완치는 더 어려워지니까요."

치료하는 재주는 타고났지만 설득하는 재주는 없었다. 그저 진심으로 말하고 그것이 통하길 바랄 뿐이다.

다행히 통했나 보다. 그는 주먹을 몇 번 꾹 말아쥐더니 입을 열었다.

"…시도 때도 없이 사정을 해버려요. 이, 이상한 짓을 한 것은 절대 아닙니다!"

"아! 정루(精漏)."

"…그게 뭔데요?"

"정액이 그냥 흘러나오는 걸 말해요. 몽정도 정루에 속하죠.

나오는 정액의 색깔은 어때요?"

"물 같아요."

"처음부터 그랬어요?"

그는 고개를 끄덕이는 걸로 대답을 대신했다.

"몇 가지 더 물어봐도 될까요? 이 일이 있기 전에 평소 성생활은 얼마나 했어요?"

"…그게 이번 일과 관계가 있어요?"

"네. 아주 연관이 많죠. 다만 제 예상이 맞는다면 그리 큰일은 아니니 정확하게 말하는 게 좋아요."

에딕은 큰일이 아니라는 두삼의 말에 설득되어 천천히 자신의 얘기를 꺼냈다.

오래전에 데뷔를 했지만 그의 연예계 생활은 다른 아이돌 그룹과 다를 바 없었다.

전화기는 사용 못 했고, 연애는 금지였으며, 잠도 제대로 자지 못할 만큼 수많은 스케줄을 소화했었다.

운이 좋았는지, 소속사의 능력이 좋았는지 5년간 활동 후 재계약을 할 때까지 인기는 더 높아졌다. 그리고 재계약을 하면서 소속사의 족쇄는 풀렸다.

처음엔 조심스럽게 자유를 누리던 그는 인기와 돈에 취해 점점 거칠 것 없이 변했다.

클럽에 제집처럼 드나들고, 이성을 사귀고, 원나잇을 즐겼다. 그러다 성관계의 즐거움을 알고부터 극단적인 섹스 중독에 빠진 것이다.

섹스 상대를 구하는 건 어렵지 않았다. 주변에 여자는 넘쳤고, 그가 손을 뻗으면 거부하는 이들은 거의 없었다.

한데 방탕하게 논 벌을 받은 건지 몇 달 전부터 몸에 기운이 없었다. 그에 섹스를 멈췄지만 소용이 없었다. 게다가 지난달부터 아주 약간의 자극에도 정액이 줄줄 새기 시작한 것이다.

그는 고해성사처럼 두삼에게 그러한 과거를 말했다.

"…여기까집니다."

"너무 심각하게 말해서 큰일인가 싶었는데 별일도 아니었네요."

"그렇게 생각하세요?"

"물론이죠. 성인이 합의하에 섹스를 한 것이라면 문제될 것이 없죠. 다만 지나친 성관계와 자위가 스스로의 몸을 망친다는 게 문제죠."

쓰지 않는 것도 능력이 퇴행되니 문제지만, 지나친 사정 행위와 성관계로 인한 과로는 후유증을 남기기 십상이다.

동의보감에서는 칠상(七傷)이라고 하여 생식기관이 약해지면 생기는 일곱 가지 증상을 언급했다.

생식기의 양기와 원기가 쇠약해져 음기가 차고 습해지는 음한(陰汗).

정기가 소모되어 성욕이 감퇴되고 발기가 되지 않거나 유지가 되지 않는 음위(陰痿).

생식기를 둘러싼 골반의 긴장이 높아져 아랫배가 당기면서 아픈 이급(裏急).

조금 전에 언급한 정루(精漏).

정액량이 심하게 줄어드는 정소(精少).

정액이 물처럼 묽어지고 멀겋게 되는 정청(精淸).

소변이 자주 마려운 소변삭(小便數).

경우에 따라선 여러 가지 증상이 같이 나타나며 심한 경우 목숨까지 위협한다.

'허! 말로 설명하기엔 부족할 만큼 논 모양이네.'

에딕은 양기뿐 아니라, 원기도 크게 손상된 상태였다. 몇 달간은 족히 요양을 해야 겨우 회복될까.

"선생님이 진맥을 해주셔서 그런지 기운이 조금 나는 것 같네요."

그럴 수밖에. 메마른 논에 물을 주는 것처럼 주입하는 기운이 족족 스며들어 버렸다.

"…어떤가요?"

"원기가 손상되어 회복하는 데 오래 걸릴 것 같네요. 적어도 세 달쯤?"

"이곳에 2주간 있기로 했는데……."

"지금 상태에서 뭔가를 할 수 있을 것 같아요?"

"…아뇨."

"혹시 매니저도 현재 에딕 씨의 상태를 알아요?"

그는 고개를 저었다.

"그럼 왼쪽 무릎이 좋지 않다고 입을 맞추죠. 매니저분껜 그렇게 말을 할게요."

"알겠습니다. 감사해요, 선생님."

"제 일인데요. 자! 잠깐 누워볼래요? 일단 정루부터 멈추게 한 후에 본격적으로 보양으로 들어가 보죠. 감각이 무뎌져 웬만한 자극에도 발기가 안 될 거예요."

"…혹시 나중에도 그러는 건 아니겠죠?"

"당연하죠."

성생활 때문에 이렇게 고생을 하면서도, 나중에 못 할까 걱정되나 보다.

두삼은 자신의 기운을 불어넣어 줄까도 고민했지만 생식기의 감각을 줄이는 것으로 끝냈다.

당장 쓰러질 것도 아닌데, 열심히 노느라 원기를 소모한 사람에게까지 기운을 소모하긴 싫었다.

"저녁은 먹지 말고 기다려요. 저녁부터 몸에 좋은 것들로 준비할게요."

"자고 있어도 되죠? 몽정을 할까 봐 걱정돼서 잠을 못 잤더니……."

"푹 쉬어요. 이제 거의 나오지 않을 겁니다."

에딕의 병실에서 나온 두삼은 오랜만에 특실 담당 조리사 아주머니를 찾아갔다.

전과 마찬가지로 직원 식당 주방의 한쪽에서 요리하고 있었는데 다른 두 명의 조리사와 함께였다.

"안녕하세요, 아주머니."

"어머! 두삼 총각, 오랜만이네."

"미국에 잠깐 다녀왔습니다."

"TV에서 봤어. 굉장한 일을 했던데."

"한동안 그 얘기 무지하게 들어 귀에 딱지가 생길 정도였어요. 하하! 그나저나 이젠 주방장이 되신 거예요?"

"주방장은 무슨, 같이 일하는 거지. 근데 식사하러 온 거야? 그럼 잠깐만 기다려. 맛있는 거 해줄게."

"아, 아니에요! 특실 환자 특식 부탁하러 온 겁니다."

"몇 호?"

"특실 9호요."

"아하! 이 선생이 고민하던 그 방이구나. 어떤 걸로 준비해 줄까."

"음, 이것 중에 되는 것만 일단 해주세요."

두삼은 머릿속에 떠오르는 것들을 쭉 적었는데, 아주머니가 흘깃 보더니 중얼거렸다.

"풀밭이네?"

"환자가 마른 비만이거든요."

흔히 단백질이 풍부한 음식들을 정력에 좋다고 생각할 수 있다. 그러나 체력 증진에 좋은 것이지 정력과는 거리가 있다.

간식으로 치킨을 시켜 먹고, 소주에 삼겹살을 저녁으로 먹는 이들에겐 살이 찔 뿐이다.

현대인들에게 고기는 맛있으니까 먹는 거다.

고기와 함께 먹는 파와 부추, 양파 등 채소가 정력에 더 좋다는 건 알만한 이들은 다 안다.

근데 에덕은 몰랐나 보다.

몸이 약해지고 살이 빠지자 단백질이 풍부한 음식을 무작정 먹어 마른 비만과 비슷한 상태였다.

자연 그의 식단은 풀밭일 수밖에 없었다.

굴과 전복, 메추리알을 제외하곤 부추 된장찌개, 당근, 샐러리, 토마토 등 갖가지 채소들 위주로 적었다.

"그나저나 환자가 기력이 많이 부족한가 보네. 대부분이 기력 회복에 좋은 것들이네?"

"세계를 돌아다니느라 기력이 많이 쇠했더라고요."

"호호! 한참 기력을 보해야 할 나이긴 하지."

아주머니는 메뉴를 보고 대번에 에딕의 상태를 짐작한 게 분명했다. 다 안다는 투였는데 정력이 아닌, 기력으로 에둘러 말한 느낌이다.

"오늘은 되는 것들만 해주시고, 급한 건 아니니 마지막에 하셔도 돼요. 다만 너무 늦지 않게만 올려보내 주세요."

"그냥 조물조물 무치고 샐러드로 만들면 되는 것들인데, 뭐. 근데 아침은?"

"토마토 수프에 샐러드 정도면 되겠네요. 대신 배부를 정도로요. 내일 아침에 식단 짜서 보낼게요."

"알았어."

"수고해 주세요. 조만간 다른 분들도 같이 저녁이나 해요. 맛있는 거 사드릴게요."

"호호호! 기대하고 있을게."

식당에서 나와 이번엔 약재실로 올라갔다.

약재실은 작년부터 재고 담당 행정직원과 수련의들이 가장 많은 침구과와 한방내과에서 번갈아 가며 1명씩 상주하고 있었다.

약재 때문에 자주 들락거리는 곳이라 직원과도, 수련의들과도 친했다.

"김 주임, 조 선생 고생 많아."

"이 시간에 웬일이세요?"

"어서 오세요, 한 선생님."

"일 때문에 왔지."

"참! 지난번 회식 때 저녁이랑 술 잘 마셨습니다. 선생님이 사셨다는 건 다음 날 알았어요."

12월 말에 공동회와 행정 팀이 회식하는 자리에 끼여서 술을 마셨었다.

"한잔 살까 했던 참이었어. 음양곽이랑 산수유 재고 있어?"

"산수유야 항상 있죠. 가만있자, 음양곽이……. 500g쯤 있네요."

"그거면 충분해. 조 선생, 산수유는 물처럼 마실 수 있게 달여서 4l, 음양곽은 약으로 쓰일 거니까 진하게 500㎖쯤. 어떻게 끓이는지 설명해 줘?"

"선생님도 참. 그 정도는 저도 압니다. 물 8l에 산수유 100g 넣고 절반쯤 졸이면 되잖습니까."

"잘 아네. 왜 씨 없는 산수유를 사용하지?"

"씨는 정을 뺏잖습니까."

"올! 처음엔 어리바리하더니, 이젠 제법이네?"

"오시는 선생님들에게 혼나보십시오. 본과 때랑 비교도 안 되게 공부했습니다."

"본과 때 게을리한 건 아니고?"

"게을리했으면 여기 못 있죠."

"하하하! 맞는 말이네. 언제쯤 찾으러 올까?"

"내일 아침까진 해놓겠습니다."

"과에 복귀 안 해?"

"당직입니다."

"고생하네. 이걸로 저녁 든든히 먹어라."

두삼은 십만 원을 꺼내 테이블 위에 올려뒀다.

"안 주셔도 됩니다. 듣자 하니 다른 애들한테도 매번 주신다면서요? 선생님 월급 남아나지도 않겠습니다."

"내 월급 생각해 줘서 고맙긴 한데, 난 월급보다 다른 데서 버는 게 더 많아서 괜찮아. 그리고 이렇게 주는 건 레지던트 할 때뿐이니까. 마음껏 누려."

"네. 그럼 염치 불고하고… 잘 먹겠습니다. 감사합니다, 선생님."

"응, 수고해라. 퇴근 잘해, 김 주임."

"네. 다음엔 저희가 한번 쏠게요."

"그래."

이제 VIP실에 있는 두 사람을 치료하러 갈 시간이다.

*   *   *

출근한 후 곧바로 국장실에 다녀온 문 PD가 팀 회의실로 들어섰다. 부스스한 모습의 조연출들과 작가들이 꾀죄죄한 모습으로 일하는 걸 보곤 가볍게 인상을 찌푸렸다.

"휴우~ 냄새. 환기 좀 하고 일해라. 누가 보면 너희들이 방송국 일 다 하는 줄 알겠다. 좀 씻고!"

"…우리가 이러고 있는 게 누구 때문인데 그런 말을 하는 거예요!"

메인 작가가 히스테릭하게 외쳤다.

"나 때문이라고?"

"하아~ 기가 막혀서. 어제 전설인지 잔털인지 제보 전화 받아서 처리하라면서요?"

재생 한방병원의 원장 이일균에게 전설에 대해 들었을 때 옳다구나 했다. 한데 아쉽게도 그에게서 들은 것은, 추나요법을 배웠다는 것과 경상도에서 한의원을 했다는 것이 다였다.

이일균을 통해 방송에 언급되는 김에 지난 방송 끝부분에 제보 전화를 받는다고 홍보했다.

사실 워낙 소문이 안 난 사람이라 큰 기대를 하지 않았다. 한데 의외로 많은 제보가 들어왔다. 그에 제보의 사실 여부를 파악하기 위해 다들 바쁘게 움직이고 있었다.

"후~ 열심히 하는 걸 좋아해야 할지, 머리가 나쁜 걸 슬퍼해야 할지 모르겠네."

메인 작가의 미간이 더욱 좁혀진다.

아무리 문 PD라고 해도 메인 작가를 긁어서 좋을 게 없었기에 얼른 말을 덧붙였다.

"내가 처리하라고 한 건 맞아. 근데 누가 밤새우면서 하래?"

"…그럼 설렁설렁하길 바랐던 거예요?"

"요령껏 할 줄 알았다는 거지. 당장 전설이라는 양반을 찾았다고 해, 그럼 바로 방송할 거야?"

"……."

"아니잖아. 우리 방송이 1년을 했어? 2년을 했어? 고작 6개월이야. 어차피 최대한 미뤄야 해. 뭐, 바로 방송해 버리고 시즌제로 하는 것도 한 방법이겠지. 근데 시즌2가 지금 같은 인기가 계속될 것 같아?"

"…그럼 그렇다고 말을 해줘야죠."

"당연히 생각하고 있을 줄 알았지."

"머리가 나빠서 죄송하네요."

"에이~ 농담한 걸 또 심각하게 받아들인다. 카드 줄 테니까 찜질방 가서 푹 쉬고 맛있는 거 먹고 와."

자신의 말을 잘못 이해해 쓸데없는 고생을 하긴 했지만, 열심히 한 건 사실이니 다독여야 했다.

법인 카드의 마법에 조금이나마 기분이 풀렸는지 연출팀과 작가들은 인상을 풀고 일어났다.

"조연출 너도 가려고?"

"네? …에? 아, 아닙니다."

"아니지? 난 또 보고도 안 하고 나가는 줄 알고 어이가 없을 뻔했다."

"하하……. 당연히 해야죠. 보고."

"해 봐."

"특별한 건 없었습니다. 제보 80여 건 중 대부분은 장난 전화였고 5건 정도가 신빙성이 있어 막내를 보냈습니다."

"아하! 그래서 막내가 안 보였구나. 근데 5건은 어느 점이 신빙성이 있었는데?"

"제보자가 말하는 사람이 경상도 출신의 한의사라는 점돕니다."

"막내는 언제 온대?"

"2시간 전에 첫 제보자를 만난다는 연락이 왔으니 저녁때쯤엔 오지 않을까요?"

"음, 바보짓 한 것치곤 일은 제대로 했네."

"…다음부터 정확히 말해주십시오."

혼자만 찜질방에 못 가서 그런지 말투가 불퉁했다.

좀 갈굴까 하다가 다크서클이 가득한 얼굴을 보자 홍이 깨져 버렸다.

"저녁 일찍 먹고 6시까진 들어와."

"…네? 찜질방에 다녀오라는 말씀이세요?"

"이런 건 잘 알아듣네. 마음 변하기 전에 얼른 가."

"넵! 6시까진 꼭 오겠습니다."

다시 불러 세울까 후다닥 사라진다.

회의실에 덩그러니 혼자 남게 된 문 PD. 괜스레 뻘쭘했다.

"쯧! 쓰레기는 좀 치우고 살지."

팀원들이 오긴 전까지 할 일이 없었기에 주섬주섬 쓰레기를 치웠다.

*   *   *

지원 팀 혹은 행정 팀이라 불리는 행정지원실의 직원들은 오늘도 바쁘게 움직인다.

한가할 때가 있을까마는 건강검진에 결산, 다음 해 계획을 세워야 하는 12월과, 위에서 결정한 각종 계획이 내려오는 1월 그야말로 전쟁터를 방불케 한다.

일처리에 있어선 타의 추종을 불허할 만큼 손이 빠르고 정확한 공동희지만, 이때만큼은 사흘에 한 번 야근을 해야 했다.

공동희는 어제 밤을 새서 그런지 뻐근한 목을 두어 번 좌우로 흔들고 일어났다. 그리고 커피를 마시러 사무실 한편에 있는 커피 머신으로 다가갔다.

커피를 마시려는데 옆에 놓아둔 한약팩이 보였다.

'커피 대신 피곤할 때 마셔. 두 번째 내린 거지만 좋은 약재가 많이 들어간 거라 효과는 확실해. 이걸로 지난번 테스트 건은 퉁이다.'
'찌꺼기로 내렸다는 말을 너무 포장하는 거 아냐?'

농담처럼 찌꺼기라고 불퉁하게 말했지만 좋은 약임에는 틀림없었다.

작년 이맘때를 생각해 보면 그땐 거의 비몽사몽간에 일을 했었는데, 한약 덕분인지 약간 피곤한 정도였다.

커피 대신 팩을 들어 가위로 자른 후 쭉 들이켰다.

똑똑! 노크 소리와 함께 육성열 대리가 들어왔다.

"팀장님… 아! 한약 드시고 계셨군요."

"…다 마셨어."

"팀장님 건 어떻습니까? 제 건 써서 마시기가 엄청 곤욕스러워요."

두삼은 행정지원 팀 전부에게 한약을 줬다.

"술도 마다하고 잘도 마시더만."

"헤헤! 그야 한 선생님이 해준 한약이잖습니까. 먹어보니 확실히 다르더라고요."

"다행이네."

"근데 좋은 한약을 먹으니 부모님 생각이 나더라고요. 혹시 한 선생님께 부탁하면 많이 비쌀까요? 부탁드리는 게 실례일 수도 있겠군요."

"비싼지 어떤지는 모르겠지만 실례인 건 맞아. 두삼인 한약 만들 때 환자 진맥을 꼭 하는데 부모님 진맥까지 해달라는 거나 다름없잖아. 한가하다면 모를까 정신없이 바쁠걸."

"…역시 그런가요? 어? 근데 전 진맥 안 했는데요."

"알게 모르게 했을걸. 악수를 길게 했다든가, 어깨동무를 했다든가."

"그랬나? 아무튼 한가해질 때를 기다려야겠군요."

"그러지 말고 건강검진 받을 겸해서 모셔와. 그때 넌지시 말을 건네볼 테니까. 너무 기대는 말고."

"앗! 정말이요! 감사합니다, 팀장님."

바쁜 두삼에게 부탁을 해야 하는 일이지만, 다른 일도 아니고 부모님 건강 걱정을 하는데 모질게 말할 순 없었다.

"할 말 다했으면 내놔."

"아! 내 정신 좀 봐. 여기 있습니다. 각 과의 올해 매출 달성 목표치입니다."

"특별한 건?"

"…예상치만 집계한 건데……. 작년의 절반입니다."

"응? 매출이?"

서류의 맨 마지막을 봤다. 매출 예상치가 정말로 작년 매출의 절반이다.

짐작 가는 바가 있었다. 한방내과의 매출 예상치와 안마과의 매출 예상치를 살펴보자 결론이 나왔다.

"…미치겠네. 도대체 왜 안마과가 잘하고 있는 비만클리닉을 가져간 거야? 가져갔으면 제대로 할 생각을 해야지. 매출이 작년의 2배? 지금 장난해?"

"한방내과는 작년에 안마과가 얼마나 벌었는지 정확히 몰라서 이렇게 적은 것 같은데요. 그리고 어디까지나 예상치니까 더 나아지지 않을까요?"

"작년 10월부터 맡았지? 매출 기록……."

"정확하게는 10월 말이니 11월부터 보면 됩니다."

한방내과의 매출 기록을 모니터에 띄운 그는 오른손으로 이마를 짚었다.

11월에 10월보다 5배의 매출을 달성했지만 12월엔 그 절반이다. 1월이 지난 후의 매출을 봐야 더 정확히 알겠지만, 지금 상태로 봐선 잘나가는 비만클리닉이란 황금알 낳는 거위의 배를 가른 것이나 다름없다.

"젠장! 올해 한방센터는 마이너스네."

한방센터가 만들어지면서 투입된 상당한 투자 금액에도 불구하고 흑자를 기록한 건 순전히 안마과와 두삼의 뇌전증 환자 치료 덕분이었다.

그야말로 미친 수익.

병원 전체로 따지면 매출은 암센터나 외과센터에 이어 3등이지만, 순수익으로 따지면 단연 1등이었다.

그런데 올해는 뇌전증 환자의 치료도 멈췄고, 비만클리닉도 망가졌으니 기대할 곳이 없다.

신경질적으로 머리를 벅벅 긁은 공동희는 서류를 다시 육성열에게 건넸다.

"각 과에 연락해서 예상 매출 다시 올리라고 해. 특히 한방내과 이따위로 올릴 생각이면 비만클리닉에서 손 떼라고 해."

"…분명 말 나올 텐데요."

"과장들한테 연락 오면 나한테 연결해. 내가 아주 박살을 내 버릴 테니까. 이걸 들고 어떻게 원장님한테 보고를 해?"

행정지원실의 장은 과장들의 아래가 아니다.

지원을 확실하게 하는 대신에 과의 매출 관련해서는 간섭할 수 있었다.

지금까지는 처음이라 내버려 뒀지만 이제 3년 차, 서서히 고삐를 조일 때가 됐다. 때마침 손해를 볼 가능성도 높으니 기회라면 기회였다.

"…네, 팀장님."

말릴 수 없다는 걸 알았는지 육성열은 서류를 들고 나갔다.

"올해는 왠지 험난할 것 같아. 쩝! 쓸데없는 소리 말고 일이나 하자."

짝! 불안한 마음을 없애려는 듯 자신의 뺨을 양손으로 친 후 다시 일에 몰두했다.

한데 30분도 되지 않아 걸려온 전화에 집중력이 깨졌다.

대학교 때 친했던 과내 클럽 후배로 1년에 한두 번 동문회나 개인적인 모임에서 만나고 있었다.

"응, 동률아."

─형, 잘 지내죠?

"항상 그렇지. 늦었지만 새해 복 많이 받아라."

─…형도요.

"애들은 잘 지내지?"

녀석은 일찍 결혼해 애가 벌써 둘이다.

―그게… 형. 둘째 현아가 아파요.

"어디가? 전엔 그런 말이 없었잖아?"

―지난달부터 열이 심하게 나서 동네 병원부터 종합병원까지 다녔는데, 아무래도 뇌수막염 같다네요. 근데 계속 떨어졌다 다시 올랐다 반복할 뿐 낫지를 않아요.

병원에 다녀본 사람은 '자신에게 맞는 병원'이 있다고 종종 말한다.

가령, A라는 종합병원에 가서 검사를 받았는데 병을 찾지 못하거나 괴상한 병명을 말하며 몹시 어려운 수술을 해야 한다고 말한다.

한데 미심쩍어서 비슷한 수준의 B병원을 갔더니 금세 병을 찾고 병명도 전혀 다른 이런 경우 말이다.

근데 솔직히 그건 맞는 병원이 아니라 A병원 담당의 경험 부족이다.

많은 이들이 전문병원, 유명한 의사를 찾아 몇 주 혹은 몇 달을 괜히 기다는 것이 아니다.

물론 신동률의 딸의 경우와는 조금 다르겠지만, 아무래도 소아청소년과 전문의가 있는 곳과는 차이가 있을 수밖에 없다.

한강대학병원은 다행히 소아청소년과에 유명한 선생이 있었다.

흠이라면 3개월간은 예약이 완료되어 있다는 것. 그나마 뇌전증 치료를 두삼이 담당해 줘서 그 정도지, 아니었으면 족히 6개월간 예약이 꽉 찼을 것이다.

'그나저나 얼마 전에도 부탁했는데 가능하려나.'

사실 병원에서 일하다 보면 많은 부탁을 받는다.

아는 사람, 아는 사람의 아는 사람. 유명한 의사에게 외래 진료를 받게 해달라거나, 입원할 수 있게 병상을 알아봐 달라고 한다.

어렵지 않다.

해당과의 행정 업무를 맡은 직원과 간호사에게 커피 한 잔 사면 가능한 일이다.

하지만 너무 자주 하면 곤란하다. 끼어드는 사람이 있으면 그만큼 밀리는 사람도 있기 때문이다.

안 된다고 말할 순 없었다.

뇌수막염은 항생제를 제대로 투입을 한다고 해도 10%~15%가 사망하는 무서운 병이었다.

"일단 병원에서 진료 기록 가지고 대기하고 있어. 준비되는 대로 구급차 보낼게."

—고마워요, 형.

"그 얘긴 조카 다 낫고 해라. 전화할게."

전화를 끊고 잠깐 생각을 정리한 그는 두삼에게 연락을 했다.

전화를 받는 대신 '일하는 중 끝나면 연락할게'라는 메시지가 왔다.

기다리길 20분. 전화가 울렸다.

—환자 이제 막 갔어. 일하는 시간에 연락한 거 보니 급한 일인가 본데, 말해.

"부탁 하나, 아니, 두 개만 하자."

—콜! 대신 다음에 테스트할 일 있을 때 몸으로 때워.

"…고맙다."

―친구 사이에 무슨.

문득 두삼의 말에 진짜 친구 사이냐고 묻고 싶었다.

생각해 보면 그는 두삼에게 내내 받기만 했다. 장난스럽게 테스트니 뭐니 해서 부를 때도 있지만, 그건 돕기 위한 핑계일 때가 많았다.

불쌍하게 여기나 싶을 때도 있었지만, 그건 아닌 게 분명했다. 그랬다면 오랜 기간 그런 시선을 받아온 자신이 못 느꼈을 리가 없었다.

그렇다면 뭘까?

전에 지나가는 투로 말한 것처럼 사람을 좋아하는데 이유 같은 건 없는 건가?

어쩌면 과거 느꼈던 배신감의 반작용인지도. 다음에 술 거하게 먹인 후에 슬며시 물어봐야겠다.

오늘은 일단 후배 일부터.

"하나는 소아청소년과 직원 부모 건강검진 좀 해달라는 거고, 다른 하나는 후배 딸이 뇌수막염으로 입원하는데 어떤지 좀 봐줘."

―알았어. 첫 번째 건강검진은 날짜 알려줄게. 두 번째 건은… 전문 분야가 아닌 건 알고 있지?

"소아청소년과 진 교수님이 맡게 될 거야. 한데 열이 난 지 오래됐다고 해서 불안해서."

―언제 오는데?

"입원 결정되면 현재 입원해 있는 병원으로 구급차 보내려고."

―그래 그럼 구급차 떠나기 전에 연락해라. 내가 갔다 올게.

"…그렇게까진 안 해도 돼."

―나도 불안해서 그런 거야. 아! 환자 왔단다. 연락해. 빨리 끝내고 기다리고 있을게.

고맙다는 말이 다시 나오기도 전에 두삼은 전화를 끊었다.

"자식이 오지랖은……. 고맙다."

공동희는 끊긴 전화기를 보며 중얼거린 후, 소아청소년과 직원에게 연락했다.

*　　　*　　　*

타악!

"어떤 자식이 예상 매출을 다시 올리래!"

황오열은 결재 서류로 책상을 거칠게 치며 물었다.

"…행정지원실 육성열 대리가 공동희 팀장 명령이라고……."

"뭐! 명령? 그 자식이 그렇게 말했어?"

"그, 그게 아니라… 그러니까 전달 사항이라고……."

"허어, 날 얼마나 우습게 알았으면 정말 별 잡것들이 다 엉기는군."

임동환과 엮여 교수직을 박탈당한 후 남은 건 악밖에 없었다. 그래서 센터장에게 깽판을 쳐 비만클리닉을 뺏어 왔다.

근데 막상 비만클리닉에서 쓰는 시술법까지 받아왔지만, 하루아침에 능숙해지는 건 불가능했다. 당연히 환자들은 불만을 토로했고 그 여파로 날이 갈수록 손님들은 줄어들고 있었다.

그러나 그는 일시적인 현상이라 생각했다.

한방 내과 의원들이 익숙해지면 안마과가 그랬듯이 환자가 몰려올 거라 믿었다.

"당장 공 팀장한테 연락해."

"예, 예!"

내과 선생은 서둘러 전화를 걸었다. 그리고 아직 할부도 안 끝난 스마트폰을 던지지만 말아 달라고 마음속으로 빌며 황오열에게 자신의 전화를 건넸다.

—예, 공동희입니다.

"나 한방내과의 황 교수야."

—네, 선생님. 말씀하십시오.

자신을 교수라 부르지 않는 것에 더욱 기분이 나빠진 황오열은 비아냥거리며 말했다.

"자네가 예상 매출을 다시 올리랬다고 했다지."

—네. 아무래도 잘못 올린 것 같아서요.

"작년의 200%로 올렸는데 그게 잘못 올린 것 같나? 그리고 설령 잘못 올렸다고 해도 어디서 다시 하라, 마라 명령인가!"

—…그게 제 일입니다.

"뭐?"

—각 과를 지원하고, 수입, 비용 등을 관리하고, 매출 극대화를 시키는 게 행정지원 팀의 일이라고 말씀드렸습니다.

"그렇다고 해도 간섭이……."

—저라고 간섭하고 싶어서 하겠습니까? 작년 안마과가 비만클리닉으로 번 돈이 얼만지 아십니까?

"그걸 내가 왜 알아야 하는데!"

—당연히 아셔야죠. 이번에 한방내과가 올린 예상 매출액의

20배가 넘습니다. 작년 흑자에서 올해 적자로 돌아서면 책임 문제가 불거질 테니까요.

"……."

─그리고 행정지원실 팀장으로서 그 예상 매출은 용납이 안 됩니다. 2층 안마실의 비용 역시 한방부인과와 일정 부분 나눠야 한다는 걸 잊은 건 아니시겠죠?

"이… 으득!"

타박타박 조리 있게 말을 하니 반론을 제기할 수 없었다.

─내일까지 다시 보내주십시오. 이번엔 타당성 있기를 바랍니다. 더 할 말 없으시면 이만.

일반적으로 끊기는 전화.

부들부들!

분노에 스마트폰을 부서질 듯이 움켜쥐었다. 하지만 충격에 약한 스마트폰이라곤 해도 손으로 쥐어 파괴하기엔 무리가 있었다.

"…나가."

"네?"

"나가서 다시 작성하라고! 안마실 비용도 제대로 넣어서!"

조교수 격인 선생이 스마트폰을 가지고 뛰어나가는 것을 확인한 황오열은 강하게 책상을 내려치려다 앞에 있는 모니터를 확 밀어버리는 거로 분노를 표했다.

텅! 콰직!

부서진 모니터를 보자 마음이 조금 가라앉았다.

"주변에 고만고만한 놈들밖에 없는 것이 문제야. 한두삼, 그 인간 정도 되는 실력자가 필요해."

화를 삭이며 생각을 정리한 그는 동문회 회장인 후배에게 전화를 걸었다.

—네, 선배님.

"전에 실력 좋은 사람 구해달라는 거 어떻게 됐나?"

—안 그래도 그 때문에 전화 드리려고 했는데 3월 정도까지만 기다려 주실 수 있으세요?

"3월?"

—그 친구가 현재 중국에 있는데 3월 초쯤에나 들어온답니다.

"기다리는 건 상관없어. 문제는 실력이지."

—깜짝 놀라실 겁니다. 지난달 한국에 들렀을 때 잠깐 봤는데 엄청나더군요.

"우리 병원의 한두삼 선생 정도는 되나?"

—제가 볼 땐 더 낫습니다.

믿기지 않는 말이다. 하지만 어느 정도만 비슷하다면 충분했다.

"그 친구 이름이 뭔데?"

—김장혁입니다. 올해 서른여섯 됐을 겁니다.

"김장혁이라……."

—선배님 얘길 했더니 무척 좋아하더군요. 안 그래도 한강대학병원에 관심이 많았다고 하고요.

실력과 더불어 한강대학병원에 관심까지 있다니 더할 나위가 없는 적격자였다.

86. 잠과의 전쟁

왜앵! 왜앵!

구급차는 연신 사이렌을 울리며 다소 거칠게 도로를 내달린다.

구급차 안에 있는 사람에게 꽤 시끄러운 소리일 텐데 환자의 팔을 잡고 집중하는 두삼에겐 별문제가 되지 않았다.

"…뽀도도… 오딜 가는……. 아! 크동……."

고열의 아이는 유명 애니메이션의 캐릭터들과 노는지, 연신 이상한 말을 중얼거렸다.

'열이 너무 심하네. 오길 잘했어.'

뇌수막염에 2주 동안 차도가 없다는 말에 혹시나 해 이송에 참여했는데 잘한 결정이었다.

이렇게 열이 계속되면 설령 낫는다고 해도 후유증이 남을 확률이 높았다. 이제 삶을 시작한 지 3년밖에 되지 않았는데 그건 너무 가혹하다.

차가운 기운을 아이의 뇌로 흘려보냈다. 열기로 붉었던 뇌와 척수가 서서히 식어갔다. 그와 함께 아이의 초점이 조금씩 돌아왔다.

아이는 정신이 현실로 돌아왔는지 두리번거리다 두삼을 봤다. 그리고 씨익 미소 지으며 말하곤 졸리는지 눈을 감았다.

"포비, 고마워……."

"……."

포비라니, 걔 북극곰 아닌가? 요즘 2킬로 정도 쪘다고 그렇게 뚱뚱해 보이나?

정신을 차린 줄 알았는데, 아닌가 보다.

"…저, 선생님?"

"난 포비가 아냐!"

"네?"

"아! 아닙니다. 잠깐 딴생각을… 왜 그러세요, 현아 어머님?"

"현아는 괜찮나요? 의식을 잃은 것 같은데……."

"열이 떨어지면서 잠이 든 겁니다."

"아! …다행이네요. 아까부터 얼음 팩을 해도 열이 떨어지지 않아 걱정했었는데, 감사합니다!"

"담당의가 실력이 좋은 분이니 잘될 겁니다."

현아 케이스는 치료가 목적이 아닌 이송이다.

바이러스라니, 확대를 하다 보면 볼 수는 있겠지만 그렇다고 할 수 있는 게 있을까? 무엇보다도 담당의보다 잘할 자신이 없었다.

그저 열을 내리기 위해 기운을 듬뿍 넣어준 것이 약간이나마 도움이 되길 바랐다.

시내를 통과했지만 많은 시민의 양보로 15분 만에 도착했다.

문이 열리고 대기하고 있던 레지던트와 간호사가 침대를 내렸다.

현아의 병원 기록을 넘기며 말했다.

"이송할 때 39.5도였어요. 지금은 제가 임의로 내려뒀는데 얼마나 갈지는 모르겠어요."

"수고하셨습니다."

"그럼 전 이만… 어! 김 선생님. 오랜만에 뵙습니다. 여긴 어쩐 일이세요?"

돌아서려는데 웬일로 김진선 교수가 보였다.

"한 선생이 이송에 참여했다고 해서 얼굴이나 볼까 하고 나왔지. 환자에게 이상한 일이 생겼을지도 모르니 처리도 해줄 겸해서 말이야. 근데 의외로 얌전하게 데리고 왔네?"

"…구급차를 타고 올 동안 환자를 낫게 하는 재주는 없습니다만."

"TV에서 보고 괴물이 된 줄 알았더니."

"……."

"큭큭! 반응이 재미있네. 따뜻한 꿀물 한잔할래?"

"환자 보러 가야 해서 사무실에 갈 시간은 없는데요."

꿀을 타줄 것이라 생각했던 것과 달리 김진선은 호주머니에서 꿀물 음료수를 꺼내 건넸다. 그리고는 바람을 피할 수 있는 기둥 옆으로 잡아끌었다.

"됐지?"

"훗! 괜찮네요. 근데 요즘은 왜 잘 안 부르세요?"

"한 선생을 부르면 편하긴 하지. 근데 다른 선생들 실력이 안 늘잖아. 전에도 피치 못할 때만 부른 거야."

"요즘은… 아! 배 선생님이 계시는군요."

"맞아. 미국 유명 병원에 유학을 다녀와서 그런지 확실히 경험이 풍부하더라."

"분하진 않으세요? 아! …죄송합니다."

추위에 머리가 얼었는지 머리를 거치지 않고 질문이 나와 버렸다.

"후후! 괜찮아. 난 말이야, 어떤 의사든지 아이들을 고칠 수 있으면 만족해. 다 동료잖아. 부족한 부분은 그들이 하는 걸 보고 배우면 돼. 아! 물론 지지 말고 잘해야겠다는 생각은 해. 그런데 너도 원래 그런 타입 아닌가?"

"그런가요?"

전에는 누구보다 잘해야 한다, 저 사람을 뛰어넘어야 한다, 쟨 나보다 못해, 라는 생각을 했던 것 같다.

근데 요즘은 자신의 실력을 갈고닦는 것밖에 생각하지 않는 것 같긴 하다.

경쟁자가 없어서 그런 건 아니다.

주변의 모든 이들이 경쟁자다.

특히나 할아버지라는 거대한 벽을 두고 질투할 틈이 없다. 그저 경쟁자들을 통해 한 가지 병이라도 더 혼자 치료할 수 있도록 노력하고 있을 뿐이다.

"아니면 말고. 옳고 그름에 관한 얘기는 아니니까."

"그건 그렇죠. 음료수도 다 마셔가는데 부탁할 거 있으면 얼른 하세요."

"부탁할 것이 있다는 건 어떻게 알았대?"

"갑작스러운 등장, 따뜻한 꿀물 음료수, 더 말이 필요한가요?"

"너무 속 보였나. 다른 건 아니고 지석 씨가 이번 건강검진에서 건강 상태가 좋지 않은 거로 나왔어."

"에? 진짜요? 어디가 안 좋은데요?"

"특별히 아픈 건 아냐. 체력이 많이 떨어졌대. 일하는 와중에 한의학 공부까지 하고 있으니 그럴 만도 하지."

마취통증과 과장인 이지석은 관심이 많더니 결국 한의학 공부를 시작했나 보다.

"혼자 공부하고 계세요?"

"지금은. 내년엔 한의학과에 편입, 아니, 복수전공이라고 해야 하나. 자세한 건 모르지만 본과 1학년으로 들어간대. 그때 우리 남편 잘 부탁해요, 교수님."

"…헐~"

의대 교수가 한의학과 학생으로 편입이라니, 열정만큼은 인정해야 했다.

"선생님이 이리저리 마음고생이 심하시겠네요?"

"아니. 오히려 좋아. 술 마시는 시간에 공부하거든."

"그런 장점이…… 아무튼 이지석 과장님 보약을 해달라는 거죠?"

"응."

"알았어요. 진맥하고 해드릴게요."

"약값은 말해. 보내줄게."

"팍팍 청구해도 되죠?"

"…제값 다 주고 할 것 같으면 너한테 부탁한 의미가 없지 않을까? 내년엔 집에 학생만 세 명이 돼서 지금부터 아껴야 해. 뭐, 우리 남편 장학금 받게 해준다면 2배로 줄 수도 있는데."

"…원가로 해드릴게요."

"내가 양보해야겠네."

"네네. 서비스로 밤에 좋은 것도 넣어드려요?"

"좋지. 이왕이면 변강쇠로 만들어줘. 요즘 별 본 지가 언젠지 모르겠다."

"……."

놀리려고 한 말인데. 잠시 그녀가 아줌마라는 사실을 망각했다. 그리고 나중에 안 사실이지만 이지석은 이미 전액 장학금으로 학교에 다녔다.

아무튼, 김진선과 헤어진 후 부르스에게 갔다.

현재 부르스의 상태는 무척 좋았다.

한방색전술로 인해 암의 크기가 눈에 띄게 줄었고, 독맥 역시 14번째 혈인 대추까지 뚫어둔 상태다.

이제 남은 건 완벽한 소주천(백회혈을 가로지르는)을 할 것인지, 족태양방광경, 수태양소장경, 수소양삼초경, 족소양담경의 맥을 지나 임맥의 24번 혈인 승장혈로 연결하는 변칙적인 소주천을 이루게 할 것이 결정하는 일이다.

사실 마음은 이미 후자로 기운 상태다.

전에 백회를 뚫으려다가 배영옥은 물론, 자신과 하란의 목숨까지 위험할 뻔하지 않았던가.

머리에도 암이 있고, 절체절명의 순간이라면 시도해 보겠지만, 좋은 분위기에서 군이 위험을 감수할 필요는 없었다.

병실로 들어가자 부르스는 화상 통화를 하고 있었다.

일단 그는 내버려 두고 폴린에게 말했다.

"통화는 허락하기 했지만, 어째 점점 사무실처럼 되어 가네요?"

"하하… 회장님이 하지 않으면 모를까, 일단 시작하면 제대로 하는 분이라……."

"음, 그럼 하지 못하게 해야겠네요."

"닥터 한은 참 극단적이라니까. 내가 말해서 더는 늘리지 못하게 할게. 그러니 여기까진 참아줘. 회장님이 자리를 비운 동안 조금 손해를 본 모양이야."

"조금이라면?"

"20억 불쯤."

"…더는 늘리지 않는 거로 합의를 보죠."

"하하. 회장님껜 내가 말해두지."

"참! 맥이 막힌 것과 뚫린 것은 구분이 됩니까?"

"응. 요 며칠 간은 확실히 느껴지더군. 그래서 회장님의 임맥은 내가 천천히 뚫어보고 있다네."

"잘하셨네요."

"한데 뚫는 것이 자네처럼 잘되지 않더군."

당연했다.

막힌 하수구를 뚫을 때 보고 뚫는 것과 보지 못하고 뚫는 것은 천지 차이다.

또한, 자신은 기운을 이용해 수월하게 뚫는데 폴린은 그런 재주가 없었다.

폴린과 얘기를 나누는 사이 화상 통화가 끝났는지 부르스가 다가오며 인사했다. 20억 달러를 잃은 사람답지 않게 담담했다.

"어서 오게. 다시 뜨거운 시간이 왔군."

"오늘은 뜸 안 쓸 겁니다."

"오늘 회사 주식 올랐다는 얘기보다 기쁘군."

"축하드릴 일이지만, 너무 무리는 하지 마십시오."

"암이 낫는다면 20%는 더 오를 텐데 당연하지."

"천상 사업가시네요."

"사실 무리할 시간도 없다네. 자네가 가고 나면 폴린이 태워 죽이려는 듯 뜸을 내 배에 올리거든."

"하하…… 시작할까요?"

"그러지. 근데 오늘은 뭘 하는 건가?"

"독맥을 앞에 있는 임맥과 연결할 생각입니다. 여기 대추혈에서 이런 식으로 승장혈까지 연결하는 것으로 민감한 부분이라 뜸이 아닌 지압을 이용하는 겁니다."

"…여전히 알아듣지 못할 말들이군. 시작하지."

사실 부르스가 아닌 폴린이 들으라고 한 말이다. 기운을 뜨겁게 해서 막힌 맥을 천천히 문질렀다.

부르스는 아프지 않으니 심심한지 말을 걸었다.

"닥터 한, 미국에서 병원을 열 생각 없나?"

"이곳에서 할 일이 너무 많아 갈 수가 없다고 전에 말씀드리지 않았나요?"

"생각이란 항상 바뀌니까."

"그렇긴 한데 며칠 만에 바뀔 만큼 다이나믹한 생활이 아니라서요. 앞으로의 건강 때문이라면 닥터 미구엘이 있잖습니까."

"나 때문이 아니라 자네 실력을 미국에서 펼치는 게 낫지 않겠냐는 뜻이야. 장담컨대 자네 실력이면 미국에서 크게 성공할걸세."

"성공의 척도가 돈이나 명성이라면 더 성공하고 싶은 마음은 없습니다."

이건 솔직한 마음이었다.

돈은 미친 듯이 쓰지 않는 이상 평생 먹고 살 만큼 벌었다. 뇌전증 치료제가 팔리기 시작하면 재벌까진 아니더라도 중소기업 사장 부럽지 않은 부자가 될 것이다. 쓸 시간이 없는 게 오히려 문제랄까.

명예는 서른여섯에 대학교수면 충분하지 않은가.

진짜 필요한 건 주말이면 연인과 여행 가고, 명절에 가족을 찾아뵐 수 있는 약간의 여유다.

물론 당장에라도 가능하다. 그러나 마음이 아직 그러면 안 된다고 말했다.

"지금 가진 것으로 만족한단 말인가?"

"네."

"재산이 얼마나 되는데?"

"글쎄요. 베인 씨에 비교하면 새 발의 피겠지만 뇌전증 치료제가 팔리면 다리 한쪽은 되지 않을까요."

"응? 뇌전증 치료제?"

"아! 쓸데없는 소릴 했네요. 잊어주세요."

"뇌전증 치료제 얘기는 얼핏 들은 거 같긴 한데, 그 치료제 개발에 자네가 참여했는지는 몰랐군. 그렇다면 돈은 정말 필요 없겠군."

"그렇다 해도 치료비는 받을 겁니다."

"훗! 떼먹진 않을 테니 걱정하지 말게. 그나저나 병원을 차려주는 것으로 유혹할까 했는데 실패군."

"미국에 가게 되면 연락드리겠습니다."

"응?"

"생각이 하루아침에 변하진 않지만 몇 년이 지나면 어떻게 될지 모르니까요. 무엇보다도 공짜를 마다하는 성격은 아니거든요."

"허허허! 닥터 한은 폴린과 달리 참 재미있다니까."

농담이 아닌데……

나중 일은 차후에 생각하기로 하고 부르스의 내부에 집중했다.

이제 말랑말랑해진 맥을 뚫을 차례다.

그의 단전으로 뜨거운 기운을 넣었다. 그리고 단전에서 몇 바퀴 돌려서 힘을 얻게 한 후 나사처럼 만들어 독맥으로 보냈다.

배영옥 때와는 달리 기운을 이용하는 방법이 좋아져서 굳이 속도를 높이지 않아도 됐다. 물론 대추혈에서 승장혈까지 가는 길은 좁고 막혀 있다는 점도 한몫했다.

뚫린 길을 따라 올라간 기운은 대추혈에서 목 쪽으로 원만히 꺾이며 마사지와 지압으로 말랑해진 찌꺼기와 부딪혔다.

그리고 그 순간 시추 작업을 하듯이 나사 모양의 기운을 회전시켰다.

치이익!

일부는 태우고, 일부는 분해된 찌꺼기를 뒤로 보내며 사라졌다.

두 번째 나사 모양의 기운이 곧장 뒤를 이었다.

기운 소모가 크다는 것만 빼면 백회를 뚫는 것보다 확실히 수월했다.

기운이야 아까 현아의 열을 식혀주기 위해 쓴 것밖에 없으니 여전히 많았다.

'곧 승장이다!'

기운이 절반쯤 남았을 때, 마침내 아랫입술 바로 밑에 있는 승장혈에 이르렀다.

이제 수직으로 꺾이는 부분.

살짝만 꺾어놓고 내일부터 하나씩 뚫자는 생각으로 조심조심 나사의 방향을 꺾었다.

쑤욱!

나사 모양의 기운이 너무나 쉽게 아래로 내려간다.

'응? 뭐지? …아! 폴린이 연습을 했다고 했지.'

단전에 올려진 오른손은 놔두고 왼손을 뻗어 부르스의 턱부터 단전까지 슥 훑었다.

벗고 있었으면 꽤 묘한 장면. 다행히 부르스는 옷을 입고 있었다.

'부르스가 지독히 연습했다고 했을 때 허풍이 섞여 있다고 생각했는데 사실이었네.'

임맥의 찌꺼기 전체가 말랑말랑한 상태였다.

혹시 폴린이 연습을 더 이상 하지 않으면 금세 굳게 되겠지, 라는 생각이 들자 너무 아까웠다.

'어차피 뚫어야 하는 거 뚫을 수 있는 데까진 뚫자!'

생각과 동시에 오른손으로 기운이 빠져나가 부르스의 단전으로 향했다.

승장, 염천, 철돌, 선기, 화개, 자궁, 옥당, 전중, 중정, 구미, 거궐, 상완, 중완, 건리, 하완

내려 꽂히는 힘이 더해지자 갈수록 빠르게 뚫렸다.

안타까운 건 아직 9개의 혈이 남아 있다는 것이다.

'젠장! 조금만 더 있으면 아예 오늘 다 뚫어버리는 건데. 폴린에게 연습 좀 더하라고 해놔야겠구나.'

현재 남은 기운은 10%쯤. 탈탈 털어서 쓰면 허탈감이 장난 아니기에 멈추는 게 맞았다.

전에 원기까지 사용하는 바람에 복구하는 데 꽤 오랜 시간이 걸리지 않았던가.

잠깐 고민하는 순간에도 기운은 계속 뚫고 있었다. 그리고 수분혈에 이르는 순간 남아 있던 기운 전부가 부르스의 단전으로 쑥 빨려 들어갔다.

약간의 미련이 영향을 미친 게 분명했다.

'헉! 뭐, 뭐야!'

빠져나간 기운은 마치 두삼이 회수할까 봐 겁이 나는지 그대로 내달렸다.

그리고 신궐, 음교, 기해, 석문 순식간에 뚫고 마지막으로 남아 있는 관원, 중극, 곡골, 회음 네 개의 혈마저 뚫어버렸다.

얼떨결에 변칙적인 소주천을 만들어 낸 것이다.

물론 무리한 대가로 지독한 허탈감을 보너스로 받아야 했다.

*   *   *

"후욱! 흐읍! 크! 헉헉!"

"회장님, 호흡."

"헉! …나, 나도 알아. 헉헉! 내 몸이 이렇게… 꿀꺽! 약했나? 후우~ 흡!"

러닝머신 위에서 빠르게 걷는 부르스는 수건으로 땀을 닦곤 다시 호흡을 가다듬으려 애쓴다.

한때는 만능 스포츠맨이라고 불릴 만큼 여러 가지 운동을 했었는데, 지금은 조금 빠르게 걷는 것만으로도 힘이 들었다.

"암 진단 이후에 전이를 걱정해 운동을 전혀 하지 않으셨으니까요."

"후후! 흡흡! 그, 그랬었지."

"2분만 더 걷고 10분간 휴식하겠습니다."

2분이라는 말에 더 말하지 않고 악착같이 걸었다. 그리고 2분이 지났는지 폴린이 러닝머신을 껐다.

"헉헉! 젠장! 헉헉! 2분이… 꿀꺽! 마치 20분 같이 느껴지는군.

헥헥!"

"서서 잠시 호흡을 가다듬으세요. 여기 닥터 한이 준 물이 있습니다."

"…물이 아니라 지독히 매운 약이지. 하아~ 하아~"

투덜거렸지만 지금은 어떤 액체라도 마실 수 있을 것 같았다.

"큭! 매워. 이건 뭐로 만들었을까?"

"마늘이랍니다. 마늘은 항암 효과가 아주 좋습니다."

"체취에 마늘향이 배기는 건… 킁킁! 뭐지 이 이상한 냄새는? 으~ 마늘 냄새보다 더 역겨운데."

마늘 냄새가 나는지 확인하려던 부르스는 인상을 찌푸리며 자신의 팔에서 얼굴을 멀리했다.

"소주천을 해서 노폐물이 배출할 거라고 하더니 그래서 그런가 봅니다."

"소주천?"

"몸의 자정작용이 좋아졌다고 생각하면 됩니다."

"나쁜 것을 뱉는다니 분명 좋은 일이긴 한데. 당장 샤워부터 하고 싶어. 냄새를 인지해서 그런지 내 몸에서 역겨운 냄새가 꾸역꾸역 올라오는군. 근데 이건 언제까지 이런대?"

"닥터 한의 말에 의하면 경험상으로 암이 나을 때까지 계속된다는군요."

"…경영진들을 부를까 했는데 그냥 화상회의로 해야겠군. 샤워하고 올게. 참! 한 선생 올 때 되지 않았나?"

"이제 하루 한 번, 아침에 방문한다고 했습니다."

"좋게 생각해야겠지?"

"예, 회장님. 저에게만 한 얘기지만 3월이 되기 전엔 퇴원이 가능할 것 같다고 했습니다."

"완치는 아닐 테고."

"저에게 맡긴다고 했습니다. 그리고 암에 완치는 없습니다, 회장님."

"옛날 같은 생활은 불가능하다는 말이군. 뭐, 살아 있는 것만으로도 충분히 행복하니까."

"참! 회장님, 실례가 되지 않는다면 냄새를 잠깐 맡아봐도 되겠습니까? 다른 뜻이 있는 게 아니라 기억해 둬야겠기에……."

"의사도 참 힘든 직업이라니까. 맡게."

부르스는 팔을 내밀었다.

다가가든 폴린은 한 걸음 앞에 이르러 돌연 멈췄다. 그리고 슬금슬금 뒤로 물러났다.

"험! …무슨 냄새인지 충분히 알겠습니다. 얼른 샤워하는 게 건강에 좋겠습니다."

"……."

"…죄송합니다. 제가 비위가 약해서."

부르스는 저 인간을 계속 데리고 있어야 하나 고민하다가 샤워실로 갔다.

*　　　　*　　　　*

부르스의 혈맥을 뚫으면서 배운 것이 있다면 기운을 사용할 땐 어설픈 미련을 가지면 위험해진다는 것이다.

다행히 허탈감을 느낀 걸 제외하곤 아무 이상이 없었지만 앞으로 주의를 할 필요가 있었다.

건강하시던 할아버지가 갑자기 돌아가신 것도 어쩌면 원기 손상 때문이 아닐까 하는 생각이 들었다.

"어! 포비 아저찌다!"

2인실에 들어서자 침대에서 링거를 꽂은 채 태블릿으로 애니메이션을 보고 있던 현아가 외쳤다.

"현아야, 의사 선생님한테 그런 말 하면 안 돼요."

"하하……. 괜찮습니다. 친근해서 그런 거겠죠."

"맞아요. 현아가 포비를 아주 좋아하거든요."

"엄마, 난 크동이 제일 조은데?"

"…포, 포비도 좋아하잖아, 그렇지?"

"포비는 아저찌야. 친절해."

"호호. 그렇다네요."

어째 엄마의 강요로 마지못해 한 말 같았지만 일단은 칭찬이니 만족했다. 그리고 이어진 현아의 행동에 그냥 포비 아저씨로 남기로 했다.

"이거 주께요."

아직 탄산음료를 마실 나이는 아닌 것 같은데, 어디서 난 건지 현아는 빨간색 콜라를 건넸다.

"고마워, 현아야. 아저씨가 이마에 손 좀 올려볼게. 괜찮지?"

"네에~"

공동희가 신경 쓰는 아이라 어떻게 됐는지 확인하러 온 것이다. 전혀 손댈 생각이 없었는데 콜라 선물에 다시 손이 나갔다.

병실에 오기 전 진료 기록을 보고 더 이상 고열은 나지 않지만, 약간의 미열이 있다는 건 알고 있었다. 그래서 차가운 기운과 함께 다시 한번 기운을 듬뿍 주는 것으로 끝을 냈다.

얼른 나으라는 말로 작별을 고한 후 향한 곳은 마취통증학과였다.

이지석이 워낙 바빠서 시간이 맞지 않아 오늘에야 약속을 잡을 수 있었는데, 사무실로 들어가자 꾸벅꾸벅 졸고 있다가 화들짝 일어났다.

"쓰읍! …어서 와."

"잘 지내… 지 못하는 것 같네요?"

"요즘 유독 어려운 수술이 많아서. 앉아. 커피 줄까?"

"감사합니다. 근데 과장이신데 너무 많은 수술에 들어가는 거 아닙니까?"

"나이 어린 과장의 비애랄까. 하하! 농담이고 한의학 공부까지 같이하다 보니 잠이 부족해서 그래."

농담 같지 않았지만, 자신이 관여할 일이 아니었기에 화제를 한의학에 맞췄다.

"한의학 공부는 재미있으세요?"

"…아니. 너무 생소해. 그리고 머리가 굳었는지 외우는 게 너무 힘들다."

"하하! 내년까지 시간이 있으니 흥미 있는 것부터 하나씩 외워가는 게 더 좋지 않을까요? 가령 마취침술의 혈을 외우고 그 혈이 어디에 있고, 어떤 역할을 하는 건지 익힌 후에 그 주변 혈을 외우는 거죠."

"네 말대로 마취침술은 관심 분야라 그런지 금방 외웠어. 근데 그것 말고는 흥미를 어디에 둬야 할지 모르겠더라."

"하다 보면 생기겠죠."

"그러길 바라야지. 아님, 절대 다 외우지 못할 거야."

"의대는 어떻게 졸업하셨대요?"

"하하하! 그러게. 그때 뇌세포를 다 소모했나 봐."

말만 그렇지 그의 책상, 책꽂이, 테이블 위 등 곳곳에 한의학 책과 큼직한 경락 모형, 교육용 인형까지 나뒹굴 듯 놓여 있어 평소 그가 얼마나 열심인지 알 수 있었다.

그의 열정과 퀭한 얼굴을 보니 뭔가 도와줄 게 없을까 생각하게 된다.

마취통증학과의 그가 흥미를 느낄 만한 게 뭐가 있을까 고민하다 말했다.

"혹시 심장 박동수를 낮추는 침술에 관심 있으세요?"

"오! 물론이지. 차이나타운에서 사용했겠지?"

"네. 할아버지께 배운 건데 두세 군데 위험한 혈이 있어, 익숙해질 때까진 그냥 알고만 있으세요."

"그야 당연하지. 언제 가르쳐 줄 거야?"

"일단 건강해진 다음에 보내 드릴게요."

"…헐! 날 잠 못 들게 하려고 작정했군. 일단 가르쳐 줘. 체력 관리는 한약 먹으면서 할 테니까."

"음, 약속하시는 거죠?"

"내 이름을 걸고."

"알았어요. 한약과 함께 전달할게요."

"핫핫! 좋아! 얼른 진맥하고 한약을 만들어달라고."

이지석은 커피를 마시다 말고 손을 내밀었다. 그의 열정이 체력 때문에 멈추지 않길 바라며 그의 맥을 잡았다.

희미한 맥이 그의 몸이 많이 약해졌다는 걸 단번에 알 수 있었다.

"요즘 손발이 차고, 뼈마디가 시큰거리지 않으세요?"

"약간."

"또한, 소변이 시원하지 않고 배가 아프고."

"배는 아픈데 소변이 약하게 나오진 않거든."

소변 줄기의 세기와 정력은 반드시는 아니지만, 꽤 관련이 깊다. 남성호르몬, 전립선, 고환의 상태에 많은 영향을 받기 때문이다.

영화에서 봐도 변강쇠가 소변을 보면 나무가 쓰러지고 돌이 날아간다.

소음인인 이지석이 무리하면서 몸의 열(양기)이 빠진 것이다. 일명 소음병증이라 불리는데 평소에도 무리하면 이런 경우가 종종 생긴다.

엔진은 좋은데 나머지 기관들이 좋지 않아 결국 힘을 못 쓰는 경우랄까.

"네네. 아직 젊은데 그러면 안 됩니다."

"진짜라니까!"

"네네. 진짜로 만들어 드릴게요."

"……."

"일단 1일 3회 열흘간 부자탕을 먹고 소음병증을 잡은 후에 한 달간 몸을 보하는 거로 하죠."

"부자?"

부자는 사약의 주성분이기에 법제한—1차 가공을 한 한양재를 다시 제정된 방법대로 가공 처리한—품질 좋은 포부자로 써야 한다.

독이 약이 되는 케이스랄까.

"잘 쓰면 약입니다."

"잘 알지. 근데 너 한약에 대해서 잘 아냐? 나 오래 살고 싶다."

"한방센터 약재 분류 제가 하거든요. 오래 살고 싶으면 무리하지 마시고 건강관리 좀 하세요. 그리고 요즘 성기능클리닉 하는 거 모르시죠?"

"어? 진짜?"

"조금 지나면 제가 해준 한약 먹으려면 몇 달은 기다려야 할걸요."

"눼에~ 눼에~ 살려만 줘라. 목숨이든 뭐든. 한약은 언제 오냐? 오기 전에 마지막으로 한잔해야지."

"이틀 후에 갖다 드릴 테니 오늘 한잔하세요. 이만 가볼 테니 쉬세요."

"이제 수술 들어가야 해."

"거절도 가끔 하세요."

일에 대한 욕심 때문인지, 어린 과장이라 거절을 못 해서인지 모르지만, 그는 몸을 생각해 일을 줄일 필요가 있었다.

    *   *   *

이주선은 대한민국의 아주 평범한 주부다.

건실히 중소기업에 다니는 남편과 기대 이상으로 좋은 대학교에 들어간 아들, 사춘기를 무사히 넘긴 고등학생인 딸이 있었다.

남편이 여유롭게 벌지 못해 동네에 있는 빵집에서 일하고 있지만, 집에서 살림만 하는 것보단 나았기에 만족했다.

그러나 이러한 평온함이 깨진 것은 재작년 겨울 독감이 심할 거라는 뉴스를 보고 아이들에게 백신을 맞히고 난 후부터였다.

백신을 맞은 후 얼마 되지 않아 아들이 갑자기 시도 때도 없이 잠이 들었기 때문이다.

이상함을 느끼고 곧장 병원으로 갔다. 그리고 뜻밖의 병명을 들었다.

기면증. 수면 장애를 일으키는 신경계 질환.

아들은 시도 때도 없이 픽픽 쓰러져 위험한 일을 몇 번 겪고 난 후 학교를 휴학했고, 그녀 또한 그런 아들이 걱정스러워 빵집을 그만뒀다.

그리고 백신 때문에 병을 얻었다는 걸 증명하기 위해 힘겨운 싸움을 해야 했다.

웃음이 넘치던 집이 우울하게 되는 데는 그리 긴 시간이 필요하지 않았다.

술이 부쩍 는 남편, 방에서 나오지 않고 우울증에 시달리는 아들, 집안 분위기에 영향을 받아 갈수록 성적이 떨어지고 다시 사춘기를 겪는 듯한 딸.

백신을 맞힌 병원도, 백신을 만든 회사도, 백신을 권장한 나라도 책임을 회피하며 의학적 지식이라곤 전혀 없는 그들에게 증명을 요구했다.

변호사 상담도 받았다. 그러나 변호를 해줄 순 있지만 승소할 가능성은 없다는 말과 들어갈 비용을 듣곤 포기할 수밖에 없었다.

백신을 맞지 않아도 된다는 아들을 데리고 병원에 데리고 간 그녀 또한 미안함과 억울함에 피폐해진 상태로 아들의 수발을 들 수밖에 없었다.

언제부턴가 숨 막히는 집안 분위기.

이주선은 혹시 아들이 기면증으로 잠들었는지 확인하고, 오래되어 조금 주저앉은 소파에 앉아 멍하니 TV를 본다.

앞으로 어떻게 해야 하지? 아들의 병을 낫게 할 방법이 없나? 자신이 죽으면 어떻게 하지? 따위의 생각이 끊임없이 머리를 맴돌았다. 그러나 1년 동안 찾지 못한 답이 생각날 리가 없다.

언제나 그렇듯이 하염없이 눈물만 흘렸다.

몇 번이고 닦아보지만, 소용이 없자 결국 그냥 내버려 둔다.

―…한 선생 희귀병증도 고쳤다며?

―운 좋게 한두 가지 고친 거죠. 그리고 희귀병이라 할 수 있는 것도 아니에요.

―뭔데?

―…환각지랑 복합통증증후군 정도예요. 아! 이건 방송 내지 말아주세요.

―와! 히어로라고 이제 방송 편집까지 하려고 하냐? 문 PD님 이

건 방송에 그대로 내보내세요. 우리 빌런이 되어보자고요!

처음 보는 프로그램, 눈에 익은 연예인 몇 명과 역시 처음 보는 젊은 한의사가 시시덕거리는 말이었지만, 그녀의 귀에 꽂히듯이 들렸다.

홀린 듯이 프로그램을 봤다. 그리고 스마트폰을 이용해 방송에 나온 한의사에 대해 검색했다.

상당히 유명한 남자였다. 게다가 차이나타운에서 일어난 총기 난사 사건에서 활약해서 히어로라 불린다는 것도 알게 됐다.

평생 하지 않던 유료 결제까지 해서 '전설을 찾아서'를 다 본 후에 그녀는 소파에서 일어났다.

"엄마, 병원에 좀 다녀올게. 빨리 다녀올 테니까 조금만 기다려 줄래?"

"……."

"위험한 거 치우고 있어."

"…엄마."

"응?"

"…너무 자책하지 않으셔도 돼요. 집에서 할 수 있는 일이 분명히 있을 거예요."

아들의 말이 고마우면서도 포기했다는 생각에 숨이 턱하고 막히는 것 같았다.

포기하지 말라고, 엄마가 꼭 고쳐줄 거라고 외치고 싶었지만, 그것이 얼마나 무책임한 말이라는 걸 알기에 가슴에 꾹 눌렀다.

"…다녀올게."

눈물이 날 것 같아 서둘러 말을 한 후 밖으로 나와 곧장 택시를 탔다.

"어디로 모실까요?"

"한강대학병원 한방센터로 부탁드려요."

그녀를 태운 택시는 빠르게 한강대학병원으로 출발했다.

*　　　　　*　　　　　*

세동맥이 만들어지고 혈액이 어깨의 끝에 이르자 곧 모세혈관을 만든다. 그리고 모세혈관은 철새가 고향을 찾듯이 정맥을 쪽으로 나아가며 세정맥을 만든다.

이렇게 케빈의 어깨에 무수한 혈관이 완성됐다. 완성된 혈관은 망가진 어깨에 산소와 영양소를 공급하고 이산화탄소와 노폐물을 없애면서 차츰 힘줄과 근육을 고치기 시작했다.

후욱!

케빈이 팔을 힘차게 휘둘렀다.

즉시 두삼의 팔도 그의 머리를 향했다.

"한! 안 아파……."

빠악! 두삼의 손바닥이 케빈의 머리를 후려쳤다.

"아야! 아프잖아요!"

"난 또, 머리가 철로 된 줄 알았지. 제발 생각 좀 해. 기껏 몇 달간 고생해서 어깨답게 만들어놨더니 다시 망가뜨릴 셈이냐?"

"어깨가 가뿐해서 한번 해본 것뿐인데……."

"그 한 번으로 야구를 영원히 포기할 수 있는데? 또다시 망가지면 난 손 뗄 거야."

"…알았어요. 잘못했어요! 됐죠? 근데 언제까지 던지는 시늉만 반복해야 하는 겁니까? 몸이 근질거려 미치겠어요."

"낫고 나면 또 망가질 때까지 던질 텐데 안 지겨워?"

"한은 환자를 매일 치료하는 게 지겨워요?"

"…쩝! 할 말이 없네. 한 달 후부터 슬슬 제대로 던지면 될 거야."

"한 달 후면 어느 정도 되는데요?"

"한 개를 던지든 열 개를 던지든 그때 가봐야 알지. 그러니 조급한 생각은 버리고 조금만 더 참아."

"한 달이란 말이죠……."

케빈은 까불거리는 모습을 지운 채 느리게 투구 동작을 했다. 한 달 안에 던질 정도로 낫지 않으면 큰일 날 분위기다.

뭐, 지금 같은 분위기로 계속해 준다면 그때까진 어떻게든 되겠지만 말이다.

"오케이! 투구 동작은 여기까지."

"응? 오늘은 왠지 일찍 끝난 것 같은데요?"

"응. 다른 할 일이 있어서 일찍 끝냈어. 앞으로 투구 동작은 나 없을 때 혼자서 해."

"다른 할 일?"

"망가진 경락을 새로 만들어야 해."

"윽! 또 고통스러운 거예요?"

"아니. 대략적인 길은 전에 만들어뒀어."

"어깨에 길을 만들었다고요? 설마 내 어깨에서 심시티를 하는 건 아니겠죠?"

"…그냥 그런 줄 알아."

환자가 물으면 웬만하면 설명을 해주지만 케빈은 예외였다. 상상하는 방식이 다르달까.

과거 이효원의 다리에 혈을 만들었듯이 새로운 경락을 만드는 것이다.

첫날인 만큼 흔적을 만드는 것으로 끝냈다.

무리하지 말라는 말을 습관처럼 한 후 퇴근을 하기 위해 지하 주차장으로 갔다.

웬일로 조용한 지하 주차장이 시끄러웠는데, 경비원들이 한 아주머니와 실랑이를 벌이고 있었다.

"조금만 더 있게 해주세요. 나쁜 짓을 하려는 게 아니라고 몇 번을 말씀드려요. 신분증도 보여 드렸잖아요."

"그래도 여기 계시면 안 됩니다. 여기서 대체 무엇 하려고 계시는지 이해가 되지 않는군요. 일단 나가서서 말씀하시죠."

"죄송하지만 안 돼요. 만나야 할 사람이 있어요."

"후우~ 어떤 분을요?"

"한의사 선생님이요."

"거의 다 퇴근하셨습니다. 그리고 만나시려면 로비에서 말씀하셔야죠."

신경 쓰지 않으려 했으나 하필이면 자신의 차 앞에서 얘기하고 있었다. 비켜달라고 해야 하는데, 내보내려는 쪽과 버티는 쪽이 팽팽하다.

그래서 머뭇거리며 서 있는데 아주머니가 아는 체를 했다.

"어! 한두삼 선생님!"

"…아, 네."

다가오려던 아주머니를 경비원들이 재빨리 막아섰다.

말로만 듣던 사생 팬은 아니겠지?

"한 선생님 아시는 분입니까?"

"아뇨. 근데 절 만나러 온 것 같긴 하네요."

아주머니는 '선생님'을 외치며 경비원을 뚫으려고 했다. 그 모습이 꽤 처절하다.

"…위험한 분은 아닌 것 같으니, 얘기해 볼게요."

"전에 일도 있으신데……."

"여러분이 계신데 무슨 일이 있겠어요?"

경비원들은 불안해하면서도 돌발 상황이 와도 막을 수 있다고 생각했는지 비켜섰다.

그 순간 아주머니가 벼락처럼 다가왔다.

경비원들은 움찔했지만, 살기가 전혀 느껴지지 않았기에 두삼은 태연하게 서 있었다. 한데 생각지도 못한 그녀의 행동에 역시 움찔할 수밖에 없었다.

다가오자마자 바로 무릎을 꿇은 것이다.

얼른 그녀를 일으키려 했다.

"왜 이러세요. 얼른……."

"아들을 고쳐주세요! 우리 가족을… 우리 가족을 살려주세요, 선생님! 제발이요."

"……."

"……."

갑작스러운 상황에 두삼도 경비원들도 아무 말을 할 수가 없었다.

*   *   *

양약이나 한약이나 약효가 모든 사람에게 똑같이 적용되진 않는다는 건 다들 알고 있다. 가령, 똑같은 감기를 앓고 있는 사람 10명에게 똑같은 감기약을 먹이면 효과가 제각각이다.

이러한 사실이 딜레마를 만든다.

흔히 먹는 감기약을 하나 사도 그 안에 부작용이나 사용 시 주의 사항이 깨알 같은 글씨로 가득하다.

약과는 조금 다르지만, 미리 약하게 앓게 해서 질병을 예방하게 하는—훨씬 복잡하지만—백신이나, 특정 병에 작용하는 약들도 다를 바가 없다.

100만 명이 백신을 맞으면, 0.1%만 부작용을 일으켜도 1,000명에게 부작용이 나타난다는 말. 그리고 부작용을 겪는 사람 중에 대부분은 약하게 겪지만, 일부는 사망에 이르기도 한다.

하지만 백신으로 피해를 보는 이들보다 백신으로 이익을 보는 이들 압도적으로 많다. 그래서 부작용이 있음에도 사용하는 것이다.

물론 병원과 제조사, 관리 감독의 책임이 있는 국가기관이 부작용이 일어났을 때 책임을 회피하는 것까지 정당화할 생각 없다.

사기를 치는 사람이 많아서, 툭하면 고소, 고발할 사람이 많아서라는 건 핑계로 피해자들을 외면하는 것이나 다름없다.

사기를 치거나 별일 아닌데 고소, 고발을 남발하면 그에 합당한 처벌을 하면 될 일.

　각설하고, 루시의 검색 결과 약의 부작용 피해자들이 의외로 많았다.

　자신이 해줄 것엔 한계가 있었다. 그러나 어제 본 이주선의 아들, 구본철을 진맥하기로 한 일은 잘했다는 생각이 들었다.

　그때 침실 문이 열리고 잠옷을 입은 하란이 나왔다.

　"하암~ 나갈 준비 다 한 거야?"

　"더 자지 않고?"

　"나도 오늘은 일찍 나가야 해. 근데 이건 뭐야?"

　TV에 띄워둔 피해자 정보를 보고 물었다.

　"어제 말했던 이주선 씨 아들과 같은 약에 의한 피해자들."

　"도와주려고?"

　"내가 무슨 힘이 있다고. 단체라도 있다면 돈이라도 조금 보탤 텐데 그것도 아니고. 그냥 한번 알아봤어."

　"도울 방법이 왜 없어? 미국에 만든 자선단체 안 그래도 새로운 일이 없냐고 하던데."

　"아! 그게 있었구나."

　"잊고 있었어?"

　"미안. 까맣게 잊고 있었네. 근데 산업재해 피해자 돕고 있지 않았나?"

　"하고 있어. 하지만 한국 직원들이 모두 움직일 만큼 많지 않아. 사실 피해를 인정 안 하려는 업주들이 많아 보여도 그리 많지 않아. 산업재해로 인정하고 피해자들에게 보상금을 지급하는 업체들이 더 많거든."

"그래? 돈은?"

"마냥 내버려 둘 수가 없어서 안정적인 곳에 투자를 해뒀는데 원금이 더 불었어."

"대박……."

"2조는 적은 돈이 아니야. 연 3%의 이익만 내도 연 600억의 돈이 생기잖아. 그걸로도 단체 운영비와 지급액을 커버하고도 남아."

그런가? 돈의 액수가 커지면 도무지 감이 잡히지 않는다. 미세 영역을 2시간 연속으로 보고 머리가 아픈 것보다 더 골치 아프다.

"근데 바쁘지 않아?"

"내가 하나? 연락하고 명단만 넘기면 알아서 진짜와 가짜를 가려서 도울 거야. 의약품 피해자 1호는 그 아주머니 아들로 하면 되지?"

"고마워."

"고마운 만큼 뽀뽀."

"음, 그렇다면 뽀뽀로 될까 모르겠네. 오늘 촬영장엔 조금 늦게 가볼까."

"루시, 회의 조금 늦는다고 연락해 줘."

두삼은 하란을 안고 침실로 들어갔다.

사랑을 꼭 밤에 나누라는 법은 없으니까.

사랑을 끝내고 촬영장인 김포공항에 도착하니 촬영 10분 전이다.

문 PD가 신기하다는 듯 말했다.

"항상 일찍 오던 네가 웬일로 제일 늦게 왔냐?"

"일이 있어서요."

"이 아침에?"

"…일단 분장부터 하고 올게요."

괜히 찔려 분장실로 피했다.

아무리 피부가 좋다고 해도 촬영을 위해선 기본적인 분장은 필수였다.

분장을 받고 나오자 이미 촬영 준비가 완료되어 있었고, 다섯 명은 한쪽에 서 있었다.

"늦어서 미안해요."

"우리가 너한테 늦었다고 말할 처지는 아니지. 오프닝 얼른 끝내자 비행기 시간이 한 시간 남았다더라."

"네."

오늘 가는 곳은 부산.

딱히 설명이 필요 없는 곳이다. 서울시 다음으로 인구가 많은 곳답게 유명한 한의사 역시 많았다.

두삼 역시 가끔 놀러 갔던 곳이라 익숙한 도시기도 했다.

문득 떠오른 것이 있어 옆에, 옆에 앉은 진보라를 보며 물었다.

"아! 그러고 보니 보라 너 부산 출신 아니냐?"

"서운하게 그걸 이제야 아셨어요?"

"알고는 있었지. 널 볼 때마다 부산을 떠올려야 하는 건 아니잖아."

"피이~ 좀 떠올려 주시죠."

"보라야, 이 오빠는 떠올리고 있단다."

"민기 오빠의 머릿속에서 날 빼줘요. 뺄 때 옷은 꼭 입혀주고
요."

"무슨 소리야! 다 벗기는 건 좋아하지 않아. 난 메이드 복장
을… 쿨럭!"

"……."

"너, 너무 일찍 일어났나 왜 이렇게 졸리지?"

유민기가 자는 척을 하자 다시 대화는 정상으로 돌아왔다.

"그럼 혹시 오늘 가는 곳 네가 일하는 병원이야?"

"아닐걸요. 3번 연속 요즘 병원을 소개했으니 이젠 옛 한의원
을 소개할 때가 됐죠."

"추측?"

"그렇죠. 사실 우리 대학병원에 촬영 협조 요청이 없었거든요.
그렇다면 한의원 아니겠어요. 헤헷!"

"자신감이 대단하네."

어깨를 으쓱하는 진보라의 모습에 피식 웃었다. 두삼 역시 그
녀의 말을 어느 정도 인정했기 때문이었다.

이륙한 비행기는 금세 김해국제공항에 도착했다. 전날 내려와
있던 이동용 버스를 타고 자갈치 시장 근처에 있는 용두산 공원
으로 이동했다.

"예전의 부산이 아니네."

창밖으로 보이는 부산은 과거 동네 형, 친구들과 와서 놀고
갔던 부산과는 차이가 컸다.

10년이면 강산도 변하는데 거의 20년 만에 왔으니 그럴 만도 했다. 다만 달라지지 않은 게 있다면 그건 바람에 실려 오는 바다 냄새 정도랄까.

"흐음~ 비릿한 이 냄새. 난 부산에 오면 이 냄새가 제일 좋더라."

손석호는 바다 방향을 바라보며 크게 숨을 들이켰다. 그의 고향이 바닷가라고 했었나.

물론 추억보단 현실이 더 중요한 사람도 있었다.

"으~ 바닷바람 장난 아니네. 부산이라서 조금 따뜻할 줄 알았는데. 얼른 얘기 듣고 자갈치 시장이나 가죠. 부산에 왔는데 회를 먹어줘야죠."

"다이어트는 포기했냐? 어째 매번 먹자는 얘기냐?"

"경철이 형도 참……."

"또 다이어트는 내일부터라고 말하려고?"

"아뇨. 겨울엔 지방이 있어야 덜 춥더라고요. 다이어트는 봄부터. 그리고 몸을 만들어서 해수욕장에 가야죠. 하하하!"

유민기는 한동안 다이어트는 못 할 것 같았다.

촬영 준비가 완료되고 촬영 대형으로 섰다. 그러자 문 PD가 입을 열었다.

"오늘 촬영은 8대세가의 하나인 김가한의원을 찾는 것으로 시작됩니다. 수면 장애 치료에 탁월한 실력이 있다 알려진 곳이죠."

"힌트는요?"

"부산 하면 떠오르는 것은 뭐가 있을까요?"

마치 부산을 광고하려는 듯한 말투였지만 어디를 가든 그곳을 소개하는 것 역시 하나의 콘텐츠였기에 다들 대답을 했다.

"엥? 너무 막연하잖아요. 부산 국제영화제?"

"야구 응원?"

"에이~ 부산하면 뭐니 뭐니 해도 부산 어묵, 회, 돼지국밥, 먹장어, 동래파전, 밀면……."

"민기야. 그만 얘기해라. 한의원하고 먹거리하고 무슨 상관이냐?"

"왜 관계가 없어요. 먹고 자면 숙면을 못 취한다고 하잖아요. 맛있는 음식을 많아 수면 장애를 앓는 사람들이 많을 수도 있잖아요."

"……."

꽤 그럴싸하다고 생각한 건지, 말할 가치가 없다고 생각하는 건지 전철희는 말을 잇지 못했다.

이어서 계속 나왔다.

해양 스포츠, 국제시장, 해수욕장 등등. 그러다 진보라가 입을 열었다.

"혹시 실향민?"

그제야 문 PD가 다시 입을 열었다.

"정확히는 실향민은 아닙니다. 서울 출신으로 1.4후퇴 때 내려와 이곳에 정착한 분이죠. 또 하나의 힌트는 이곳에서 멀지 않은 곳에 있다는 겁니다."

"좀 더 확실하게 주시죠?"

"지금까지 준 것만으로도 충분히 찾을 수 있을 겁니다. 그러니 출발하시죠. 2시까지 못 찾으면 저녁은 걸러야 하는 거 알죠?"

1.4 후퇴 때 내려와 정착했고 공원에서 멀지 않다면 떠오르는 곳은 국제시장이나 부평깡통시장 근처였다.

일행들의 발길은 언제나 그랬듯이 제일 먼저 자갈치 시장으로 향했다.

*   *   *

관광객, 주인 입장에선 뜨내기손님은 어딜 가나 혹우(호구)가 되기에 십상이다.

자갈치 시장이라고 크게 다르지 않다.

싱싱하고 싸게 회를 먹을 것이라 생각하고 가지만, 실상은 동네에서 괜찮은 횟집에서 먹는 것보다 비싸게 먹게 되는 경우가 흔했다.

물론 카메라를 들이대면 완전히 달라진다.

평소 무뚝뚝한 사장님이 세상 친절한 사람이 되고, 평소와 달리 2인분 같은 1인분과 좋은 질의 음식이 나오는 기적이 일어난다. 거기에 서비스라고 이것저것 갖다 준다.

그 대가는 방송을 보고 찾게 되는 손님들이 지게 되지만 말이다.

문 PD는 이런 면에선 다소 철저한 편이었다.

언젠가 가족들과 외식을 갔다가 모 프로그램에서 나왔다고 해서 들어갔는데, 된통 당한 모양이었다. 그래서인지 맛없는 집은 아예 방송에 내보내질 않거나 편집을 해서 도저히 그 집인지 모르게 했다.

편집을 하는 조연출이 질색하지만, 문 PD의 고집을 꺾긴 힘들었다.

평가는 간단했다.

식사를 한 출연진과 스태프의 의견을 모아 '맛있다'는 의견이 많으면 방송에 내보냈다.

출연진의 음식엔 좀 더 정성을 쏟아 더 맛있게 할 수 있지만 100명에 가까운 스태프들의 음식을 하려면 아무래도 진짜 실력이 나올 수밖에 없었다.

그런 기준에서 진보라의 단골집은 맛집이었다.

싱싱한 해산물과 음식 솜씨가 좋은 주인아저씨, 매력적인 사투리의 아주머니까지.

이경철이 엄치를 세우고 진보라에게 말했다.

"부산에 자주 내려왔는데 이런 집이 있는지 몰랐네. 앞으로 단골 되겠다."

"제가 지역 주민들만 오는 맛집이라고 했잖아요. 가게 앞에선 영 아닐 것 같다면서요?"

"요즘 그런 식으로 광고를 하는 곳들도 많아서 믿을 수가 있어야지. 하하하!"

그러나 다 만족한 것은 아니었다. 소수 의견 역시 있었다.

전철희는 탕의 국물을 떠먹곤 곧장 숟가락을 놓고 음료수를 찾아 입을 헹궜다.

"쩝! 회는 괜찮은데 탕은 비리고, 맵고, 짜고 내 입맛은 아니다."

손석호가 답했다.

"산골에서 산 사람에겐 조금 그럴 수도 있지."

"…나 서울이거든요."

"남산골이지."

"…북악산 밑이거든요."

"산골 사람이나, 산골 밑 사람이나. 큭큭!"

"……"

식사가 끝나고 장난스러운 말들이 나오는 걸 보니 촬영이 끝날 때가 된 모양이다. 아니나 다를까 조연출이 슬슬 출발하라는 말을 했다.

장난을 지우고 손석호의 주도 하에 회의를 시작했다.

"어딜 것 같아?"

"국제시장이 아닐까? 영화에 보니까 1.4후퇴 때 내려온 사람들이 많이 일한 거 같더만."

"부평깡통시장도 뺄 수 없죠."

"예상 외로 이곳 남포동이 아닐까요?"

의견은 대충 비슷했다. 다만 한 곳으로 특정 짓긴 힘들었다.

손석호가 조용히 있는 보라에게 물었다.

"보라가 부산에 대해 잘 알 테니 먼저 말해 볼래?"

"6.25 전쟁 때 내려온 분들이 정착한 곳은 이제 큰 의미가 없어요. 부산의 크기가 엄청 커졌고 전역에 고루 분포되어 있다는 게 맞을 거예요."

"그야 당연히 그렇겠지. 딱 한 곳만 꼽아봐."

"처음엔 광복동이라 생각했어요. 용두산 공원도 광복동에 있잖아요. 근데 지금은 부평동이 아닐까 싶어요."

"그렇게 생각하는 이유는?"

"제작진이 쉽게 찾을 수 있게 했을 리 없잖아요."

"맞아!"

"방송국 놈들! 믿을 수 없지."

"설득력 100%!"

신뢰받지 못하는 제작진이었다.

문 PD가 악당과 같은 웃음을 흘리며 말했다.

"후후! 그걸 역이용했다고 생각하진 않습니까?"

"응. 안 해요."

"문 PD님 반응을 보니 부평동이 맞네."

"…알아서들 하세요. 대신 힌트는 없습니다."

"가자! 부평동으로!"

"가즈아!"

"……."

다들 문 PD의 말을 무시한 채 일어나 밖으로 향했다.

역시 신뢰받지 못하는 문 PD였다.

도로 하나를 사이에 두고 국제시장이 있어 들를까 의견이 분분했다. 그러나 2시까지 남은 시간이 3시간도 남지 않아, 일단 찾은 후 다시 구경하기로 했다.

한국이라 둘씩 짝을 지어 1시간 후에 만나기로 하고 본격적으로 김가한의원 찾기에 나섰다.

두삼과 짝을 이룬 상대는 이경철.

촬영하느라 신경 써서 못 봤는데 지금 보니 꽤 피곤한 모습이다.

"요즘 힘든 일 있어요? 피곤해 보여요."

"방송하느라 피곤하지."

"그러고 보니 채널 돌리다 보면 형이 보이던데, 3개쯤 하세요?"

"아니 7개. 전에 하던 것도 있는데, 요즘 늘었어."

"전엔 싫다더니 방송인 다 되셨네요? 하하!"

축구 스타였던 이경철은 아껴 쓰면 평생 먹고살 돈을 벌어놨다고 방송 출연에 큰 욕심은 없었다. 그저 아르바이트하는 기분으로 한다고 촬영이 끝나고 가진 술자리에서 말한 적이 있었다.

"방송인이란 직업이 필요하거든. 작년에 딸아이 유치원에서 아빠의 직업을 그리는 수업이 있었대."

"침대에서 뒹굴뒹굴하는 그림이라도 그렸어요?"

"아니 TV에 나오는 방송인으로 그렸어."

"……?"

"그 그림을 본 순간 앞으로 또 그런 일이 있을 때 아무것도 하지 않고 있으면 딸아이가 어떤 그림을 그릴까 생각했더니 소름이 돋더라고. 그래서 클 때까진 뭐라도 하고 있어야겠다고 생각했어."

"축구 스타였잖아요?"

"였지, 지금은 아니잖아. 딸애는 아예 기억하지 못하더라고."

"음, 딸을 위해서 그런 생각을 하는 건 좋은데, 너무 무리하는 거 아니에요?"

"갑자기 일이 많아지면서 생활 습관이 바뀐 건지 잠을 못 자서 그래. 곧 익숙해지겠지."

"잠 때문에 다들 난리군요."

"응?"

"아니에요. 얼른 찾아보죠. 그래야 빨리 쉬죠."

이주선의 아들, 구본철도 기면증 즉, 잠과 관련이 있는 증상이었다.

'그나저나 오늘 가는 곳이 수면 장애로 유명한 한의원이라니 어깨 너머로라도 열심히 배워야겠네.'

간절함에 허락하긴 했지만, 수면 장애에 대해서는 학교에서 배운 것과 할아버지의 의료 기록에서 본 것이 다였다.

"두삼아, 저기 한의원 하나 있다."

잠깐 딴생각을 하는 사이 이경철이 건너편 3층에 있는 한의원을 발견했다.

"미래한의원, 소화기관 전문 한의원이라고 적혀 있긴 한데 가볼까요?"

"가봐야지. 후손은 다른 걸 하고 있을 수도 있잖아."

"그럴 수도 있겠네요."

건널목을 건너 미래한의원에 들렀다. 하지만 동예대 출신의 한의사가 10년 전에 연 한의원이었다.

3팀이 부평동을 둘러보는데 1시간이면 충분했다.

주민센터 앞에서 다시 만난 세 팀은 다들 낭패한 표정을 짓고 있었다.

부산 BIFF 거리에서부터 주민센터까지 찾아본 손석호와 진보라가 먼저 입을 열었다.

"없어."

이어 전철희와 유민기.

"우리 쪽에도 한의원은 없었어. 두삼이 너넨 어땠어?"

"미래한의원이라는 곳이 있었는데 아니더라고."

"아! 그럼 부평동이 아닌가 보네."

"…죄송해요. 제가 부평동이라고 해서……."

"에이~ 보라 네 잘못이 아니야. 우리, 모두가 부평동이라고 생각한 건데, 뭘. 이번엔 광복동 쪽을 찾아보자. 이곳에서 다른 걸 먹고 싶긴 한데, 문 연 곳이 없으니 국제시장에서 간식이나 먹자."

"하여간, 회 먹은 지 얼마나 됐다고……. 그래도 앞에 한 말은 옳은 말이긴 해. 이러고 있을 시간에 얼른 움직여서 찾자. 그래서 방송국 놈들에게 본때를 보이자."

"이에! 가자!"

일행들은 오늘따라 유독 긍정적이고 활기찼다.

하긴 어차피 2주마다 한 번씩 하는 촬영인데 심각할 이유가 없었다.

광복동 방향으로 걸음을 옮기며 유민기가 입을 쉬지 않았다. 이러니 배가 금방 고픈 건지도 모르겠다.

"우리가 맡은 지역은 먹자골목이잖아. 지나가는데 걸음이 안 떨어지더라. 특히 좁은 골목에 테이블이 쭉 놓여 있는데 완전 내 스타일. 내일 촬영 끝나고 철희 형이랑 먹기로 했는데 같이 갈 사람?"

"먹는 거 보느라 제대로 살피긴 한 거냐?"

"사람을 어떻게 보고! 음식점 간판을 봤다는 건 다른 간판들도 자세히 봤다는 겁니다. 병원은 많았어도 한의원은 없었어요."

"알았어! 자식이 괜히 흥분해서는……."

"사람을 먹보 취급하니까 그런 거죠. 제가 얼마나 열심히 봤냐하면, 지금도 어디에 뭐가 있는지 거의 다 기억하고 있어요. 혜성양곱창 집 옆에 편의점이 있고, 그 옆에 대박곱창이 있고, 그 옆에 와자지껄 생맥주가 있어요. 그리고……."

"미안하다. 그러니까 그만해!"

이경철의 사과가 들리지 않는 건지, 머리가 좋다는 걸 자랑하려는 건지 계속 말했다.

"이화곱창이 있고 다음은… 그 옆 건물 3층엔 학원, 2층엔 수면 과학 연구소라는 요상한 이름의 병원, 1층은 커피숍. 그다음 건물은……."

"잠깐만!"

두삼이 그의 입술을 손가락으로 막으며 외쳤다.

"퉤! 퉤! 뭐하는 짓이야."

"너 방금 수면 과학 연구소라고 하지 않았어?"

"그랬지. 그런데?"

"오늘 찾는 곳이 수면 장애로 유명했던 김가한의원이잖아. 가 봤어?"

"에이~ 한의원 아냐. 간판에 신경과 전문의라고 써져 있었어. 철희 형 맞죠?"

"응. 그래서 굳이 안 가봤지."

"후우~ 두 사람 바보냐?"

이경철이 두삼이 뱉고 싶었던 말을 대신했다.

"후손이 꼭 한의원을 하라는 법이 어디 있어?"

"에? 그래도 지금까지는……."

"왕가한의원은 미국으로 이민 갔고, 고가한의원은 사라졌잖아. 후손이 꼭 의원이 되라는 법도 없지 않아?"

"……!"

"물론 아닐 수도 있어. 그래도 확인은 하고 다른 곳에 가야 하지 않겠어?"

"…나랑 민기가 실수 했네. 근처에서 잠깐 기다리고 있어. 빨리 가서 확인해 보고 올게."

두 사람은 수면 과학 연구소를 확인하기 위해 되돌아갔다. 먼 거리는 아니었기에 20분 후에 돌아왔는데, 손으로 OK 표시를 하고 있었다.

2시까지는 1시간 30분가량 남았기에 국제시장에 들러 길거리 음식을 먹으며 시간을 보냈다.

맛있는 것도 있었고, 이름에 비해 맛이 없는 것도 있었고, 도저히 취향이 아닌 것도 있었다.

그런데 어린 시절 먹던 가래떡으로 만든 떡볶이에 부산어묵, 어묵 국물은 돌아다니느라 추워진 몸을 따뜻하게 해주기 충분했다.

1시 55분. 일행은 일제히 수면 과학 연구소라는 이름의 병원에 들어갔다.

30대 초중반의 모델처럼 생긴 남자가 웃는 얼굴로 맞이해 준다.

"하하하! 수면 과학 연구소에 오신 걸 환영합니다. 부족하지만 소장직을 맡고 있는 김강연입니다."

"반겨줘서 고맙습니다."

"찾느라 추웠을 텐데 이쪽으로 들어가시죠. 훈훈하게 데워두고 따뜻한 차도 준비해 뒀습니다."

휴게실인 듯 보이는 방은 그의 말처럼 훈훈했다.

점퍼를 벗어 옷걸이에 걸고 나자 정장 차림의 여직원이 차를 줬다.

"한의원이라 생각하고 찾다가 헷갈리셨죠? 하하!"

"조금이요. 근데 연구소라니, 괜찮다면 설명 부탁드려도 될까요?"

"괜찮고말고요. 비밀도 아닌데요. 선친께서 전 의사가 되길 원하셨어요."

"아!"

"할아버지에 이어 한의사가 되어 수면 장애를 연구하셨지만 한계에 봉착하게 되셨거든요."

"어떤……?"

"가령 할아버지의 침술이, 혹은 약이 어떤 작용을 하는지 알아보고 검증하는데 의료 기기가 필요했어요. 새로 개발하려고 해도 마찬가지였고요. 선친께서 그때 서양의학의 필요성을 느끼셨나 봐요. 그래서 가능하다면 제가 의원이 아닌, 의사가 되길 바라셨죠. 다행히 머리가 나쁘지 않아 의사가 될 수 있었죠."

"…대단한 3대군요."

"하하! 전 아직 한 게 없습니다."

"연구소를 차린 건……."

"선친이셨습니다. 한방병원을 운영하던 중 한 침대 회사의 제안을 받아들여 비록 크지 않지만 연구소를 만드셨죠."

김강연의 설명을 들으며 의학을 또 다른 형태로 발전시키려는 가문이 있다는 것에 놀랐다.

면허를 얻고 은퇴할 때까지 끊임없이 환자를 치료하는 것만이 의술은 아니다. 병을 치료하기 위해 연구를 하는 이들 또한 의술을 행하고 있는 것이다.

누가 더 훌륭하냐는 굳이 따질 필요가 없다.

그건 후대가 평가해 줄 테니 말이다.

두삼은 손을 들었다.

"질문이 있습니다."

"아! 한 선생님. 얼마든지요."

"혹시 아직도 환자를 보고 계십니까?"

"물론이죠. 데이터 없이 연구는 불가능하니까요. 나름 유명해서 환자도 많답니다."

"그럼 이번에 김가한의원, 아니, 연구소의 수면 장애 요법에 대해 배울 수 있습니까?"

"유명한 한 선생님이 관심을 가져주시니 감사합니다. 한데 성에 찰지는 모르겠습니다."

"하하! 수면 장애에 대해서는 문외한이나 다름없는데요. 잘 부탁드립니다."

"…네."

김강연은 TV에 나오는 사람들의 모습을 액면 그대로 믿지 않는다.

아버지가 한의원을 할 때부터 지금까지 TV에 나오는 많은 유명인을 봤는데, 대부분은 TV에서 보이는 모습과는 달랐다.

착한 역을 맡았다고 해서 착하지 않았고, 악역을 맡은 사람이라고 해서 성격이 나쁜 것도 아니었다.

당연히 두삼도 그럴 거라 생각했는데, 의외로 TV에서 보던 것과 비슷했다. 특히 의술에 관해 느껴지는 열정은 마치 그의 아버지를 보는 것 같달까.

'쩝! 저렇게 열성적이면 곤란한데……'

김강연은 두삼의 열정 가득한 눈빛이 살짝 부담스러웠다.

*　　　　*　　　　*

한 가지 일에 몰두하는 남자가 멋있긴 하지. 근데 꼭 그렇게 살아야 해? 적당히 일하고, 적당히 원하는 걸 하면서 사는 건 멋이 없는 건가?

없다고 해도 상관없어. 그렇게 살 테니까.

어릴 땐 아버지가 환자를 치료하는 모습이 멋있었고, 아버지를 따라 사람을 고치는 이가 되어야겠다는 생각밖에 없었다.

중, 고등학생 때까진 의문조차 없었다.

그에 할아버지가 남긴, 아버지가 만든 수면 장애 치료법을 검증해야 한다고 공부만 파고들었고, 결국 의대에 진학했다.

한데 대학생이 되고 우연히 선배들과 클럽을 가면서 또 다른 세상이 있다는 걸 알게 됐다.

즐거웠다.

아버지가 못 하신 걸 이뤄야 한다는 부담감도, 밤새 수많은 의학 지식을 외워야 하는 고통도 잠시나마 잊을 수 있었다. 그리고 의문이 생겼다.

아주 원초적인 '내가 왜 살지?'라는 의문부터 '뭘 위해 일하지?'라는 근본적인 의문까지 고민했다.

1년쯤 고민했던 것 같다.

많은 인생 선배들에게 조언을 들었지만 가장 마음에 와닿는 건 처음 클럽에 같이 갔던 선배의 말이었다.

'공자는 중용을 중요시했어. 중용이란 뭐냐. 지나치거나 모자라지 않고, 한쪽으로 치우치지 않음을 뜻해. 그 말인즉, 너무 공부만 하고 살면 안 된다는 거야. 공부를 하면 그만큼 놀아야 하고, 돈을 벌면 써야 한다는 거야. 일만해서 돈만 벌잖아? 그럼 그 돈은 누가 쓰겠어? 자식이 쓰겠지? 자식을 망치는 거지. 그건 중용이 아냐.'

'형은 부모님 돈 쓰고 있잖아요?'

'빌리는 거지. 나중에 부모님이 돈을 못 버실 때 갚을 거야. 그게 중용이지. 하하하!'

그 선배의 부모는 강남에 건물 몇 채 가진 부자였다.

아무튼, 그의 개똥철학이 마음에 와닿았다는 건 자신 역시 그처럼 되고 싶었기 때문이리라.

그때부터 김강연은 삶에 중용을 실천하기 위해 노력했다. 공부한 만큼 열심히 놀았고, 부담감 역시 어느 정도 내려놓았다.

그렇다고 망나니 같은 생활을 한 건 아니었다. 그랬다면 의사 면허증과 암울했던 수련의 생활을 버티지 못했을 테니 말이다.

펠로우 생활을 마치면 그동안 못 놀았던 것까지 다 놀겠다고 생각할 무렵 아버지가 돌아가셨다.

무리하게 일한 것이 원인이었다.

아버지의 죽음은 더욱 선배가 말한 중용을 믿게 되는 계기가 되었다. 그리고 그동안의 삶은 보상이라도 받으려는 듯 살았다.

수면 장애 연구소를 물려받았지만, 현상 유지만 했을 뿐, 딱히 발전시키지 않았다.

그러고 있는데 방송 출연의 제의를 받은 것이다.

'전설을 찾아서'라는 화제의 방송.

아버지 생각에 즐겨보던 프로그램이었는데, 설마 할아버지가 방송에서 말하던 8대세가의 1인일 줄은 생각도 못 하고 있었다.

처음엔 거절하려 했다. 그러나 수면 장애 연구에 온 힘을 다한 할아버지와 아버지를 사람들이 알아줬으면 하는 생각이 들었고, 그에 허락한 것이다.

'젠장! 허락했을 때 공부 좀 해둘걸. 게다가 너무 진지하잖아.'

수면 장애에 대해 설명하는 시간. 상식적인 부분을 얘기하는데도 두삼은 무척 진지하게 듣고 있었다.

아마 다음 얘기를 기다리는 것 같은데…….

'난 공부 안 했다고!'

펠로우가 끝나고 그때부터 연구소에서 아버지와 함께 연구를 할 생각이었다. 그런데 아버지가 돌아가시면서 그는 서양의학에 대한 것과 연구소를 운영하는데 필요한 기술밖에 몰랐다.

내적 갈등과 달리 그는 화이트보드에 글을 적으며 설명을 계속했다.

"…방금 전에 말씀드린 것처럼 코골이, 불면증, 과면증, 기면증, 하지 불안 증후군, 수면 무호흡증 등. 워낙 다양한 수면 장애가 있기에 심한 경우 검사가 필수입니다. 우리 연구소는 양방과 한방을 결합해서 더욱 정확한 검사와 처방을 하고 있습니다."

"질문 있습니다."

두삼이 손을 들었다.

'질문 따윈 받지 않는다고!'라고 외치고 싶지만 어쩔 수가 없었다.

"…아직 설명이 남았지만 하세요."

"미안합니다. 과면증과 기면증의 연구는 얼마나 됐습니까?"

'미친, 질문을 해도 꼭 지랄 같은 것만 하네.'

기면증의 경우 최근 약물 치료가 어느 정도 가능해졌으나 여전히 현대 의학으로는 불치의 병이다. 과면증의 원인은 아직 밝혀지지도 않았다.

그의 아버지가 죽기 전까지 연구했던 것도 기면증과 과면증이었다.

"선친께서 효과가 있는 한약을 개발한 것까지가 한계였어요. 물론 양약보다 가격적인 면에서 부담이 되긴 하지만, 부작용이 거의 없다는 점이 장점이죠."

"쉬운 일이 아니었을 텐데 대단하시네요."

"그리 생각해 주니 고맙군요. 자! 이제부터 여러분들이 수면 장애가 있는지 테스트해 볼까요? 간단하게 2시간 정도 잠만 자면 되는 일이니 편하게 생각하세요."

"전 머리만 대면 잠드는데 테스트가 필요합니까?"

유민기가 손을 들고 물었다.

사실 그는 잠버릇이 좋지 않다는 소릴 많이 들어서 웬만하면 피하고 싶었다.

"몇 시간 정도 자죠?"

"일이 일이다 보니 대중이 없어요. 2시간 잘 때도 있고, 12시간 잘 때도 있죠."

"자고 일어나면 개운한가요?"

"그럴 때도 있지만, 안 그럴 때가 더 많죠."

"그럼 다시 묻죠. 8시간 자고 일어나면 어떻습니까? 개운합니까?"

"그 정도면 완전 개운하죠."

"그런가요? 그럼 유민기 씨는 수면 장애가 없는지 확인해 보는 거로 하죠."

"……."

유민기가 '그게 그거 아닌가?'라고 생각했을 땐 다들 수면검사실로 향했다.

간략화한 수면 다원 검사에 이어 김강연은 연구소에서 하는 치료 과정 역시 실제 환자를 예를 들어가며 자세히 보여줬다.

우우우우웅!

김강연은 일반 안마기보다 뾰족하지만, 끝은 뭉뚱한 안마기로 이경철을 목과 어깨를 눌렀다.

"이게 일반 안마처럼 보이지만 실제로는 치료 과정입니다. 오늘 밤 깊은 숙면을 취할 수 있을 겁니다."

"선생님 말씀만으로 벌써 기분이 좋아지는군요. 요즘 도통 잠을 설쳤거든요."

"아까도 말했지만 수면 장애의 원인은 많으나 대부분의 경우 스트레스 때문일 경우가 많습니다. 운동선수였으니 가벼운 운동을 하면 잠을 깊이 자는데 도움이 될 겁니다."

"그래야겠네요."

"한 선생님 다시 잡아주세요."

"네. 이렇게 잡으면 될까요?"

"딱 좋습니다."

김강연은 자세히 보려 하는 두삼의 모습에 아예 도와달라고 해서 옆에 세웠다.

앞에서 뚫어지게 쳐다보는 것보단 옆에서 뚫어지게 쳐다보는 게 덜 부담스러울 것 같아서였다.

'알고 있는 건 다 보여줄 테니까. 마음껏 보고 욕을 하든 말든 해라.'

김강연은 이미 자포자기 상태였다.

그런데 사실 김강연이 특별한 걸 보여주지 못해 전전긍긍하고 있는 것과 달리 두삼은 상당히 많은 것을 배우고 있었다.

김강연이 착각한 건 그에게 평범하다고 생각하는 일련의 치료 과정이 수면 장애를 연구해 온 2대의 노하우가 그대로 녹아 있다는 점이다.

가령, 수면 장애 물리치료라고 하여 안마 기기를 사용해 근육을 푸는 듯한 행위는 혈을 자극해 호르몬 분비를 촉진해 수면 장애를 치료하는 것이었다.

두삼은 본의 아니게 옆에서 도우면서 수면 과학 연구소의 핵

심 시술을 고스란히 알게 됐다.

첫날 촬영은 7시가 넘어서 끝났다.

"호텔에 가기 전에 저녁이나 같이 먹죠. 오늘은 제가 쏘겠습니다. 김 선생님, 고생한 직원들과 함께 가시죠."

많은 인원이 가기에 예약은 필수. 그래서 일행과 제작진들은 이미 두삼이 저녁 사는 걸 알고 있었다.

"…에, 촬영과 관련이 있나요? 없으면 오늘은 집에 가서 쉬고 싶은데요. 물론 내일을 위해서요."

"촬영과 관련이 있긴 해요. 카메라가 있으니까요. 특히 친근한 이미지를 쌓는 데 도움이 됩니다."

"친근한 이미지라……."

"개인적으로 드리고 싶은 말도 있고요."

"……."

친근한 이미지라는 말에 솔깃했다가 할 말이 있다는 얘기에 갑자기 부담스러워졌다.

'중용. 중용. 귀찮게 하긴 했지만, 할아버지와 아버지에 대해 엄청 좋게 말해줬잖아.'

솔직히 첫날 촬영이 끝난 지금 두삼이 부담스럽긴 해도 괜찮은 사람이라고 생각하는 중이다. 그 이유는 방송 내내 그의 조부와 아버지를 칭찬했기 때문이다.

입에 발린 소리가 아닌 진심으로 그랬다.

프로그램을 관심을 가지고 보고 있기에 그의 칭찬이 어떤 결과를 가지는지 잘 알고 있다.

지금도 잘되고 있기에 딱히 병원이 잘되길 바라는 건 아니다.

그러나 그가 인정했던 미국 왕가한의원의 1,000만 원짜리 생환의 경우 6개월간 예약이 되어 있다는 기사를 얼마 전에 봤다.

"그래요. 근데 어디에 예약했어요?"

"보라가 이곳에서 살아서 단골집이 있다더라고요."

"그럼 믿을 만하겠군요. 솔직히 같이 영업하는 사람으로서 할 말은 아니지만 맛없는 집도 많거든요."

"하하! 맛없으면 2차 가죠. 그땐 김 선생님이 소개해 주세요."

"그러죠."

우르르 몰려간 곳은 양곱창 가게. 들어가자 테이블마다 세팅이 되어 있어 불만 켜면 됐다.

김강연과 출연진, 문 PD가 한 테이블에 앉고 3대의 이동용 카메라가 설치됐다.

"근데 양곱창을 저녁으로 사는 거 보니 방송국에서 돈을 많이 주나 보군요?"

"아뇨. 과외로 버는 거죠."

"광고?"

"비슷해요."

조슈아의 치료비가 들어왔다. 다들 광고를 찍을 때마다 샀으니 두삼 역시 이럴 때 사는 게 맞는다고 생각했다.

간단히 술을 곁들여 저녁을 먹었다.

불편할 거로 생각했는데 사람들이 꽤 편하게 대해줬다. 특히 연예인들의 경우 말이 잘 통했다.

분위기가 한창 좋을 때 문 PD가 말했다.

"내일도 촬영이니 11시까지 먹는 거로 하자고."

시간을 확인하니 10시 10분. 개인적으로 할 말이 있다는 얘기가 떠올라 화장실 간다는 얘기를 하며 두삼에게 나오라는 눈짓을 보냈다.

"내 눈짓을 못 봤나? 그렇다면 담배나 피우고 들어가야겠군."

담뱃불을 붙였을 때 두삼이 나왔다.

"여기 계셨네요."

"…아! 어디 있겠다는 말을 안 했군요. 죄송합니다."

"괜찮아요. 두 번째 만에 찾았으니까요."

"그렇다면 다행이고요. 근데 할 말이 있다면서요."

"네. 사과드릴 게 있어서요."

"……?"

"본의 아니게, 아니, 의도가 조금 있었겠네요. 저에게 도와달라고 할 때 거절을 안 했으니까."

"…무슨 말씀인지 모르겠군요."

"이상하게 들릴지 모르겠지만 전 대상에게 손을 대면 대상의 내부를 볼 수 있습니다."

"…진짜요?"

"네."

"…그럴 거로 짐작했습니다. 아니면 진의모의 대결이나 인천 건물 붕괴 사고, 차이나타운 사건 때 그와 같은 일을 할 수 없었겠죠. 음… 근데 진짜라니 놀랄 수밖에 없군요. 근데 그게 어떻다는 겁니까?"

"연구소의 치료술을 웬만큼 알아버렸다고나 해야 하나. 그러니까 치료에 사용하는 혈과 그것이 어떻게 작용하는지 알게 되었다는 겁니다."

순간 이해가 되지 않았다. 그가 한의학에 익숙하지 않았기 때문이다.

"…그러니까 오늘 제가 했던 걸 그대로 할 수 있게 되었다는 거죠?"

"네. 아! 물론 다른 사람에게 알릴 생각은 없습니다. 저 역시 담당하게 될 기면증 환자에게 응용해서 이용하겠지만, 그 후론 잊겠습니다."

'허! 이 사람 인제 보니 완전 괴물이네.'

순간적으로 기분이 나빴다. 근데 세상에 누가 옆에서 지켜보고 손을 댔다고 해서 그것을 알아차릴 수 있겠는가. 게다가 환자로 몇 번만 왔다 가도 다 가져갈 수 있었을 것으로 생각하니 풀려 버렸다.

"그냥 모른 척할 수 있을 텐데 왜 고백을 하는 겁니까? 그게 더 궁금하군요."

"훔치는 것과 배우는 것은 다르니까요. 솔직히 어깨 너머로 배우는 수준이 아니었거든요."

'아버지는 이런 상황이면 뭐라고 하실까?'

허허허! 웃으셨을까? 잊으라고 하셨을까? 어쩌면 무능한 아들에게 보고 배우라고 하셨을까.

돌아가신 아버지가 대답할 리가 없었다.

결정은 그 자신의 몫이었다.

"…기면증 환자 얘긴 뭡니까?"

"어제 갑자기 생긴 일인데 기면증 환자를 맡게 됐습니다. 우연인지 이곳에 오게 됐고요."

"기면증에 관한 것은 알려 드리지 않았는데요?"

"기초가 탄탄하면 응용은 얼마든지 할 수 있죠. 정답이 있을지는 모르겠지만요."

"한 선생이면 할 것 같군요. 담배 하나 더 피워도 될까요? 말하다 보니 태워 먹었군요."

후우~ 담배를 뱉으며 고민했다.

어차피 가져간 시술을 돌려받는다는 건 말도 되지 않는다. 게다가 지금처럼 살면 언젠가 사라질 예정이었던 시술이다.

'차라리 이 사람한테 다 줘버릴까?'

근데 그러자니 아버지 볼 면목도 없고 아깝다.

이리저리 궁리하다가 중용을 택하기로 했다.

"내일 한 선생에게 아버지가 남겨둔 책을 줄 테니 읽어보세요."

"…네?"

"어차피 알게 된 거 정확하게 아는 게 낫지 않아요?"

"그야 그렇지만……."

"대신! 한 선생님이 알게 되는 수면 장애에 관한 지식을 저에게 알려줘요. 한 가지 더. 혹시 학술지 같은 곳에 알릴 때 아버지 이름을 언급해 줬으면 좋겠어요. 후자는 반드시 할 필요는 없고요."

"……."

"손해라고 생각해요?"

"아뇨. 너무 뜻밖의 제안이라……. 물론 제안은 무조건 받아들일 생각입니다."

"그럼 됐어요. 내일 줄게요."

"이해해 주서서 고맙습니다, 김 선생님."

"아니에요. 먼저 들어가세요. 전 담배 냄새 좀 없애고 들어갈
게요."

두삼이 사라지는 것을 본 후 하늘로 시선을 돌렸다. 그리고
나지막이 중얼거렸다.

"잘한 걸까요, 아버지?"

……

"그나저나 이제 슬슬 공부를 다시 해야겠어요."

알려주는데 못 알아들으면 그것만큼 쪽팔리는 일이 있을까
싶었다.

＊　　　　＊　　　　＊

민규식이 강창동의 부름에 집을 찾았다.

"회장님, 그동안 무탈하셨습니까?"

"어서 오게, 민 원장. 덕분에 잘 지내다마다. 이쪽으로 앉게."

"예. 근데 집에서 좋은 향이 나는군요."

"한두삼 그 녀석이 약이라고 전해준 걸세. 하핫핫!"

"네?"

"집에 있던 침향을 가져가더니 약을 만들어 가져왔더군. 이제
약보단 취미가 되어버렸다네. 덕분에 담배도 끊었지 뭔가."

"그랬군요. 건강은 좀 어떻습니까?"

"듣지 못했나?"

"듣긴 했는데, 100일 정도는 기다려야 결론이 난다고 하더군요."

"핫핫핫! 짓궂은 녀석이군. 정작 자긴 괜찮아졌다고 제대로 오지도 않으면서 말이야."

"…네?"

어떤 일이 있어도 허허로울 것 같던 민규식이 화들짝 놀랐다.

두삼이 어련히 알아서 할 거라고 생각해 말하진 않았지만 강창동은 예사 사람이 아니었다.

시대가 바뀌면서 예전만큼은 아니더라도 정치계의 숨은 거물이다. 여야 할 것 없이 그를 존경하면서도 한편으로 무서워했는데 뇌전증 치료제 문제를 뒤에서 그가 봐주고 있었다.

"놀라긴. 농일세. 사흘에 한 번씩 올 만큼 좋아졌다는 얘길세. 혈전용해제도 끊을 만큼 나았다네."

"그렇군요. 전 또 회장님께 무례를 범했나 싶어 깜짝 놀랐습니다. 그런데 혈전용해제를 끊다니, 축하드려야겠군요."

"그 덕에 좋아하는 것들을 끊거나 줄이고 있다네."

"……?"

"언제 죽을지 모른다고 생각할 땐 즐기고 살자고 생각했는데 막상 몸이 건강해지고 있다니 더 살고 싶더군. 강 이사장님처럼 말일세. 핫핫핫!"

사실 강창동은 한강대학의 이사장과 친분이 있었다.

젊은 시절 먼 친척—남이나 다름없는—관계라 의기투합한 후 지금까지 관계를 지속하고 있다고 들었다.

"이사장님이 올해 아흔여섯이니 무리려나?"

"관리에 조금만 더 신경 쓰면 될 겁니다."

"됐네. 난 벽에 똥칠까지 하고 싶진 않아. 참! 요즘 한 선생 귀찮게 하는 사람들 없지?"

"예. 회장님 덕분에 자제하는 분위기더군요."

"나라의 녹을 먹는 것들이 하는 짓은 양아치나 다름없다니까."

"허허허! 한데 무슨 일로 부르셨습니까?"

"치료제 허가 준비는 다 끝났음을 말해주려고 불렀네. 그러니 편할 때 출시하면 되네."

"생각보다 빨리 끝났군요?"

"책임 때문에 안 할 뿐이지, 하면 잘하는 것이 공무 조직 아닌가. 언제쯤 할 텐가? 그에 맞춰 정부 쪽에서도 해야 할 일이 있으니 정해지면 말해주게."

"음… 아무래도 5월 말쯤이 좋을 것 같습니다. 이리저리 준비해야 할 것이 많습니다."

"5월이라……. 괜찮을 것 같군. 근데 독립 회사를 꾸릴 생각은 없나? 생각이 있다면 도와주지. 가치가 어마어마할 거야."

"아닙니다. 이익금은 오롯이 병원에 쓸 생각입니다."

"후후! 또 퍼줄 생각인가 보군?"

"…퍼주는 게 아니라 의료진 확충과 소외 계층의 의료 지원에……."

"쯧쯧! 그게 퍼주는 걸세. 이사장님이야 물려줄 후손이 없어 그렇다고 하지만, 자네도 어지간하군. 아무튼 자네 병원에서 만든 건데 자네가 알아서 하게."

아무리 세계 경제의 흐름이 연봉을 줄이고 회사의 이익을 극대화하는 것으로 간다고 하지만, 위정자들마저 딴 생각 못 하고 먹고 살 걱정만 하게 주는 것이 미덕이라고 생각하는 건지 모르겠다.

민규식의 생각일 뿐, 누군가와 토론을 할 만큼 확고한 생각을 가진 건 아니었다.

남들이 볼 땐 그도 가진 자였기에 그저 할 수 있는 한 실천을 할 뿐이다.

"근데 치료제를 만드는 데, 두삼 그 녀석이 관여했다면서? 여기저기 안 끼는 데가 없군."

"그만한 실력을 가졌으니까요."

"약이 팔리기 시작하면 부자가 되겠군."

"그렇겠죠. 순이익의 15%는 그 아이 몫이니까요. 김영태 교수에게도 15%, 나머지 연구원들에게 10% 돌아갈 겁니다."

"그래? 이거 치료비를 준비했는데 너무 적다고 할지도 모르겠군. 핫핫핫!"

그는 옆에 있는 가방을 두드리며 말했다.

"아닙니다, 회장님. 치료비는 병원에서 지불을 할 겁니다."

"날 쪼잔한 늙은이로 만들지 말게. 나 역시 가지고 있어봐야 자식 놈들이 홀라당 써버릴 돈이야."

"그럼 잘 전해주겠습니다."

"병원에도 얼마간 기부를 했으니 가방에 손을 대진 말게나. 하하핫핫!"

"회장님도 참⋯⋯."

"아차차! 말을 하느라 차도 마시지 못했군. 침향차인데, 한 잔 마셔보게."

민규식은 차를 마시며 한참 동안 얘기를 나누었다.

*   *   *

김강연에게 개인적으로 수면 장애 시술법을 배우느라 이틀 만에 병원에 출근했다.

이틀 동안 성기능클리닉을 맡은 이는 엘튼과 양태일. 진료실에 들어온 두삼이 양태일에게 물었다.

"어려운 환자는 없었어?"

"네. 일단 선생님이 만들어둔 매뉴얼대로 처리할 수 있는 환자들뿐이었어요. 애매한 증상의 환자는 사흘 후에 오라고 했으니 오늘 방문할 겁니다."

"잘 처리했네. 다른 건?"

"구본철 환자가 어제 와서 5층 입원실에 입원을 시켜뒀습니다."

"의료 기록은?"

"병원 진료 기록에 올려뒀습니다."

"고생했다."

"제가 할 일을 한 것뿐인데요. 참! 우리 과 레지던트 지원자 얘기 들으셨어요?"

"아니. 왜, 한 명도 없어?"

"아뇨. 한 명이요. 예상하셨어요?"

"아직 정식으로 인정받지 못한 안마와 성기능클리닉을 하는데 누가 지원하겠냐."

"전 이방익 선생님과 선생님이 계셔서 엄청 지원할 줄 알았는데……."

"인기가 좋다고 인생이 걸린 결정을 함부로 할 수는 없으니까."

"선생님이 많은 걸 가르쳐 준다고 소문이라도 낼 걸 그랬어요."

"됐네요. 그래 봐야 너만 고생이지. 일단 구본철 환자 만나러 가보자."

두삼이 양태일에게 가르치면, 양태일은 동기인 두 사람과 후배들에게 가르쳤다.

"저도 갑니까?"

"너도 이제 2년 찬데 슬슬 환자를 봐야 하지 않겠냐? 수면 장애에 대해 배우기 싫으면 안 와도 돼."

"당연히 가야죠!"

3년 차 때는 전문의 시험 준비를 해야 하니 2년 차 때 직접 환자를 보며 실력을 키워야 했다. 그래서 이제부터 슬슬 그에게 본격적으로 맡길 생각이다.

일을 떠넘긴다고 생각할 수도 있겠지만, 한동안은 같이 붙어서 지켜봐야 하니 솔직히 오히려 귀찮은 일이다. '반드시'라고 할 만큼 한 명의 전문의가 탄생하기까진 선배들의 희생이 필요했다.

두삼이라고 다르지 않았다. 할아버지, 은사님, 민규식, 장인규

등 많은 이들의 희생으로 지금의 자신이 있는 것이다.

양태일과 함께 기존 진료 기록을 보고면서 병실로 향했다.

"음, 기면증 환자 중에 1%도 안 된다는 중증 기면증이라니. 기면증에 대해 얼마나 알아?"

"기본적인 것밖에……."

"자신이 없는 거 보니 공부 안 한 것 같은데?"

"요즘 절 두고 혼자 다니시기에……."

"그래도 명색이 입원 환자인데 아무도 모른 상태에서 당직 설 거야?"

"죄송합니다."

"안다는 기본적인 거 읊어봐."

"탈력 발작을 동반하는 제1형 기면증, 탈력 발작을 동반하지 않는 기면증 제2형 기면증으로 나눌 수 있습니다. 뇌척수액에 하이포… 흠! 하이포……."

"하이포크레틴."

"…네. 하이포크레틴—1의 농도가 110pg/mL 이하이거나 정상 수치의 3분의 1미만인 경우 기면증이라 할 수 있습니다."

"치료는?"

"모다피닐이라는 각성 약물을 주로 복용합니다. 다만 두통, 불안, 불면 등의 부작용을 유발할 수 있습니다."

"구글링이냐?"

"…네x법니다."

"잘났다. 신경과에 연락해 둘 테니까. 모레까지 기면증 관련 자료랑 진료 기록 가져와서 정리해."

"얼마나 될지도 모르는데 모레까지는……."

"내일까지 할래?"

"모레까지 하겠습니다."

"미련하게 혼자 하지 말고 동기들이랑 같이해. 어차피 걔들도 알아야 하잖아."

"네, 선생님."

신경과는 뇌전증 때문에 두삼의 앞마당이나 다름없었다.

병실로 들어가자 침대 위에서 책을 읽고 있는 구본철과 이주선이 보였다.

꾸벅 인사를 하고 입을 열었다.

"처음 뵙네요, 구본철 씨."

"…안녕하세요."

"여기는 양태일 선생입니다. 종종 들어와서 진맥과 치료를 할 겁니다."

"…네."

"진료 기록을 확인했습니다. 몇 가지만 여쭈어보겠습니다. 잠이 시시때때로 오고 쓰러지는 순간 아무런 기억이 없으시다고요?"

"네, 없습니다."

"현재 약을 먹고 계세요?"

"아뇨. 효과가 거의 없을뿐더러 머리가 깨질 듯이 아파서 먹지 않고 있어요."

"하루에 몇 번씩 증상이 일어나죠?"

"두세 번쯤요. 많을 땐 다섯 번까지도 정신을 잃은 적도 있어요."

"쓰러졌을 때 발작이 없다고 나와 있는데 맞습니까?"

구본철은 대답 대신 그의 어머니인 이주선을 봤다.

"발작은 없어요. 제가 매일 보거든요. 그냥 푹 잘 뿐이에요."

"그렇군요. 진맥을 해봐도 될까요?"

하이포크레틴 호르몬에 대해선 부산의 수면 장애 연구소에서 이미 알고 왔다. 효과가 있다는 한약재까지 먹어본 터라 작동원리도 어느 정도 파악했다.

맥은 특별히 이상이 없었다. 두삼의 손이 하얗게 빛나며 기운이 스며들었다.

평소와 달리 여러 가지 호르몬을 뜻하는 노란색으로 그의 인체를 그려나갔다.

'이 부분이 하이포크레틴 호르몬이었지? 색깔을 다르게 지정하고……'

하이포크레틴만 주황색으로 지정을 하자 흐름이 또렷하게 보였다. 다음으로 두삼은 의식 일부를 이용해 자신의 몸속을 본 후, 똑같이 하이포크레틴의 주황색으로 지정했다.

'신기하군. 일부는 뇌로 일부는 몸으로 향하고 있어. 새로운 호르몬을 만들어 각성 효과를 만드는 걸까? 아니면 다른 역할?'

일이 있을 때마다 알아냈다고 하지만 호르몬은 여전히 미지의 영역이나 다름이 없었다. 평생을 해도 완성을 할 수 있을까 싶다.

'그나저나 확실히 하이포크레틴 호르몬이 부족해. 게다가 소모도가 빨라. 어!'

일정 수준 이하로 내려가자 여기저기로 뻗어 나가던 호르몬이 멈추며 구본철의 몸이 뒤로 넘어가는 것이 느껴졌다.

잠이 든 것이다.

'신기하군. 혹시 수혈(睡穴)을 누르거나 머리에 따뜻한 기운을 흘러 넣는 것이 이것과 관련이 있는 건 아닐까. 나중에 알아봐야겠어.'

계속 그의 몸을 살피며 깨어날 때까지 기다리고 싶었지만 해야 할 일이 있었다.

깨어날 때 다시 오기로 하고 손을 뗐다.

"…철이가 잠들었어요, 선생님."

"알고 있습니다. 지금은 할 일이 없으니 깨면 바로 연락 주세요. 바로 오겠습니다."

"네, 선생님. 근데 우리 애는 어떨 것 같은가요?"

"이제 진맥을 했는데 그런 질문은 이른 것 같습니다."

"…죄송합니다."

"죄송할 건 아니고요. 참! 자선단체에서는 연락을 받으셨습니까?"

"아! 연락을 받았어요. 감사하게도 병원비와 생활비를 보조한다네요. 근데… 선생님이 그걸 어떻게?"

"큼! 우연히 들었습니다. 양 선생, 살펴봐."

아차 싶어 얼른 화제를 돌렸다.

양태일은 구본철에게 다가와 진맥을 시작했다.

"……"

오묘한 표정.

"기면증은 맥으로 알 수 있는 게 아냐. 수혈이라고 할 수 있는

풍문혈과 안면혈, 조해혈과 신맥혈을 눌러보고 느낌을 기억해
둬."

"네, 선생님."

그는 몇 차례 두삼이 말한 혈을 눌렀다. 역시 모르겠다는 표
정이었지만 자신 역시 아직은 모른다. 그저 나중을 위해 해보라
고 한 것이다.

그는 더 해봐야 소용이 없다고 생각했는지 일어났다.

"다했습니다."

"그럼 가자. 가면서 설명해 줄게. 보호자분, 깨면 바로 연락 주
세요."

연락처를 건넨 후 병실에서 나왔다. 그리고 양태일에게 환자
의 상태와 어떤 식으로 접근해 갈지를 상세하게 설명했다.

"헐! 호르몬이 느껴진다고요?"

"…그게 궁금할 타이밍은 아닌 거 같은데?"

"전 그게 더 놀라운데요. 아니, 호르몬이 느껴진다는 게 말이
나 됩니까?"

보인다고 했으면 난리 났을지도 모르겠다.

괜히 얘기했나 싶었지만, 어차피 가르치려면 이젠 마냥 숨기고
있을 순 없었다.

근데 이런 반응이라니.

"쩝! 내가 널 너무 믿었나 보다. 이만 잊어줘야겠다."

"기억까지 지울 수 있으세요?"

"죽을래? 나불거리지 말라는 뜻이다. 대신 앞으로 너한테 국
물도 없다. 성기능 개선 요법이나 실컷 배워라."

"…에이~ 선생님도. 기도 잘 다루시고 호르몬도 느낀다니 부러워서 하는 말이죠."

"늦었어, 인마."

"선~생니임~"

"애교는 은서한테나 해."

"믿음에 절대로 보답할게요. 약속드려요. 그러니까 화 푸세요. 점심은 제가 낼게요. 네?"

우락부락한 녀석이 애교 부리는 모습을 보자니 눈이 썩을 것 같아서라도 용서해야겠다.

"비싼 거로 먹어도 되지?"

"…레지던트가 무슨 돈이 있다고요. 학교 근처에 돈가스 잘하는 데 있는데 거기로 모시죠."

"치사한 놈. 대신 콜라 추가다."

"콜! 근데 아까 풍문혈, 안면혈, 조해혈, 신맥혈을 누르게 한 건 호르몬의 변화에 따른 느낌을 알기 위한 겁니까?"

"그래."

"느낌이 다를까요?"

"그야 아직은 모르지. 차차 알아가야 한다고 좀 전에 말했잖아."

양태일의 질문은 안마과에 도착할 때까지 계속됐다.

87. 이상한 소문

미국에서 온 사람들과 강창동을 치료하느라 주말도 쉬지 못했는데, 오랜만에 휴일을 가지게 됐다. 다만 하란이 일찍 나가는 바람에 반쪽짜리가 되었지만 말이다.

　"루시, 넌 하란이가 뭘 하는지 알지?"

　─알죠. 하지만 말하지 못하게 되어 있어요.

　"힌트 정도는 줄 수 있지 않아?"

　─궁금하면 하란 님께 물어보면 되잖아요?

　"그야 그렇지만……."

　바쁠 때는 묻지 않다가 잠깐 한가해졌다고 물으려니 왠지 미안했다.

　의부증이 있는 사람처럼 구는 것 같기도 하고.

　혼자 맹숭맹숭하니 있어서 그런 것 같아 밖으로 나왔다. 오랜

만에 이진철이랑 노닥거릴 생각이었다.

한데 그는 가족들과 막 차에 오르고 있었다.

"…어디 가요?"

"워터파크. 혜선이가 가고 싶다고 해서. 근데 왜?"

"아뇨. 산책하다가 뭐 하나 싶어서 와봤어요."

"같이 갈래?"

"아뇨. 아침에 일어나서 수영도 하고, 골프 연습도 했는데요. 잘 다녀오세요. 혜선아, 이건 삼촌이 주는 거니까 가서 맛있는 거 사 먹어."

"맨날 보는데 무슨 돈을 줘?"

"누나도 참. 조카 용돈도 못 줘요? 얼른 받아."

"고맙습니다, 삼촌."

"그래, 재미있게 놀다 와."

그들을 배웅하고 돌아섰다. 한미령이 남아 있었지만 최근 남자 친구를 사귀고 있으니 시간이 없을 터였다.

정원을 서성이며 만나서 시간을 보낼 사람이 있나 떠올려 봤지만, 상대의 이런저런 사정을 생각하니 만날 사람이 없다.

"상윤인 일 안 하면 데이트 중일 테고. 현수도 마찬가지고……. 하! 인간관계가 정말 좁긴 하네."

아무리 상대방의 사정을 생각했다고 하지만 휴일에 같이 놀자고 할 사람이 없다니.

골프 연습장이나 가서 시원하게 공이나 때릴까 싶어 골프채를 챙기러 갈 때 꽉! 하고 떠오르는 사람이 있었다. 마침 근처에 사니 만나기도 좋을 것 같았다.

바로 전화를 했다.

—…이른 새벽부터 웬일이냐?

"아침 9시가 넘었어요."

—그러니까 새벽이지. 너 작가의 생활 패턴을 잘 모르나 본데 보통 새벽에 잠들고 해질 때쯤 일어나.

"수면 장애가 있겠네요."

—…응?

"아무것도 아니에요. 근데 일하는 사람이 그렇게 불규칙해도 돼요?"

—돼. 어떤 놈 때문에 프로그램이 폐지됐거든.

"백수라는 소리네요? 나와요. 같이 술이나 한잔해요."

—…아침부터 웬 술?

"새벽이라면서요. 새벽엔 많이 마시잖아요."

—어떤 놈이 어떤 놈인지 안 물어보냐?

"어떤 놈이겠죠. 안 나오면 말고요. 그냥 골프나 치러 가야겠어요."

—잠 다 깨워놓고 튕기냐? 나간다, 나가. 어떤 놈아!

"집 앞에서 기다릴게요."

그는 10분도 되지 않아 모자에 점퍼, 운동복 바지를 입고 나타났다.

"요즘 허리는 괜찮아요?"

"괜찮을 리가 있겠냐? 간혹 찌릿찌릿하다."

"가끔 여기 와서 안마도 받고 그래요."

"벌이가 있어야 오지. 아침 안 먹었으니까 아침이나 사줘."

"가요. 먹고 싶은 거로 먹어요."

"이 새벽에 열려 있는 곳이 얼마나 된다고. 24시간 국밥집이나 가자."

그의 말처럼 문이 열린 곳은 많지 않았다. 할머니가 그려진 가게에 들어가 순댓국과 수육, 소주를 시켰다.

"넌 안 먹냐?"

"먹었어요."

"그래서 소주 마시려고?"

"형 마셔요. 전 한두 잔이면 돼요."

"나도 한두 잔이면 돼. 더 마시면 바로 집에 들어가야 하거든."

"적당히 알아서 먹기로 해요. 근데 방송은 정말 끝난 거예요?"

"후룹! 출연자였던 네가 하는지 안 하는지 모를 정돈데, 프로그램이 살아 있겠냐?"

"처음엔 꽤 시청률 높지 않았나?"

"높았지. 그래서 협조도 많이 들어오고. 근데 6개월쯤 지나니 슬슬 떨어지더라. 임팩트 있는 의사의 부재가 컸지. 뭐, 그래도 서로 출연하겠다는 의사가 많았으니 그럭저럭 끌고 갔는데 너 나오는 방송 나온 후부터는 감당이 안 될 만큼 떨어지더라."

"분야가 다르지 않나요?"

"시청자가 볼 땐 비슷해. 사람 낫게 하는 거잖아. 아무튼, 병원에서 광고가 안 된다 싶었는지 슬슬 싫은 기색이더라. 그래서 접었지."

"그럼 다른 프로그램 하면 되지 않아요?"

"내가 S급 작가도 아니고 그게 내 마음대로 되냐? 불러줄 때까지 기다리는 수밖에."

"S급 아니었어요?"

"…놀리냐?"

박기영은 일 얘기에 술이 쭉쭉 들어가는 모양인지 연거푸 술잔을 비웠다.

"놀리는 게 아니라 형의 실력을 알고 있으니 하는 말이에요."

"…네가 작가에 대해서 뭘 안다고?"

"왜 이래요. 방송에 출연 중인 거 몰라요? 방송의 자연스러움만 보자면 전설을 찾아서 메인 작가도 형한테 배워야 해요."

"자식이, 아부는……."

아부라고 해도 기분이 조금 좋아진 모양이다.

아침을 먹고 카페로 자리를 옮겼다. 그는 주로 방송 뒷얘기를 해줬고, 두삼은 미국에서 있었던 일들을 얘기해줬다.

"그래서 요즘은 뭐 해요?"

"어떤 아이템이 괜찮을까 생각해 보기도 하고, 글을 끄적거리기도 하고. 요즘 장르 시장이 괜찮다잖아."

"장르 시장?"

"판타지 소설 말이야."

"아! 예전에 좀 읽었는데, 요즘은 볼 시간이 없어서."

"쓰기만 제대로 쓰면 먹고살 만하대."

"그래요?"

"응. 전에 알던 작가 중에 몇 명은 그쪽으로 빠져서 제법 잘살고 있더라."

"그래서 그쪽으로 가려고요?"

"글쎄다. 써보는데 쉽지 않네. 그것보다는 방송 작가 일이 더 적성에 맞기도 하고."

"좋아하는 걸 하는 게 좋죠. 아! 잠깐만요."

전화가 왔다. 우연인지 채널H의 노담휘 조연출이다.

"네, 노 PD님."

─PD는 무슨. 그냥 형이라 불러.

"하하! 네, 형. 근데 웬일이세요?"

─내 히든카드가 잘 있나 싶어서. 혹시 오늘 잠깐 시간 돼? 할 얘기가 있는데.

"지금 아는 형이랑 얘기하고 있는데."

─언제 끝나는데?

"음, 괜찮으면 그냥 나오세요. 잠깐 따로 얘기하고 점심 같이 먹어요."

─알았어. 어디야?

위치를 알려주고 전화를 끊자, 박기영이 물었다.

"채널H PD?"

"네. 이번에 프로그램 만들게 됐거든요."

"나 소개해 주려고?"

"엥? 다른 방송국에서 일해도 돼요?"

"프리랜서가 어디서 일하든 무슨 상관이야. 일을 시작했던 곳이라 정 때문에 옮기지 못한 것도 있지만, 웬만하면 대박 쳐서 돈 많은 곳에 가려고 버틴 거지."

"소개는 해줄 수 있는데 형을 써줄지는 미지수예요."

"그야 당연하지. 그냥 자연스럽게 소개만 해줘."

뜻밖에 중개인 역할을 하게 됐다. 노담휘는 1시간쯤 지나서 도착했다.

"어서 와요, 형. 여긴 방송 작가 박기영, 이쪽은 채널H PD인 노담휘. 인사해요."

"반갑습니다. 박기영입니다."

"네, 반갑습니다. 노담휘입니다."

두 사람 모두 워낙 사람들을 많이 만나는 직업이라 그런지 금세 편안하게 얘기했다.

"기영이 형, 우리 잠깐 옆 테이블에서 얘기할게요."

"뭘 그래. 내가 잠깐 담배 피울 겸 동네 한 바퀴 돌고 올게."

"앉아 있어도 돼요. 별 얘기도 아닌데요."

"담휘 형이 괜찮다면야."

박기영이 있는 상태에서 노담휘는 용건을 꺼냈다.

"아직 방송 아이템 때문에 고민 중이긴 한데, 너만 괜찮다면 의사 서바이벌 오디션의 심사 위원으로 도와줬으면 해."

"의사 서바이벌 오디션이요?"

"응. 일반 오디션 프로그램과는 조금 다르게 수술, 혹은 치료의 드림팀을 만드는 거지."

"…하하."

의료를 오디션으로 내보낼 생각을 하다니 이 양반의 정신세계를 어찌해야 할지 모르겠다. 애초에 대결을 좋아하지 않을뿐더러, 설령 좋아한다고 해도 오디션이라니 말도 안 된다.

전설을 찾아서의 성공 때문에 의료에 관심을 두게 된 것 같은데 치료의 드림팀이란 애초에 불가능하다.

게다가 평가를 한다?

의사 협회와 한의사 협회에서 엄청 욕할 것은 둘째 치고, 출연자 찾기도 힘들 것이다.

아! 이상윤이라면 또 모르겠다.

아무튼, 도와주기로 마음을 먹고 있었으나 그의 계획에 동조해 주고픈 마음은 전혀 없었다. 그래서 좋게 거절하려고 할 때 박기영이 먼저 말했다.

"그 아이템은 시작부터 난관에 부딪힐 겁니다."

"…왜요?"

"실력 있는 의사를 심사한다는 자체가 넌센스예요. 그 사람들이 뭐가 아쉬워서 오디션 따위에 참석하겠어요. 자연 이름을 알리려는 이들이 참석하겠지만, 그 사람들로 드림팀을 꾸릴 수 있을까요? 만에 하나 잘돼서 꾸린다 한들, 수십 개가 넘는 분야의 수술을 무슨 수로 감당할 수 있겠어요? 괜히 종합병원에 천 명이 넘는 의사가 일하는 게 아니에요."

"…그런가요?"

대답하는 걸 보니 역시 생각이 없었던 게 분명했다.

"아예 분야를 축소시키면 약간의 가능성이 있을 수 있겠죠. 흉부외과나 정형외과, 암 수술 이런 식으로요."

"그럴까도 생각했어요."

"근데 그래도 힘들어요."

"……"

"이미 성형외과로 재미를 본 프로그램이 있었죠. 문제는 그런 프로그램은 6개월 전부터 촬영을 해야 해요. PD님이니까 이게 무슨 말인지 알 거예요. 시청률이 높든, 낮든 무조건 방송을 해야 한다는 거예요. 하지 않으면 소송당할걸요."

"그렇게까지……."

"제가 했던 프로그램도 3개월에서 6개월 먼저 찍어뒀어요. 프로그램 종영 결정이 난 후 몇 개의 프로젝트는 그만두고 2개월인가 더 찍었는데 뒤처리하느라 진짜 죽을 맛이었어요. 특히 환자들에게 사과할 땐 멱살은 기본이고 뺨 맞은 조연출도 있었어요. 생각해 봐요. 치료해 준다는 말에 들떠 있던 환자에게 프로그램이 끝나니 취소됐다고 하면 어땠을지."

노담휘는 상상을 했는지 묘한 표정으로 뺨을 슥슥 문질렀다.

"하아~ 부장님한테 뺀찌먹은 게 계획이 부실해서인지 알았는데… 그게 아니었구나."

조연출 할 때 워낙 빠릿빠릿해서 몇 번 프로그램 말아먹었다는 말을 믿지 않았는데, 오늘 보니 어느 정도 이해가 된다.

뭐라고 위로를 해줄까 하는데 이번에도 박기영이 나서서 말했다.

"편당 제작비는 얼마나 준대요?"

"5천에서 아이디어 괜찮으면 1억까진 생각해 본대요."

"적진 않은데 큰 스케일은 무리군요. 이럴 땐 아이디어로 대결하는 게 좋아요."

"…아이디어가 없으니 문제죠. 제가 볼 땐 괜찮다 싶은데, 선배들 눈엔 그렇지 않은가 봐요."

"작가는요?"

"일단 두 명 배정해 줬는데 우리 방송국 예능과는 거리가 멀 잖아요. 근데 기영 씨 몇 살이에요?"

"올해 서른여덟이요."

"어? 나랑 동갑이네요. 말 트는 거 어때요?"

"그래. 그러자."

"반가워, 친구. 근데 혹시 좋은 아이디어 없어?"

"몇 가지 있긴 한데 아직 다듬어지진 않았어."

두 사람은 말을 튼 후에 본격적인 대화에 들어갔다. 그 덕에 완전히 소외되었지만 구경하는 것도 나름 재미있었다.

"…내가 생각한 것 중에 하난데, 초보 출연진들이 배우는 걸 화면에 담는 거야."

"예전에 스포츠를 배우는 프로그램이 있지 않았나?"

"있었지. 근데 그건 너무 호흡이 긴 스포츠들을 배웠어. 1박 2일, 혹은 하루 촬영을 두 번 해서 최대 4주. 짧으면 2주 안에 끝낼 수 있을 정도만 배우는 거지. 예를 들어, '연인에게 해줄 수 있는 간단한 안마!'라는 타이틀을 달고 두삼이에게 안마를 배우는 거야. 또는 여름엔 수상스키, 겨울에 스노보드 이런 식 으로."

"음, 괜찮은데. 출연진은?"

"일단 출연진은 넷 정도면 돼. 웃기는 캐릭터 한 명. 단, 억지 로 웃기는 사람은 배제. 뭐든 진지하게 하는 사람 한 명. 여자도 한 명 있어도 괜찮고."

"제작비가 될까?"

"충분해. A급은 필요 없거든. 인기를 얻게 되면 게스트들은 알아서 올 거고. 웬만한 건 광고가 되니까 다 스폰받을 수 있거든."

"좀 더 자세히 들을 수 있을까?"

"그래. 아! 근데 점심때다. 자리 옮겨 밥 먹으면서 얘기하자. 두삼아, 점심은 삼계탕 먹자. 근처에 잘하는 집 알고 있거든."

"그래요."

삼계탕 가게에 와서도 두 사람의 대화는 계속됐다.

방송국은 달라도 같은 분야에 있는 사람들이라 그런지 할 얘기는 무궁무진한 모양이다.

문득 이상윤이 떠올랐지만 서로 존중과 배려가 담긴 두 사람과 비교하기엔 무리였다.

닭이 뼈밖에 남지 않았을 때 노담휘가 조심스럽게 말했다.

"근데 기영아, 혹시 프로그램 맡은 거 있어?"

"아니. 놀고 있어."

"그럼 혹시… 나랑 같이 일해보지 않을래?"

"스카우트냐?"

"응. 네 말대로 하면 제작비도 제법 남을 테니까 작가진도 보강 가능할 것 같아."

"하는 일이 없어 가능은 한데……. 나 메인 작가 아니면 안 해. 세컨은 오라는 데 많았는데 안 갔어."

"당연히 메인이지. 스카우트하는 거니까 두둑하게 챙겨줄게. 아! 일단은 네 아이디어로 허락부터 받는 게 우선이지만."

"좋아! 스카우트해 준다는데 프로그램 계획서도 멋지게 만들어줄게."

"오케이! 그런 의미에서 술이나 한잔할까?"

"그래! 술은 두삼이가 살 거야. 그렇지?"

"…네네."

자는 사람 깨운 죄가 있으니 뭐라 할 수도 없었다. 그리고 사흘 후, 박기영은 새로운 프로그램의 메인 작가가 되었다.

*   *   *

개인적인 생각이지만, 사회의 흐름이 점점 일반인들이 위로 올라갈 수 있는 사다리를 치워 버리는 쪽으로 가는 듯하다.

대학은 수시 정원이 해마다 증가하고, 사법고시는 사라지고 돈과 오로지 학력이 높은 이들만 갈 수 있는 로스쿨이 판을 친다.

뉴스에서 나오는 학교의 각종 성적 조작과 권력자들의 자녀들이 손쉽게 로스쿨 입학하는 걸 보면 비리를 저지르기 위해 만든 제도가 아닌가 싶기도 하다.

실제 S대 로스쿨은 S대 출신이 아니면 갈 수가 없다. 그 아래라고 할 수 있는 K대나 Y대의 로스쿨도 S대 출신이 70% 이상 차지한다.

그 아래로 내려가면 그때부터는 K대와 Y대가 타 학교의 로스쿨을 차지한다.

대체 대학마다 만들어놓은 이유가 뭘까?

그리고 솔직히 성적을 결정하는 시험이 학생들의 우위를 판별

할 수 있는 문제들도 아니다. 조작하려면 얼마든지 중학교 때부터 가능하다는 얘기다.

물론 국민을 위해, 라는 말을 달고 사는 위정자와 권력자들이 이러한 단점들을 고려해서 제도를 만들었을 것이라 믿고 싶다.

항상 예상이 벗어나지 않고 믿음을 저버려서 문제이긴 하지만 말이다.

"…앤 도대체 어떻게 들어온 거지?"

정시 모집 면접을 위해 왔다가, 우연히 본 수시 합격자의 기록을 보던 두삼이 중얼거렸다.

다른 학생들과 비교해도 꽤 점수가 낮다. 그런 애들이 서너 명은 되어 보인다.

"응? 나한테 말했나?"

"아닙니다, 장 교수님."

세상에 비리가 없는 곳이 있을까. 총장도 아닌데 관심을 가져 봐야 불쾌지수만 높아질 뿐이다.

오늘은 정시의 최종 면접일.

이방익이 수시 면접을 봤다고 떠넘기는 바람에 오게 된 것이다.

사실 특별한 사이코패스나 소시오패스만 아니라면 다 합격 처리 해야 할 아이들이기에 부담감은 없었다.

학과 행정실에서 준비해 준 차를 마시고 다른 교수님들과 함께 면접실로 향했다.

'올해는 안내원을 뽑은 건가?'

복도 끝에 늘씬한 아가씨가 단정한 정장 차림으로 면접실 앞에 서 있었다.

작년만 하더라도 병원의 레지던트를 동원해서 면접을 치를 만큼 열악했는데, 올해는 완전히 자리를 잡은 모양새다.

근데 다가갈수록 어째 몸매며, 얼굴이 낯이 익다.

"교수님들, 안녕하세요."

"그래요, 고생 많아요."

교수들이 들어간 후 두삼이 말했다.

"배수진, 못 본 사이에 많이 변했다?"

"그러시는 교수님은 변함이 없으시네요. TV로 매주 봐서 그런가? 근데 너무 위험한 일 하고 다니는 거 아니에요?"

"여기도 잔소리꾼이 있었네. 많이 혼났으니 너까지 그러진 마라."

"쳇! 애인 있다고 자랑하시는 거예요?"

"응. 그러는 넌 없냐?"

"좋아하는 사람은 있는데… 안타깝게도 애인이 있는 사람이네요. 미성년이라고 무시하는 사람이거든요. 그래서 성년이 되면 고백해 볼까 하는데 괜찮을까요?"

"애인 있는 사람을 왜 좋아하냐. 많고 많은 게 임자 없는 남잔데. 그냥 잊어버려."

"…안 잊히면요?"

"그런 건 없어. 조금씩 무뎌지다가 어느새 보면 '그랬었던 적도 있었구나' 싶을 거야."

"…누가 들으면 연애의 프로페셔널인지 알겠어요."

"몰랐냐? 젊었을 때는 꽤 놀았거든."

"지금도 젊은 것 같은데 좀 더 노시죠?"

"훗! 아니. 이젠 한 사람한테 집중하려고. 그리고 설령, 다시 논다고 해도 귀여운 동생에게 찝쩍대는 건 말도 안 되지."

"…피이~ 누가 동생 하겠대요?"

"후후! 싫으면 제자해. 오늘 예쁘다. 후배들에게 고백받을지도 모르겠네. 수고해."

"…동생 할게요. 그럼 면접 끝내고 예쁜 동생에게 밥이나 사주죠?"

"그러자. 먹고 싶은 건 생각해 둬."

동생이라고 말해놓고 피하는 것도 우습다. 점심을 같이 먹기로 하고 면접실로 들어갔다.

올 신입생은 작년보다 30명 늘어난 80여 명.

그중에 수시 합격자가 50명이라 면접은 30명만 보면 됐다.

첫 번째 지원자가 들어왔다.

지원한 이유가 무어냐? 한의학을 어떻게 생각하느냐? 한강대학교에 대해서 뭘 아느냐? 따위의 간단하고 답이 없는 질문이 오갔다. 두 번째도, 세 번째도 별반 다르지 않았다.

정신이 나가서 헛소리하는 지원자는 없었고 무난히 면접을 끝낼 수 있었다.

장인규가 면접 서류를 직원에게 건네며 물었다.

"한 교수, 다 같이 점심이나 먹고 병원으로 가는 게 어떻겠나?"

"아! 선약이 있어서 다음에 해야 할 것 같은데요, 교수님."

병원에서는 선생님이지만 학교에서는 교수로 부르기로 통일을 했다. 장인규가 주변의 눈치를 살피더니 나지막이 말했다.

"좀 전에 봤던 배수진 학생과 같이 먹을 생각이면 자중하시게."

"그렇긴 한데, 왜요?"

"최근에 학교에 이상한 소문이 돌고 있다는 거 못 들었나?"

"네. 학교에 온 적이 없어서요."

"자네와 배수진 학생 사이가 스승과 제자 관계 이상이라는 소문이 돌고 있다네."

"무슨 말도 안 되는 소리를……."

"당연히 헛소문이겠지. 자네의 환자이기도 했잖나. 그러나 추문에 휩싸여 봐야 좋을 게 없어. 방학이라 다행이지, 개학을 하고 소문이 났으면 곤란했을 걸세."

두삼은 어이없다는 표정을 지으면서도 옥지혜 때와는 달리 조심해야겠다는 생각을 했다.

자신은 상관없었다. 교수직에 큰 미련이 있는 것도 아니고, 잠잠해질 때까지 병원 일에 전념을 다하면 됐다. 그러나 배수진의 경우는 조금 달랐다.

아직 미성년인 그녀에겐 큰 상처가 될 수도 있었다.

'어떤 놈이 도대체…….'

짜증이 났지만 별다른 방법이 없었다.

배수진에게 설명하고 밥은 다음에 먹자 할 생각으로 나갔는데 옥지혜가 배수진과 함께 있었다.

"어, 옥 교수님? 방학인데 학교엔 웬일이세요?"

"한 교수, 보러 왔지. 겸사겸사 수진이도 보고. 수진이랑 점심 약속했다지? 나도 합석하면 안 될까?"

옥지혜 역시 소문을 알고 있는 게 분명했다. 그에 도와주러 온 모양이다.

배수진이 불만스러운 표정을 지으며 뭔가 말하려 할 때 옥지혜가 그녀의 등을 툭 치며 말했다.

"두삼이가 곤란해지는 걸 바라는 건 아니지? 가서 설명해 줄 테니까. 조용히 따라와요, 수진 학생."

배수진 역시 이상함을 느꼈는지 군소리 없이 따라왔다. 옥지혜가 데리고 간 곳은 조용히 얘기할 수 있어서 교수들이 즐겨 찾는 중식집이었다.

룸으로 들어가 음식을 시킨 후 옥지혜가 말했다.

"동생은 소문 들었어?"

"조금 전 장인규 선생님께 들었어요."

"수진이 넌?"

"무슨 소문이요?"

"하긴 넌 방학이라 못 들었겠네. 다른 게 아니라 너랑 한 선생이랑 부적절한 관계라는 소문이 학과에 퍼지고 있어."

"네에? 그게 무슨……?"

"말도 안 되는 소리지? 근데 그런 소문이 퍼지고 있어. 잘못되면 한 선생 학교에 못 다닐지도 몰라."

"말도 안 되는 소리 마세요. 선생님이랑 교수님이랑… 이상한 소문이 났을 땐 아무 일도 없었잖아요?"

"나랑 한 선생은 교수, 처녀와 총각. 한 선생과 너는 교수와 제자, 성년과 미성년. 어떤 게 더 치명적일 것 같니? 게다가 나랑은

원수지간처럼 되어버렸다는 소문이 나서는 완전히 사라져 버렸
고."

배수진은 옥지혜가 무슨 말을 하는지 충분히 알아들을 만큼
똑똑한 소녀였다. 그리고 자신을 위해 병원 복귀까지 늦출 만큼
열성적이었던 그를 곤란하게 하고 싶은 마음은 추호도 없었다.

"…제가 어떻게 해야 하죠?"

"소문이 완전히 자자들 때까지 한 선생을 무시해. 둘이 같이
얘기도 하지 말고, 설령 그런 자리가 생기더라도 피하고."

"그건……."

"그렇게 마음에서 조금씩 들어내. 한 선생, 절대 마음 바꿀 사
람 아냐. 어쩌면 고잔지도 몰라."

"누나!"

"그렇지 않고서야 어떻게 나 같은 미녀가 유혹하는데 꿈쩍도
안 할 수 있니?"

"미녀가 아닌가 보죠."

"웃겨. 길을 가다 물어봐라. 백이면 백, 널 고자라고 말할걸.
아무튼, 너도 한 선생이 곤란한 건 바라지 않을 것 아냐. 그러니
참아. 소문은 금방 사라질 거야. 아니면 이참에 고자라고 소문
을 낼까?"

"푸흡!"

애 앞에서 할 소리가 따로 있지!

설득하기 위해서 한 말이 아니었다면, 다시 한마디 했을 것이
다. 그러나 이유가 짐작되었기에 화를 조용히 억눌렀다.

그녀는 두삼을 아랑곳하지 않고 말을 이었다.

"정 참기 힘들면 나한테 와. 선배로서 잊는 법을 조금이나마 가르쳐 줄게."

선배는 무슨. 이 와중에 저런 황당한 말을 하고 싶을까. 두삼은 속으로 투덜댔다.

다행히 옥지혜의 설득이 통했는지 배수진의 입에선 그렇게 하겠다는 얘기가 나왔다.

두삼은 옥지혜의 표정에서 장난기가 사라지자 그제야 입을 열었다.

"소문은 어디서 난 건지 혹시 아세요?"

"나도 며칠 전에 들어서 정확히는 몰라. 다만 물어물어 가다 보니까 학과 직원들에게서 나온 것 같아. 혹시 직원 중에 사이 나쁜 사람 있어?"

"아뇨. 자주 얘기할 기회는 없었는데요."

"그럼 임동환 그 작자가 야료를 부리는 건가?"

"그가 어떻게 쫓겨났는지 모르는 사람이 없는데 설마 그러려고요. 아무튼, 신경 써줘서 고마워요. 시간이 지나면 해결되겠죠."

"아무쪼록 그래야 할 텐데……. 난 누가 소문을 냈는지 계속 알아볼게."

"그러지 마세요. 제가 알아볼 방법이 있어요. 괜히 누나랑 부적절한 관계라는 소문까지 덧붙으면 그때 진짜 학교는 그만둬야 할지도 몰라요."

"나랑 소문이 나면 부적절한 관계는 아니지."

"…부적절하거든요. 어쨌든 소문이 사그라질 때까진 이렇게 같이 식사할 기회도 없으니 밥이나 먹죠."

마침 요리가 도착했기에 식사를 시작했다.

식사 중, 왜 한동안 얼굴도 보지 못한 배수진과 이상한 소문이 났을까 고민해 봤지만 알 도리가 없었다.

그저 루시에게 누가 소문을 냈는지 찾아보게 한 후, 소문이 사라지길 기다리는 수밖에.

＊　　　＊　　　＊

구본철의 기면증은 확실히 심각했다.

혹시나 해 하이포크레틴을 생성시키는 한약재를 만들어 복용시켜 봤는데 순간적으로 좋아질 뿐, 금세 호르몬 수치가 떨어져 버리는 것이 확인됐다.

이러니 약을 먹어도 효과가 없다고 할 수밖에.

며칠간 하이포크레틴을 생성하게 만드는 자극점을 찾았다. 그러나 빠르게 흩어지는 방법을 찾는 건 여전히 오리무중이었다.

'백신이 도대체 어디를 건드린 걸까?'

오늘도 의문만 남기고 손을 뗐다.

"오늘은 여기까지 하죠."

"…네, 선생님."

구본철은 1년이 넘는 동안 마음을 내려놓았는지 조급해하지 않았다.

병실 밖으로 나온 두삼은 자신이 맥을 잡은 동안 안마를 하며 수혈을 누르던 양태일에게 물었다.

"하이포크레틴 호르몬이 많을 때와 적을 때의 차이가 느껴져?"

"솔직히 전혀 모르겠습니다."

"미묘하긴 한데 느끼려고 해 봐. 딱히 중요한 건 아니니 부담 가질 필요 없어. 그저 손끝의 감각을 익힌다고 생각하면 돼."

"네, 선생님."

두삼의 경우 호르몬의 차이를 혈을 누름을 통해 알 수 있었다. 마치 100% 바람이 가득 찬 풍선을 누르는 것과 90% 찬 풍선을 누르는 차이랄까.

그러나 솔직히 나중에 유용함이 발견된다면 모를까 쓸모없는 구분법이었다.

진료실에 돌아온 두삼은 곧장 대기 환자를 들어오게 했다. 이번이 세 번째 방문하는 환자로 발기불능으로 인해 한약을 먹고 있었다.

"안녕하세요."

"류정달 님, 어서 오세요. 어떻게 효과는 좀 보고 계십니까?"

"아, 네. …신기하게 한약을 먹는 날엔 제 의지대로 피가 몰리더군요."

그는 쑥스러운 듯 머리를 긁적이며 대답했다.

"제가 권한 산책은요?"

"매일 하려고 노력 중입니다."

"힘들더라도 약간의 시간을 내어 매일 하시면 한약을 끊은 후에도 좋은 결과가 있을 겁니다. 진맥을 하겠습니다."

류정달의 케이스는 기운 부족으로 인한 발기불능으로, 스트레스와 고된 일이 주요원인일 가능성이 높았다.

그에 기운을 북돋우는 데 한약을, 스트레스를 줄이는 데 산책을 권한 것이다.

기운은 한약을 제대로 복용하고 있는지 많이 좋아진 상태. 다른 이상은 없었다.

"양 선생. 기운을 북돋을 수 있게 해드리고, 스트레스 해소용 두피 안마해 드려."

"네, 선생님. 환자분, 이쪽으로 오시죠."

안마용 침대로 류정달을 안내한 양태일이 시술을 시작했고 두삼은 그 모습을 꼼꼼히 쳐다봤다.

집중을 하고 있는 양태일을 보며 생각했다.

'녀석, 확실히 실력이 좋아.'

타고난 것도 있지만 특유의 집중력이 그를 하루가 다르게 발전시키고 있었다.

솔직히 웬만한 전문의보다 실력이 뛰어났다.

환자를 맡기고 부족해 보이는 부분은 지적을 해주면서 하루 일과를 마쳤다.

"저 때문에 조금 늦어졌군요. 죄송합니다."

"예상보다 일찍 끝났으니까 괜찮아."

"제가 예상보다 낫다고 들리는데, 아닙니까?"

"응, 아냐. 예상을 아~주 낮춰뒀거든."

"…칭찬은 고래도 춤추게 한다는데, 평가가 너무 박한 거 같네요."

"평가할 정도로 실력을 키우기나 하셔. 손 내밀어봐."

"왜요?"

"수기 요법은 기운을 소모하는 일이야. 충분히 쉬거나 보충하지 않으면 버티질 못해."

"그럴 땐 어떻게 합니까?"

그는 손을 내밀며 물었다.

"바보냐? 당연히 보충을 해야지. 그때는 허함이 완전히 사라질 때 자제를 하는 게 좋고. 음, 역시 많이 떨어졌네. 이거 가지고 약재실로 가서 약 받아서 먹어."

그럴 것 같아서 준비해 둔 처방전을 건넸다.

"어째 죄다 싼 약만 쓰셨네요?"

"비싼 약재로 지어줘?"

"하하! 농담입니다. 부작용 없는 것들로 꾸준히 먹으라는 뜻으로 주신 건데 따라야죠."

처방전의 의도까지 파악하다니 역시 제법이다.

"쓸데없는 소리 그만하고 가. 난 퇴근할 거야."

"낼 뵙겠습니다, 선생님. 수고하셨어요."

"너도 수고했다."

양태일이 떠난 후, 진료실을 간단히 정리한 후 나가려 할 때였다.

노크 소리와 함께 이상윤이 들어왔다.

88. 양태일 키우기

이상윤은 분위기를 살피더니 물었다.

"퇴근하는 거냐?"

"응. 넌?"

"1, 2시간 더 있다가."

"희정 씨 퇴근 시간 기다리나 보네?"

"같이 퇴근하는 게 나으니까."

부끄러워할 줄 알고 한 말인데, 그의 낯짝은 생각했던 것보다 두꺼웠다.

그를 절대 따라 할 수 없다고 생각하며 말했다.

"심심해서 온 거라면 딴 사람이랑 놀아."

"여전히 심심할 틈이 있나 봐? 일 때문에 왔거든."

"어떤 일?"

복귀했으니 암센터에 가서 한방색전술을 해야 했다. 그러나 성기능클리닉이 자리를 잡을 때까지 유예하기로 했었다.

그는 태블릿을 꺼내 건네며 말했다.

"수술 하나만 도와줘."

"어려운 수술이야?"

두삼은 태블릿을 살폈다. 원발성 뇌종양으로 뇌하수체 쪽에 종양이 자리하고 있었다.

자세히 살펴보니 어려운 수술은 아닌 것 같다. 하지만 곧 환자의 나이와 의료 기록을 보고 어느 정도 이해했다.

"환자가 연세가 많고 몸이 많이 약하시네."

"응. 약해진 몸 때문에 항상 보약을 드셨는데 아무래도 보약이 암을 키운 것 같아."

암 수술 후 의사들이 절대적으로 강조하는 것이 민간요법으로 만들어진 약을 먹지 말라는 말이다.

한약을 민간요법으로 취급하는 것은 짜증이 났지만, 어느 정도는 옳은 얘기였다.

한방색전술로 종양에 영양이 가지 않게 한다면 모를까, 몸을 보하려고 먹은 한약이 암세포를 키울 수 있기 때문이다.

이상윤이 보여준 연세 많은 환자도 마찬가지. 나이가 들면 암세포 역시 활발하지 못한데 한약의 힘을 빌려 순식간에 커진 게 분명했다.

"환자가 약하긴 한데, 첨단 의료 기기를 이용하면 몸의 부담 없이 가능할 것 같은데? 설마 희정 씨가 수술하는 거야?"

"아니. 정시형 센터장님이 하실 거야."

"그럼 굳이 내가 할 필요가 있나? 네가 해도 충분히 할 것 같은데."

"…난 할 수 없어."

그답지 않은 대답이다. 평소였다면 '당연하지. 다른 이유가 있어서 못 해'라고 답했을 것이다.

그의 행동이 평소와 다르다는 생각이 들자 비로소 이상한 점이 보였다.

뇌수술 대부분이 생명이 잃을 수 있고 자칫 뇌가 망가져 불구가 될 수 있는 위험을 내포하고 있지만, 천하의 이상윤이 쉬운 케이스의 수술을 도와달라고 한다?

말도 안 된다.

환자의 위험을 최소화시키고 싶은 마음 때문이라면 그는 매번 도와달라고 했을 것이다.

그렇다면 이유는 하나뿐이다.

가족. 자신은 할 수 없다고 했으니 맞을 거다.

"할머니시냐?"

"…응."

"진즉에 말을 하지. 그 말 하기가 그렇게 어렵디?"

"쩝! 그러게. 가족 일이라면 더 쉽게 꺼낼 수 있을 거로 생각하고 왔는데 더 말하기가 힘드네."

"에휴! 왜 나한테 지는 것 같아서?"

"…그 얘기가 왜 나와! 누차 얘기하지만, 너와의 대결은 아직도 무승부로 진행 중이야."

"어련하겠냐."

죽을 때까지 과연 승부를 낼 수 있을지 의문이다.

뭐, 이상윤과 티격태격하는 것도 이젠 재미지만.

"수술은 언젠데?"

"모레 아침 7시에."

"알았다. 근데 정시형 센터장님은 아시는 일이냐?"

"데리고 올 수 있으면 데리고 와도 된다고 하셨어."

"그럼 됐어. 할머니는 어디 계셔?"

"암센터 1008호에. 근데 왜?"

"한방색전술을 해드리려고. 겸사겸사 체력도 보충할 수 있으면 좋고."

"…고맙다."

"뭘, 나도 너한테 부탁할 때도 많잖아."

노대우의 어머니 수술 외에도 본관의 의사들을 만날 때 종종 그의 인맥을 이용했었다.

병실에 가자 전에 봤던 이상윤의 할아버지가 할머니의 손을 꼭 잡고 얘기를 나누고 계셨다.

"다시 뵙네요. 잘… 험!"

생각 없이 잘 지내시냐고 물으려다가 얼른 입을 닫았다.

사실 우리나라 인사말은 상갓집 같은 데서 실수하기에 딱 좋다. 특히 안면이 있는 미망인에게 '안녕하셨어요'라고 말할 수도 있었다.

"어서 오게, 한 선생. 좋은 일로 봐야 하는데 어째 병원에서만 보게 되는군. 허허."

"다음엔 상윤이 결혼식에서 보면 되겠네요."

"…쓸데없는 소리 말고 할 일이나 하지?"

"그랬으면 좋겠군."

분위기 때문에 한마디 했지만 즐거운 자리가 아니었기에 곧장 본론으로 들어갔다.

"지금부터 한방색전술을 하려고 합니다. 제가 만든 것이긴 한데, 종양으로 가는 혈관을 막을 생각입니다."

인체 중에 각 부위의 찌꺼기를 청소해 주는 림프기관이 없는 곳은 뇌가 유일하다.

뇌에 찌꺼기가 생기지 않느냐 하면 그건 아니다. 찌꺼기는 혈관을 통해 간으로 간다. 다만 찌꺼기를 제거하기 위해선 잠을 청해야 한다.

조금 논점을 벗어난 얘기지만, 자는 동안 뇌세포의 쉬면서 청소가 활발해져 찌꺼기가 완전히 제거되는데, 잠이 부족하면 베타 아밀로이드라는 물질—알츠하이머병을 일으키는—쌓이게 된다.

이상윤의 할머니는 수술을 앞둔 사람답지 않게 편안하게 말했다. 다만 미소를 지으려 하는데 얼굴 일부분이 마비가 되었는지 표정이 어색했다.

"상윤이에게 들은 적이 있는데, 정말 대단한 재주를 가졌네요."

"별말씀을요. 한데 하기 전에 미리 알려드릴 것이 있습니다. 계속 대화를 하고 계시되 조금이라도 이상함이 느껴지면 말씀해 주세요."

"위험한 시술인가요?"

"그건 아닙니다. 다만 이왕 하는 거 다른 것들도 차단시켜 볼 생각입니다. 내일 종양 제거가 된 후의 상황을 어느 정도 짐작할 수 있을 겁니다. 물론 완전히 일치한다고는 볼 수 없지만요."

"이상하면 말할게요. 한 선생이 알아서 해줘요."

"그럼 시작할게요."

머리를 잡아 손가락으로 꾹꾹 누르며 기운을 넣었고 곧 머리 내부가 스캔이 되듯 머릿속에 그려졌다.

뇌하수체는 아주 작다. 1cm 정도의 길이에, 높이는 1cm가 되지 않는다. 그곳에 생긴 작은 종양이 신체 이상을 일으키고 생명을 위협한다.

물론 수박만큼 크게 확대해서 볼 수 있는 두삼에겐 작은 것은 문제가 되지 않았다.

'작은 곳에 혈관이 많기도 하네.'

두삼은 차분히 혈관을 막기 시작했다. 그리고 하나하나 막을 때마다 상윤의 할머니를 보았다.

뇌하수체의 주요 기능이 호르몬의 생성으로 알려져 있지만, 혹시 모를 일. 조심해서 나쁠 것 없다.

혈관을 다 막고 10분 정도 기다린 후 물었다.

"불편한 곳은 없으세요?"

"글쎄요. 조금 전과 다를 바가 없네요."

"나머지도 차단해 보죠."

당장 이상이 나타나지만 않으면 큰 문제는 없을 것 같다. 곧장 암세포 주변의 신경섬유와 후엽세포로 불리는 신경교도 차례차례 기운을 이용해 막았다.

그리고 이번에도 10분 정도 지나서 이상이 느껴지는지 물었다.

차후에는 어떻게 될지 모르지만 다행히 즉각적으로 나타나는 이상 증상은 없었다.

"한방색전술은 끝났고, 이제 안마를 해드릴게요."

"퇴근해야 하지 않아요?"

"어차피 한두 시간 더 지켜봐야 합니다. 그동안 할 일도 없고요."

"귀찮게 해서 어떻게 해요?"

"하하! 손자 친구니 그냥 손자거니 편하게 생각하세요. 할머니. 엎드리세요."

이틀 남은 상태에서 체력 향상을 위해 해줄 수 있는 건 안마를 통해 기를 듬뿍 넣어주는 것뿐이었다.

*   *   *

두삼은 케빈의 진료 기록과 치료 과정을 양태일에게 보여줬다. 안마라고 말하지만 결국은 재활 수기 요법에 가까운 과의 특성상 필요하다는 판단에서였다.

물론, 부르스의 경우는 그가 허락하지 않았기에 같이할 수 없었다.

두삼은 양태일을 데리고 케빈의 병실로 가며 말했다.

"이제부터 보는 건 은서에게도 비밀이다."

"선생님의 진료 기록을 보는 것보다 더 놀랄 일이 있을까 싶습니다만……."

양태일은 두삼이 진료 기록을 보여줬을 때 메이저리거인 케빈을 치료하고 있다는 것에 놀랐고, 치료 방법의 괴이함에 놀랐다.

워낙 신기한 일을 많이 본 터라 금세 정신을 차렸다. 그러나 이번엔 비밀스러운 장소를 보여준다고 하니 이젠 은근히 걱정된다.

'설마 외계인 연구소 같은 곳은 아니겠지?'

두삼을 보면 있을 법도 했다.

"장난 아냐. 원장님께 겨우 허락을 맡아서 보여주는 거야. 만약 네가 입을 놀려 소문이 퍼지면 내가 용서하지 않을 거다. 그러니 못 지킬 것 같으면 지금 돌아가."

두삼이 정색을 하며 말하자 더는 가볍게 대답할 수가 없었다.

"부모님께도 비밀로 하겠습니다."

"그럼 믿고 말할게. 본관 상층부엔 VIP실이 있어. 기록이 남지 않길 바라는 사람들을 치료하는 곳이라 생각하면 될 거야."

"헉! 본관 상층에 상류층만 치료한다는 비밀 치료실이 있다는 소문이 사실이었군요."

"상류층만 치료하는 건 아니지만 대체로 비밀 유지가 필요한 이들이 치료받고 있는 건 사실이야."

"어떤 곳입니까? 소문대로 아주 휘황찬란합니까?"

"아니. 특실 수준으로 생각하면 돼."

"소문이 과장된 모양이네요. 근데 어떤 분들이 거기서 일하는 겁니까?"

"나도 잘 몰라. 다만 실력은 뒷받침돼야 해."

"저에게는 먼 얘기네요."

"그야 모르지. 내년이 될지, 몇 년 후가 될지."

양태일은 두삼이 당연하다고 말할 줄 알았다. 한데 씨익 웃으며 두루뭉술하게 말해주니 인정을 받는 것 같아 기분이 좋았다.

"그런데, 선생님. VIP실에서 일하면 뭐가 좋습니까?"

"글쎄다. 강도 높은 근무? 특이한 케이스의 병?"

"에… 뭔가 VIP실과 어울리지 않는 단어들이네요?"

"한 가지 확실한 건 실력만큼 돈은 확실히 많이 벌 수 있다는 점이야."

"어느 정도나요?"

"하기 나름이지. 이제 궁금한 건 나중에 네가 여기 와서 직접 알아보고 환자에 집중해. 내가 없을 땐 네가 재활 치료를 해야 하니까."

"예!"

양태일은 어떻게 생각할지 모르지만 두삼이 그를 데리고 케빈을 소개하기 위해선 숨겨진 노력이 있었다.

자신과 같은 사기적인 능력이 없더라도 혈관이 돌게 하여 어깨가 제 기능을 할 수 있게 만드는 방법을 찾아내야 했다.

솔직히 그러한 치료 경험이 많지 않은 두삼에겐 힘든 일이었다.

그에 다시 할아버지의 진료 기록을 뒤적거렸다. 그리고 예상치 못한 케이스에서 방법을 찾아냈다.

최근에 찾아보기 힘든 엄지발가락에서 중지 발가락까지 동상에 걸린 환자의 치료 과정이 그 해답이었다. 까맣게 썩어들어 간 발가락. 혈관이 제대로 살아 있을 리 없었음에도 침술을 통해 완치를 시킨 것이다.

두삼은 그 기록에서 경혈의 새로운 기능을 봤다.

기를 잔뜩 머금은 침을 경혈에 깊이 꽂으면 자연 치유 능력이 극대화되면서 원래의 몸 상태로 돌아가려 한다는 점이었다.

잘려서 사라진 곳에 기가 흐르는 환각지 역시 넓게 보면 비슷한 원리였다.

"한, 어서 와요. 어? 옆에 있는 사람은 누구? 혹시 한의 보스예요?"

"……."

"하하! 내 후배야. 닥터 양태일. 서로 인사해."

"반가워요, 닥터 양. 동양인의 나이는 도통 짐작할 수가 없다니까. 그러니 이해해요."

"…반가워요, 케빈. 내가 늙어 보이는 건 사실이니 뭐라고 못하겠네요."

"오! 영어는 한보다 잘하네요."

"시끄럽고. 내가 없을 땐 닥터 양이 볼 거니까 그렇게 알아둬."

"한이 추천한 사람이라면 믿을 수 있죠."

"그럼 됐어. 자! 시작할까?"

"또 바늘을 이용한 치료예요? 난 꾹꾹 눌러주는 마사지가 더 좋던데."

"바늘이 더 효과적이야."

"…그렇다면 어쩔 수 없죠."

망가진 경락, 도로를 복구하는 방법 역시 혈관을 되살아나게 하는 방법과 큰 차이가 없었다.

망가진 경혈에 기를 듬뿍 담아 적정한 깊이로 꽂으면 저절로

기가 그 방향으로 조금씩 흐르며 길을 만들었다.

진즉에 이 방법을 알았다면 이효원을 치료할 때도 한결 편했을 텐데. 이미 지나간 일이니 넘어가자.

케빈의 치료를 마치고 VIP실에서 내려왔다.

"먼저 과에 가 있어. 난 특실에 다녀올게."

"…특실은 안 보여주십니까?"

VIP실을 보여줄 때보다 어째 더 기대 어린 목소리와 표정이다.

"연예인 보고 싶냐?"

"헤헤! 특실은 어떻게 생겼는지 궁금해서."

"지금 남자 아이돌밖에 없는데 볼래?"

"…큼! 생각해 보니 중요한 일을 잊고 있었네요. 다음에 가겠습니다."

"지금처럼 하면 특실은 못 들어간다."

"왜요?"

"환자 이상으로 보면 곤란하거든. 여자 아이돌이 속옷 차림으로 있어도 무감각해야 해."

"…보셨습니까?"

"응."

"누군데요? 혹시 막 주무… 안마도 하셨어요?"

눈이 두 배로 커져서 묻는 걸 보니 양태일에게 특실을 맡기는 건 포기해야 할 모양이다.

꿀밤을 때리고 특실로 올라가 에딕의 방에 들렀다. 짐을 챙기고 있던 그는 반갑게 외쳤다.

"한 선생님! 못 보고 가는 줄 알았습니다."

"마지막 진료는 해주고 보내야죠."

아주 젊은 나이는 아니지만 그래도 젊어서 그런지 2주가량의 치료로 거의 정상에 가까워졌다. 그래서 퇴원을 허락한 것이다.

진맥을 해보니 한동안 성관계를 하지 않는다면, 한약만 먹어도 무리 없이 회복할 것 같았다.

"퇴원하고 한 달간은 금지. 약 꼬박꼬박 잘 챙겨 마시고요. 무슨 말인지 알죠?"

"하하! 버텨보겠습니다."

"앞으론 적당히 건강 생각하면서 즐겨요. 이상 있다 싶으면 바로 오고요."

"당연하죠. 절대 무리하지 않을 겁니다. 그리고 조금이라도 이상하면 선생님께 달려올게요."

"그래요."

"참! 해외 콘서트 다녀온 후에 제가 술 한번 사겠습니다."

"시간 비워두죠."

"예쁜 친구들도 부를 테니 기대하세요. 하하하! 그럼, 다음에 뵐게요."

에딕은 귓속말을 나지막이 한 후에 작별을 고했다.

그렇게 호되게 당하고도 여자 생각을 하다니 사람은 쉽게 변하지 않는 모양이다.

*   *   *

아침 운동을 빼먹고 토스트로 간단히 아침을 먹은 후 병원에 도착했다. 옷을 갈아입고 곧장 암센터 수술실로 향했다.

수술실 앞 의자에 앉아 있던 양태일이 일어나며 인사했다.

"선생님, 오셨어요. 하암~"

"언제 왔냐?"

"30분 전에요. 수술실에 들어간다고 해서 긴장했는지 잠을 설쳤거든요."

"개복수술도 아닌데 긴장은."

"평생 수술실과는 거리가 있을 줄 알았거든요. 한 번은 와보고 싶었는데 선생님 덕분에 오게 됐네요."

"너 마취침술 할 줄 알잖아. 다음엔 네 힘으로 와."

"예, 선생님!"

"아! 다음은 힘들겠구나."

"…선생님 가끔 잔인하다는 거 알고 계세요?"

"…뭔 소리야. 이제 수술 있을 때마다 데리고 다녀야 하니 힘들다는 소린데."

"그, 그렇군요. 하하……."

"그리고 진짜 잔인한 게 뭔지 곧 보여줄게."

"……!"

양태일은 순간 자신도 모르게 몸이 부르르 떨리는 느낌을 받았다.

두삼은 그런 그의 반응에 피식 웃곤 수술센터로 들어갔다.

준비를 마치고 안으로 들어가자 간호사들이 수술 준비를 하는 중이었다.

"좋은 아침입니다! 김 간호사님, 오 간호사님."

"안녕하세요, 한 선생님. 근데 옆에 분은 처음 뵙는 분이네요?"

"우리 과 레지던트 2년 차요. 슬슬 경험시켜 주려고 요즘 데리고 다니고 있어요. 인사해, 양 선생. 암센터 수술실에 없어서는 안 될 두 간호사님."

"안녕하세요, 양태일입니다."

"풉! 김애경이에요. 한 선생님 말 믿지 마세요. 수술실 간호사마다 저 얘기를 하고 다닌답니다."

"안녕하세요, 오나인입니다. 한 선생님 이곳까지 데리고 온 걸 보면 양 선생님을 잘 봤나 봐요."

수술실 분위기는 그리 엄숙하지 않다.

하루 종일 수술실에서 일하는데, 긴장을 잔뜩 하고 있으면 버티질 못한다.

양태일이 수술실을 둘러보더니 말했다.

"선생님, 근데 여긴 생각했던 수술실과 조금 다르네요? 오히려 검사실 같은데요."

"어제 뇌하수체 선종 수술 보러 간다고 말했는데, 검색도 안 해본 거냐?"

"들떠서⋯ 죄송합니다."

"뇌하수체 위치만 생각해도 알겠다. 죄송할 건 없고. 모레까지 뇌하수체 선종에 대해 보고서 작성해. 그럼 다음부터 이러진 않을 거야."

"네⋯⋯."

뇌하수체 선종 수술은 코로 내시경을 삽입해 수술을 한다. 그래서 첨단 기기가 필요했고 그 기기가 방의 중앙에 놓여 있었다.

잠시 수술 과정에 대해 얘기를 해주고 있는데, 환자와 함께 정시형 센터장이 들어왔다.

"좋은 아침입니다, 센터장님."

"그래. 안마과 일은 언제 끝나?"

"다음 달엔 끝나지 않을까 싶네요. 여긴 어제 말씀드린 양태일 선생입니다."

"차세대 에이슨가? 반가워, 양 선생."

"네, 옙!"

"너무 긴장하지 않아도 돼."

"예, 센터장님."

"그렇다고 한 선생처럼 너무 풀어지진 말고. 오늘 한 선생이 있어서 마취과 선생은 들어오지 말라고 했는데 괜찮지?"

"양 선생에게 맡겨도 되죠?"

"그건 마취 담당이 알아서 하세요. 다만 위급한 상황에선 열어야 할 수 있으니 그것까지 감안해 둬."

내시경이 만능은 아니다. 자칫 손을 1㎜만 잘못 움직여도 위험해진다. 또한, 수술 시야가 극도로 좁아 엉뚱한 조직을 떼어내는 경우도 있다.

두삼은 이상윤의 할머니께 다가갔다.

"할머니, 기분은 어떠세요?"

"센터장님에 한 선생까지 있어서 그런지 편안해요."

"네. 한숨 푹 쉬고 나면 끝나 있을 거예요. 지금부터 마취할게요."

"수고해 줘요."

할머니는 담담한 척했지만 불안한 기분을 완전히 지우진 못했다.

"네. 양태일, 환자분 전신마취하고 재워."

"…네? 제가요?"

"왜? 못해?"

"그건 아니지만……."

"얼른 해. 환자 불안해하시잖아."

"네, 네."

금세 정신을 차리고 환자의 어깨와 팔을 소독하고 침을 꽂았다.

"마취는 다했습니다."

"확인은 안 해? 자꾸 어리바리하게 굴래?"

"아, 아닙니다. 근데 선생님, 재우는 것은 아직 못 하는데요."

"한 손은 백회혈에 올리고, 다른 한 손으로 풍부혈을 세 푼 눌러서 자극해."

마취는 잘했지만 수면 유도는 쉽게 되지 않는지 땀을 뻘뻘 흘리면서 끙끙댔다.

두삼은 그대로 내버려 뒀고, 센터장도 별다른 소리 하지 않고 지켜볼 뿐이었다.

3분 정도 지나자 그제야 잠들었다.

"…다 됐습니다."

"잘했다. 어느 정도 자신감이 붙기 전까진 반드시 재워야 하는 수술의 경우, 아예 손을 대지 않는 게 좋아."

"…알겠습니다."

"환자의 상태가 어떤지 지켜보면서 수술을 보자."

"네."

두삼은 할머니의 팔에 손을 올리자 정기영 센터장이 기기 앞에 서서 말했다.

"시작합니다."

가장 먼저 코와 인중이 만나는 선을 자른다. 그리고 뇌하수체에 이를 때까지 뚫는다. 그다음 본격적으로 내시경을 이용해 종양을 제거한다.

한참 수술에 열중하던 정기영이 말했다.

"혹시 한 선생이 출혈을 잡고 있나?"

"그제 한방색전술로 막아뒀습니다."

"어쩐지 출혈이 적다 했더니. 정말 편하군. 특히 항상 걱정되던 수술 후의 출혈을 걱정하지 않아도 되겠어. 종종 같이하세."

"그럼 가끔 양 선생에게 기회를 주십시오. 이 친구를 키워나야 제가 한가해지거든요."

"신경외과 분야 쪽은 아직 힘들 테고. 일단 외과의 기본 수술을 하는 게 낫겠군."

"그렇긴 하죠."

"알았어. 레지던트들 수술할 때 써먹어 보지."

암센터와 외과센터, 따로 분리되어 있다곤 하지만 순환 근무를 할 만큼 같은 과나 다름없다. 그러니 암센터장의 힘이 외과에서 충분히 통했다.

"감사합니다."

"감사는 무슨. 외과에 아는 사람 많아서 거기에 부탁했어도 들어줬을 텐데. 어쨌든 한 선생이 있으니 속도를 조금 높여볼까."

그는 속도를 높였다. 그러나 두삼이 있어서 높였다는 말이 무색하게 꼼꼼했다.

수술이 끝나고 나가자 이상윤이 수술센터 앞에서 기다리고 있었다.

"기다리고 있었냐?"

"센터장님이면 이때쯤 끝내겠다 싶어서 잠깐 와본 거야."

"내가 볼 때 수술은 잘됐어."

"센터장님한테 들었어. 수고했다."

수술 후 가장 먼저 나간 사람은 센터장이었다.

"한가할 때 밥 사. 참! 여긴 과 후배. 알지? 양태일이라고. 오늘 마취침술은 얘가 했어."

"몇 번을 봤는데. 당연히 알지. 수고했어요."

"아닙니다, 이 선생님."

"일해야 해서 이제 가볼게. 혹시 이상이 있으면 연락하고. 양태일, 가자."

수술이 끝났다고 한가하게 있을 시간이 없었다. 얼른 가서 밀린 환자들을 봐야 했다.

성기능클리닉은 지금까지 열에 열은 남자였다. 안마과에 남자밖에 없다는 점도 한몫했겠지만, 특별한 경우가 아니라면 산부인과나 비뇨기과에서 자궁경부암 검사 겸 질 검사를 함께 상담을 받으면 될 일이었다.

한데 처음으로 여자 환자가 방문했다.

물론 한방센터를 처음 방문한 이는 아니었다. 비만클리닉을 할 때 다이어트 때문에 방문했던 환자였다.

모니터로 환자의 정보를 훑고 나자 낯익은 얼굴이 들어왔다.

"어서 오세요, 소진아님."

"안녕하세요, 선생님. 절 기억하시나요?"

기억한다. 40대 초반의 나이인데 20대 중반 같은 얼굴에 피트니스 대회를 나갈 정도로 탄력 있는 몸매를 가지고 있어서 놀랐던 기억이 난다.

"물론입니다. 근데 전보다 근육이 더 는 것 같네요?"

"이렇게 꽁꽁 싸매고 있는데 그게 보이세요?"

"목과 허벅지를 보고요. 앉으세요. 근데 비만 때문에 오신 것 같진 않은데……?"

"성기능클리닉으로 바뀐 걸 알고 왔어요."

"어디가 안 좋으세요?"

그녀는 생각을 정리하는지 잠시 머뭇거리다 입을 열었다.

"선생님께 뱃살을 뺀 후에 담당 트레이너의 제안으로 피트니스 대회를 준비했어요. 좀 무리했죠. 대회까진 문제가 없었어요. 근데 대회가 끝나고 남편과 잠자리를 가질 때부터 이상하게 … 애액이 안 나오더라고요."

애액, 질액은 호로몬의 영향을 주로 받는다. 적당한 근력 운동은 여성에게 좋지만 과한 근력의 경우, 남성호르몬을 비율을 증가시켜 여성성을 없앤다.

"혹시 피트니스센터에서 주는 호르몬제를 먹지 않으셨나요?"

"호르몬제인지는 모르겠고 근육 생성에 도움이 된다고 해서 프로틴 제품과 알약을 한동안 먹었어요."

복근에 왕(王) 자가 그려지고, 치골이 보이고, 근육을 키운다고 모두 건강해지는 것이 아니다. 과한 운동을 건강을 상하게 하고 호르몬제의 사용은 망가뜨린다.

사실 이 정도까지 오면 운동 중독이라고 해도 무방하다.

"그때 딱 좋으니 유지만 하라고 말씀드린 것 같은데, 아닌가요?"

"…그러셨어요. 근데 그게 잘 안되더라고요."

"하긴 쉽지 않은 일이긴 하죠."

"아무튼, 애액이 안 나와서 그런지 남편이 다가오는 것도 싫더라고요. 그래서 요즘 부부 사이도 좋지 않은 편이에요."

"남편분께선 아직 건강한가 보네요?"

"친구들 얘기 들어보면 연중행사라던데. 아무튼, 많이 그런 편이더라고요."

그래도 부부가 잘 만난 모양이다.

클리닉을 찾는 이들의 얘기를 듣다 보면 대부분은 아예 안 하고 사는 이들이나, 한쪽이 강하면 다른 한쪽이 약해서 고민하는 이들이었다.

"그럼, 진맥해 볼까요? 침대에 엎드리세요."

문진표를 작성하게 할까 하다가 바로 진맥으로 들어갔다. 들을 얘기는 다 들었다고나 할까.

그녀의 팔과 다리를 가볍게 주무르면서 양태일에게 설명했다.

"아직 한의학적으로 호르몬 체크할 방법은 없어. 이런 경우는 호르몬 검사를 해야 해. 여성의 경우 FSH, E2를 추가로 살펴야 하고."

"…알겠습니다."

FSH(난포자극호르몬) E2(에스트로젠)을 알아듣지 못한 것 같았지만 일단 넘어갔다.

"음, 확실히 남성호르몬이 과다하네요. 진즉에 증상이 나타났을 텐데 몰랐습니까?"

"생리 양이 줄어들고 기간이 불규칙해지긴 했는데 운동을 한다고 무시했죠. …상태가 어떤가요?"

"검사를 제대로 해봐야겠지만 폐경입니다."

"…네?"

"그리고 호르몬의 변화 때문인지 생식기의 혈관이 두드러지게 약해져 있습니다."

"……"

말을 더는 더하지 않았다.

사실 '폐경'이라는 단어 하나만으로도 그녀는 충분히 상황을 인식한 게 분명했다. 마치 모든 걸 잃은 듯한 표정이다.

"아직 초기니 좋아질 가능성이 큽니다. 양방으로 호르몬 치료를 받는 방법이 있고, 한방으로 호르몬 치료를 받는 방법이 있습니다."

"…양방의 경우 부작용이 많다면서요?"

"없다고 단정할 순 없지만 침소봉대된 면도 있죠. 초기엔 꽤 효과가 좋기도 하고요. 원하시면 비뇨기과에 좋은 선생님이 계시니 소개해 드리겠습니다."

"선생님이 보시기엔 양방이 더 좋은가요?"

"하하! 한의사인데 그럴 리가요. 다만 곧장 효과가 나타나진 않을 겁니다. 두서너 달 봐야 하죠. 다만 다시 생리가 시작되면 치료를 끊는다고 해도 더 길게 유지될 거라는 건 확신합니다."

"그럼 한방으로 받을게요. 선생님을 믿거든요."

"감사합니다. 오늘은 뜸과 안마를 받고 가시면 됩니다. 다음에 올 때 한약을 준비해 놓죠."

"2층으로 가면 되나요?"

"네. 아! 안마는 괜찮으시다면 양 선생이 할 겁니다."

"상관없어요."

"그리고 집에 가시면 운동은 조깅이나 걷기만 하세요. 석류즙을 꾸준히 복용하고요."

소진아를 2층으로 보낸 후 양태일에게 말했다.

"갑자기 폐경이 오면서 몸에 안 좋은 찌꺼기들이 많아. 그러니 몸을 따뜻하게 만든 후 림프 마사지와 병행해서 근육을 풀어 줘."

"알겠습니다."

"간유, 태위, 삼음교, 족삼리, 곡지를 자극해 주는 것 잊지 말고."

"예. 그런데 선생님, 여성호르몬을 자극하는 방법은 없습니까?"

"당연히 있지. 정리해서 줄 테니까 오늘은 몸의 거기까지만 해."

전에 엘튼의 호르몬 변화 때 연구해 둔 것이 성기능클리닉을 하면서 도움이 될 줄 누가 알았을까.

양태일이 떠난 후 오랜만에 천 간호사와 함께 외래환자들을 봤다.

*   *   *

탁!

두삼은 양태일이 작성한 수면 장애에 대한 보고서를 거칠게 내려놓았다. 자연 양태일은 움찔하며 그의 눈치를 봤다.

무슨 말을 하려는지 실룩이는 입술은 공포감을 주기에 충분했다. 그리고 입술이 떨어졌다.

"양태일, 장난해? 이걸 보고서라고 작성한 거야? 그냥 의료 기록을 정리한 수준에 불과하잖아. 첫 번째는 방향을 몰랐다고 해도 두 번째까지 이러면 아예 하기 싫다는 뜻 아냐?"

"…죄송합니다."

"누가 논문처럼 써 오래? 적어도 노력의 흔적을 보여야 하는 거 아냐?"

"……"

"하기 싫어?"

"아닙니다."

"내가 제발 배워달라고 매달려야 하는 상황이냐? 배우기 싫으면 하지 마! 나도 혼자 하는 게 편해."

졸려서 멍하던 머리가 긴장감에 8시간은 잔 듯 번쩍 깨인다.

"아닙니다. 다시 한번 기회를 주시면 확실하게 해서 가져오겠습니다."

"내일부터 따라다닐 필요 없어."

"선생님!"

"시끄러! 지금까지 배운 거나 제대로 해. 나가!"

화내지 않던 사람이 화를 내면 무섭다더니, 한번 터진 두삼의 화는 쉽게 꺼질 분위기가 아니다.

이럴 때 어설프게 풀려하기보단 물러나는 게 낫다고 생각해 보고서를 챙겨 진료실에서 나왔다.

두삼의 목소리가 밖에서도 들렸을까 접수대의 도 간호사도, 대기 중이던 천 간호사도 눈치만 본다.

하긴 지금까지 큰소리 한 번 낸 적 없는 두삼이 화를 냈으니 그럴 만했다.

양태일은 애써 아무 일도 없었다는 듯 말했다.

"…퇴근 안 하세요?"

"으, 응. 해야죠. 근데… 무슨 일 있어요?"

"하하! 제가 실수를 해서요. 신경 안 쓰셔도 됩니다."

"저런. 너무 기분 나빠하지 말아요. 한 선생님 요즘 가르치느라 힘들어서 그럴 거예요."

"…압니다. 수고하셨어요. 먼저 가볼게요."

양태일도 두삼이 애쓰고 있다는 걸 안다.

일반적인 한의학도 아니고 거의 새로운 시술법을 가르치려면 배우는 사람보다 몇 배는 공부해야 했다. 그러나 양태일이라고 잘하고 싶지 않아서 안 한 건 아니었다.

핑계를 대자면 시간이 부족했다.

지금만 해도 그렇다. 다른 사람들은 퇴근 시간이지만, 레지던트는 이제부터 또 시작이다. 본관의 양방 레지던트들보단 낫지만 요즘은 꼭 그렇지만도 않다.

서은서와 함께 저녁을 먹기로 했기에 안마과 수련의 휴게실로 갔다. 좁아서 잘 때만 이용하는 곳이지만, 인턴들이 빠진 지금은 안마과 레지던트들의 아지트였다.

"어서 와, 오빠. 늦는 것 같아서 저녁은 피자로 시켜뒀어."

"…미안. 오랜만에 나가서 먹기로 했는데."

"아냐. 혁이 오빠도 같이 먹는다고 해서 시켰어. 근데 무슨 일 있어? 표정이 안 좋네?"

"한 선생님한테 혼났어."

"한 선생님이 화를 냈다고? 별일이네. 그런데 한 선생님 요즘 오빨 너무 괴롭히는 거 아냐?"

여자 친구로서 하는 위로의 말이었기에 이견을 제시하지 않았다.

사실 편한 방법이 있긴 했다. 혼자 하라는 말을 한 것이 아니기에 서은서, 박혁과 함께하면 됐다. 어차피 나중에 알려줄 걸 생각해도 그 편이 나았다.

하지만 도통 따라오질 못했다.

마취침술은 아직 성공을 못하고 있고, 성기능클리닉에 필요한 시술 역시 따라오기 급급했다.

다그칠 수도 없는 게 이방익과 엘튼이 가르쳐 주는 것들도 배워야 했기 때문이다.

이런 상황에서 보고서까지 같이하자고 하면 두 사람이 먼저 쓰러질 가능성이 높았다. 그들 역시 나름 최선을 다하고 있었다.

"뭐 때문에 혼난 거야?"

"보고서."

"어제 밤새 작성한 수면 장애 보고서?"

"응. 마음에 안 드나 봐."

"진짜 너무하다. 하루 종일 데리고 다니지 말든가."

"…안 그래도 보고서 완전해질 때까진 따라다니지 말라더라."

"잘됐네."

잘된 건가?

장담컨대 아니다. 미래를 위해서라면 두삼에게 하나라도 더 배우는 것이 낫다.

물론 욕심내지 않고 지금 배운 것만 몰두한다고 해도 먹고사는 데 지장이 없을 것이다. 그러나 지금 조금만 더 노력하면 삶이 바뀔 것 같다.

양태일도 사람인지라 잘살고 싶지, 작은 돈에 연연하며 사는 걸 바라진 않았다. 소설 속 불확실한 회귀와 두 번째 삶을 기대하느니, 이번 삶에 넓은 집에 살며 좋은 차를 타고 다니는 게 낫지 않은가.

똑똑! 노크 소리에 상념에서 깨어났다.

"맛있는 피자 배달 왔습니다!"

단골 피자 배달 아저씨가 들어오며 너스레를 떤다. 그에 서은서는 특유의 애교 띤 목소리로 물었다.

"아저씨, 치즈 듬뿍이죠?"

"한강대학병원 1위 과에서 시킨 건데 당연하죠. 피클도 추가로 가져왔어요?"

"엥? 우리 과가 1등이었어요?"

"2년 연속 압도적인 1등이죠."

"대박~ 우리 과 사람들은 피자만 시켜 먹나. 오빠, 신기하지 않아?"

양태일은 알고 있다. 두삼이 어딜 가든 야식을 쏘기 때문인데, 그가 결제한 것이 죄다 안마과의 매출로 잡히는 모양이다.

"한 선생님 덕분이야."

"아하~ 근데 올해는 1등 못 하겠네요."

"왜요?"

"안마실이 다른 과로 옮겨갔거든요."

"엥? 그래요? 이상하다. 그제도 시켜먹었는데 한 선생님이 결제했는데."

"그래요? 워낙 친하니 쐈나 보네요. 아저씨, 이걸로 결제해 주세요."

"45,000원 결제하겠습니다."

가끔 함께 밥을 먹을 먹거나 인턴들에게 쏠 때를 대비해 한 달에 3만 원씩 회비처럼 모았다.

박혁에게 전화를 하자 금세 내려왔다.

"인사는 먹으면서 하기로 하고 식기 전에 먹자."

박혁은 대입에 재수를 하고 군의관으로 근무해 양태일보다 2살 많았다. 그는 두 번째 피자 조각을 한입 물곤 물었다.

"쩝쩝! 어제 쓴 보고서는 통과했냐?"

"아뇨. 다시 작성하라라네요."

"에구. 고생이네. 그럼 혹시 오늘도 밤새냐?"

"그건 아닌데, 왜요?"

"그럴 거면 오늘 당직 좀 바꿔주라고. 재수가 없으려니까 내과의 주요셉이랑 같이 되냐."

"에이~ 이틀 밤은 무리죠."

"그런가? 젠장! 그 새끼랑 하면 더러운 기분이 내일까지 갈 텐데……. 은서 니가 바꿔줄래?"

"그 사람은 저도 싫어요."

주요셉은 올해로 레지던트 3년 차로 잘난 척 오지게 할 뿐만 아니라 무시하는 말투로 대부분 싫어했다.

"지가 아무리 3년 차라고 해도 병원에서 일한 시간은 똑같은데 왜 그렇게 지랄인지 몰라. 들이박아야 하나 심각하게 고민 중이다."

"제가 바꿔 드릴게요."

"이틀째라며?"

"어차피 형 말대로 보고서 다시 써야 하잖아요. 그리고 피곤하면 중간에 잠깐 자면 되죠."

"네가 괜찮다면 나야 대환영이긴 한데……."

그는 서은서를 흘낏 보며 말했다. 아무래도 그에겐 서은서가 더 무서운가 보다.

"형도 제가 필요할 때 바꿔주잖아요. 이것만 먹고 올라가 볼게요."

"천천히 먹고 올라가도 돼. 그 자식, 매일 느릿하게 올라오잖

아. 지가 교순 줄 안다니까."

"하하! 다 먹었어요."

피자로 배를 채운 후 입원실로 올라갔다. 그리고 당직 간호사에게 당직 교체를 알렸다.

"어째 주 선생님 하는 날에 유독 당직 변경이 많은 거 같네요."

뒷담화라도 하자는 건지 간호사가 은근히 떠본다. 친한 간호사였기에 피식 웃으며 말했다.

"사람들이 좋아할 만한 스타일은 아니잖아요."

"양 선생님은 괜찮아요?"

"저야 무던하잖아요. 입원실 한 바퀴 돌고 올게요."

"주 선생님 아직 안 왔는데 혼자 돌게요?"

"와도 같이 도는 것도 아니잖아요. 딱 절반만 돌 생각이에요."

한방센터의 당직은 본관처럼 응급실이 있는 것도 아니었기에 입원실 환자의 돌발 상황에만 대처하면 됐다. 그래서 2명이 센터의 입원실 전부를 맡는다.

당직을 시작하면 환자 파악부터 하는데 드레싱을 할 환자도 거의 없어 넉넉잡고 1시간이면 충분했다.

물론 딱 절반만 돌 경우.

돌고 내려오니 주요셉이 데스크에 팔을 기댄 채 서서 간호사와 수다를 떨고 있었다.

양태일 역시 마음에 들지 않았지만, 3년 차이니 선배인 건 변한 없었다.

"수고하십니다, 주 선생님."

"어~ 병실 돌아보러 갔다며?"

"네."

"근데 어째 좀 일찍 온 것 같다? 다 돌았어?"

"제 몫은 다 돌았죠. 6층 520호부터 7층까진 주 선생님이 돌면 될 겁니다."

"…뭐야? 다 돈 줄 알았더니?"

어이없는 인간이다.

병실로 와서 물어보고 도는 척이라도 했으면 같이 후다닥 끝냈을 것이다. 그러나 간호사랑 수다나 떨고 있던 인간을 위해 투자할 시간은 없었다.

이럴 때 화를 내는 건 하수다. 규정대로 하면 된다.

게다가 무표정하게 말하면 양태일은 꽤 무서운 얼굴을 가지고 있었다.

"제가 왜요?"

"…왜, 왜라니? 그야 바빠서 늦게 올라온 선배를 위해서 그 정도는 해줄 수 있는 거 아닌가?"

"저도 바쁩니다. 어제 밤새웠고 과 선생님이 퇴근을 늦게 해서서 피자 두 조각 먹고 온 게 답니다만."

"…됐어! 내가 하면 되잖아. 어떻게 요즘 애들은 정이 없냐?"

그는 찌푸린 얼굴로 획 하니 가버렸다. 그 모습을 보고 양태일은 고개를 절레절레 흔들었다.

"나, 참! 누가 들으면 10년쯤 차이 나는 줄 알겠네."

"몇 살 차인데요?"

"1년이요."

"큭큭! 주 선생님은 하는 거 보면 과장님 같긴 하죠."

"훗! 그렇게 들으니 이해가 되기도 하네요. 저 컴퓨터 좀 써도 됩니까? 보고서를 써야 하거든요."

"이쪽 구석에 있는 거 쓰세요."

"감사합니다. 대신 제가 커피 쏠게요."

"레지던트 선생님한테 커피 얻어먹어도 되나?"

"됩니다. 조무사까지 몇 분이죠?"

"다 사려고요?"

"둘만 입인가요."

5층 입원실에 근무하는 이들은 모두 8명. 6층, 7층 근무자 것도 사야 하나 하다가 다음에 사기로 했다.

인원이 많아지니 커피값도 만만치 않았다.

컴퓨터에 앉은 지 30분쯤 되자 주요셉이 돌아왔다. 아까 당한 것이 열이 받았을까 슬며시 눈치를 보다가 또다시 쓸데없는 소리를 한다.

"양 선생, 704호 환자 드레싱 좀 해줘. 급한 환자 본다고 미뤄뒀는데, 이제야 기억이 나네."

"……."

"…양 선생!"

들었지만 무시했다. 하지만 꽤 끈질기다. 어쩔 수 없이 시선을 모니터에서 돌렸다.

"아! 네. 보고서 작성 중인데 왜요?"

"704호 환자 드레싱 좀 해달라고."

"선생님은 어디 가세요?"

"화장실. 급해. 한 2, 30분 걸릴 거야."

"쌓아놓은 게 많나 보네요?"

"뭐⋯⋯?"

"후우~ 아닙니다. 제가 할 테니까 선생님은 마음껏 싸고 오세요."

입원 환자 회진하는 건 들이박아도 주요셉이 할 말이 없는 일이지만, 이번엔 조금 다르다. 다른 사람들이 보기엔 양태일이 동료의 위급함(?)을 무시했다는 말밖에 들을 수 없었다.

그의 치졸함에 어이가 없었지만 어쩔 수 없이 7층으로 올라가 드레싱을 하고 내려왔다.

화장실에서 제대로 뺀 건지, 다른 곳을 다녀온 건지 그는 홀가분한—왠지 기뻐 보이는—표정으로 왔다. 그리고 굉장히 지능적으로 보고서 쓰는 걸 방해했다.

당직에 대해 의논할 일이 있다고 해서 따라가 보면 멍하니 음료수만 축내고 일어나거나, 쓸데없는 말을 하며 정신을 흐트러뜨리기도 했다.

"⋯난 1년 차 선배를 제일 무서워했는데 요즘은 풀어지다 못해 해이해졌달까. 진짜 세상 좋아졌어. 한강대학병원이니까 가능하지 다른 병원이었으면 어림도 없었을 텐데."

"⋯⋯."

인간 참 찌질하다.

짜증스럽다가 이제는 내세울 것이 1년 먼저 수련의 과정을 받은 것밖에 없는가 보다 싶어 짠하다. 그래서 보고서는 포기하고 어디까지 하나 지켜봤다.

찌질함에 뒤끝까지 있는지 12시까지 계속됐다. 이젠 자러 갈 모양이다.

"내가 먼저 잘게. 지금 12시가 넘었으니 4시쯤 깨워줘. 그럼 맞지?"

"아직 12시 전이고 일과 시작이 7시부터니까 6시 30분에 일어난다고 계산하면, 3시 15분에 깨우겠습니다."

"…그러든지."

찌질한 상대에겐 찌질하게 복수하는 게 정석.

보고서를 작성하다가 정확히 3시 15분에 그를 흔들어 깨운 후 침대에 누웠다.

"별일 없었습니다. 수고하세요."

그는 대답 대신 문을 '쾅!' 하고 닫고 갔다.

"쯧! 중간에 깨우겠지?"

양태일은 각오를 하고 눈을 감았다. 그리고 이틀간 거의 잠을 못 자서인지 머리를 대자마자 잠들었다.

예상은 빗나가지 않았다. 별로 잔 것 같지도 않은데 흔드는 느낌과 함께 주요셉의 목소리가 들렸다.

"…태일! 양태일!"

"…네?"

"재활의학과 환자가 허리 통증을 호소하고 있단다."

미친! 이라는 말을 삼키고 물었다.

"…응급처치를 못 해서 깨운 겁니까?"

"그럴 리가. 응급 환자가 발생했는데 너 자고 있었다는 걸 선생님들이 알면 뭐라고 할 것 같아?"

'응, 아무 말도 안 해!'

지금껏 당직 근무자들은 번갈아가면서 잤고, 응급 상황이 발생해도 깨어 있는 사람이 처리했지, 웬만해서 깨우지 않았다.

이왕 깨운 거 양태일은 일어났다. 주요셉의 실력을 볼 생각이었다.

7층 응급 환자가 발생한 병실이 가까워지자 '으어어!' 하는 비명이 들렸다.

"4, 5번 추간판 탈출증 환자야. 내가 어떻게 치료를 하는지 잘 봐."

그는 잘난 척하며 환자에게 다가갔다. 그리고 엎드리게 하더니 마치 다 아는 듯 환자의 허리를 만졌다.

'저, 저런 미친!'

두삼에게 추나요법을 배운 양태일이 보기엔 주요셉은 척추에 대해 모르는 것 같았다. 그저 잘난 척하기 위해 하는 행동에 환자는 '어구구구구!'라는 비명을 연신 토해냈다.

"이거 아무래도 안 되겠어. 진통제를 맞히든지, 당직 선생님을 부르든지 해야 해."

"제가 봐도 되겠습니까?"

"…네가? 괜스레 만져서 악화시키는 거 아냐?"

"일단 지켜보시죠."

양태일은 환자에게 다가가 말했다.

"침으로 고통을 없앨게요."

"어구구구! 빠, 빨리해 줘. …도저히 엎드려 있지 못하겠어."

그의 옷을 젖히고 알코올 솜으로 등 상단부를 닦은 후 침을 꽂았다. 마지막 침을 꽂자 끙끙 앓는 소리가 사라졌다.

"…허! 의, 의사 선생, 안 아파."

"일시적으로 마취를 시켜둔 겁니다. 잘 때 자세 때문에 신경이 눌린 것 같으니까 추나요법을 해드릴게요. 베개를 아랫배 쪽에 넣으세요. 네. 그렇게요."

양태일은 척추를 손끝으로 만지면서 척추의 모양을 가늠했다. 그리고 몇 차례 조심스럽게 누른 후, 척추를 바르게 하는 추나요법까지 했다.

20분의 추나요법을 끝낸 후 말했다.

"이제 침을 뽑겠습니다. 아프면 말씀하세요. 그땐 다시 마취시킬게요."

"으, 응."

"뺐어요. 어떠세요?"

"…안 아파."

"일시적일 수 있으니 무리하게 움직이지 말고 주무세요. 오늘 일은 내일 담당 선생님께 말씀드리고요."

"그렇게 하지. 근데 젊은 의사가 실력이 대단하네. 자네가 혹시 유명한 한 뭐시기 의사야?"

"아닙니다. 그 선생님께 배우고 있죠. 다른 분들 주무시니 내일 얘기하시고 얼른 쉬세요."

환자가 침대에 눕는 걸 확인하고 돌아서자 주요섭은 충격을 받은 사람처럼 멍하니 서 있었다.

"해결된 거 같으니 전 이만 가서 마저 자겠습니다."

"…으, 응."

아무래도 실력에 많이 놀란 모양이다.

양태일은 문득 그가 자극을 받아 실력을 키우는 데 전념했으면 좋겠다는 생각을 했다. 그러나 그렇게 될 가능성은 크지 않아 보였다.

*　　　　　*　　　　　*

연말에 건강검진과 종무식으로 바빴다면 연초인 1월은 각종 시무식으로 바빴다.

전체 시무식 후, 센터별로 연초 회의를 하고, 과별로 다시 간단한 회의를 했다. 한방센터는 이래저래 바빠 차일피일 미루다가 1월 말이 되어서야 센터 회의가 열렸다.

업무에 지장을 주지 않기 위해 7시 30분에 열렸는데, 그래서인지 회의실로 들어오는 의원들은 꽤 피곤한 얼굴을 하고 있다.

두삼은 일찍 도착해 정해진 자리에 앉아 할아버지의 의료 기록을 읽었다.

최근 다시 첫 권부터 읽고 있는데, 전에 몰랐던 부분이 이제야 보였다. 그동안 호르몬 분비에 대해 고민하던 것들이 고스란히 담겨 있다고나 할까.

가령, 기운이 허한 환자에게 A1, A2, A3와 같은 혈에 시침해야 하는 것이 일반적인데, 할아버지의 의료 기록엔 가끔 엉뚱하게 B1, B2, B3와 같은 혈에 시침했다고 나와 있었다.

기록상으론 같은 허함인데 왜 다를까?

물론 후자의 허(虛)자 위엔 점이 찍혀 있긴 했다.

그에 허함의 종류가 다른가 보다 하고 넘겼는데, 이젠 확실히 안다. A1, A2, A3 혈은 양기의 부족으로 인해 허함이고, B1, B2, B3 혈은 남성호르몬 부족으로 오는 허함이었다.

할아버지는 의료 기록을 작성할 때부터 호르몬에 대해 알고 있었던 게 분명했다.

'할아버지도 참. 이런 면에서 보면 상당히 불친절하시다니까. 진즉에 언급이라도 해주셨으면 훨씬 편하게 환자를 치료했을 텐데.'

잠깐 투덜거리긴 했지만 순간이었다.

어차피 호르몬을 볼 수 없고, 고민하지 않고, 환자를 겪어보지 못했다면 지금처럼 단번에 어떤 효과를 나타내는지 몰랐을 것이다. 애쓰고 고민한 시간이 결코 허튼 시간이 아니었다는 말이다.

"뭐 보냐? 좋은 거면 같이 보자."

엘튼이 커피를 내밀며 말했다. 두삼은 커피를 들어 보이며 답했다.

"할아버지가 남긴 의료 기록이에요."

"쩝! 재미없는 거네. 근데 꽤 귀중한 기록 같은데, 그렇게 들고 다니다 망가지면 어쩌려고?"

"모셔만 두면 무슨 도움이 되겠어요?"

"디지털화시켜서 태블릿으로 보면 되지 않나?"

"아⋯⋯!"

루시도 있는데 그런 생각을 못 하다니 진짜 바보다.

디지털화시켜 두면 읽기도 편하고 검색해서 금방금방 볼 수 있을 것이다.

"머리가 의술 쪽으로만 발전했고만. 쯧쯧!"

"그러게요. 근데 밤에 뭘 하고 다니기에 얼굴이 왜 그래요?"

"많이 안 좋지?"

"네. 아주 많이요."

"요즘 도통 잠을 못 자겠어. 누우면 심장이 묘하게 답답해. 아!
갱년기라는 말 하지 마. 그럴 나이도 아니고, 설령 그렇다고 해
도 듣기 싫어."

"네네. 잠깐 진맥해 드려요?"

"싫어! 내 몸 상태를 내가 모를까. 그냥 잠이 안 오는 거뿐이
야. 그리고 분명 회의를 시작하면 잠이 들 거야. 지루함만큼 좋
은 수면제는 없잖아."

"그야 그렇지만 잘 거라면서 커피는 왜 사 가지고 왔어요?"

"졸려서. 이상한 눈으로 보지 마. 잘까 해서 눈을 감으면 잠이
안 와서 미칠 지경이거든."

무슨 말인지 이해는 되질 않았다. 그러나 잠을 못 자서 정신
이 이상하다는 건 알 수 있었다.

"호르몬 분비가 이상한 것 같은데……."

"당연히 그렇겠지. 스트레스 때문에 그런 것도 있고. 하지만
갱년기는 아냐."

"누가 뭐래요. 제가 요즘 바로 기절할 듯이 잠드는 혈을 알아
냈는데 한번 해볼까요?"

"…뇌로 가는 혈관을 막는 거 아냐?"

"설마요. 하이포크레틴 호르몬의 수치를 낮춰서 바로 잠들게

만드는 거예요."

"…무슨 말인지 모르지만 목숨만 남겨줘. 결혼은 해보고 싶거든."

"그런 생각까지 하다니 많이 발전했네요. 그러니까 몸 관리 좀 해요."

"안 그래도 이제 근력 운동을 해볼까 해."

"꼭 하세요. 풍부혈 좀 만질게요."

풍부혈을 더도 덜도 말고 여덟 푼. 찌르면 하이포크레틴 호르몬의 수치가 서서히 떨어진다. 그리고 잠시 후면…….

털썩!

엘튼은 눈을 감으며 쓰러지듯 몸을 의자에 기댔다.

아직은 램 수면 상태. 그의 백회에 따뜻한 기운을 흘러 넣자 표정이 편안해지며 숙면에 빠져든다.

"크어어어~"

"…코는 골지 마요."

살짝 고개를 돌려 코를 골지 못하게 한 후 다시 의료 기록에 시선을 돌렸다.

잠시 후, 이방익이 왔다.

"이 자식은 밤에 뭐 하고 아침에 잠을 자?"

"며칠 못 잤대요. 깨워도 어차피 못 일어나니 그냥 내버려 두세요."

"어차피 얜 조용히 입 다물고 있는 게 나아. 참! 어제 양태일 얘기 들었어?"

"사고 쳤어요?"

"사고라면 사고지. 좀 전에 재활의학과 전 선생에게 들었는데, 어젯밤에 고통을 호소하는 추간판 탈출증 환자를 멋지게 치료했단다. 마취침술이야 그렇다 치고 추나요법은 언제 배웠는지……. 혹시 한 선생이 가르쳤어?"

"지난달 건강검진 하면서 좀 가르쳤죠."

"그랬어? 실력이 있다는 건 어느 정도 알았지만 지난달에 배워서 바로 할 수 있을 정도면 손재주가 타고 난 모양이네."

"손재주는 있는데 아직 멀었어요."

"그건 네 기준이지. 전 선생은 은근히 자신의 과로 보내주면 안 되냐고 하더라."

"…보내시게요?"

"미쳤냐? 안 그래도 레지던트 없어서 곤란한데 걔 보내면 어떻게 운영하라고. 왜? 내가 보낸다면 보내줄 생각은 있고?"

"열 명쯤 주면요."

"애들이 결정할 과를 우리가 마음대로 할 수는 없지. 근데 그 말은 양태일이 10명의 가치가 있다는 얘긴가?"

"말이 그렇다는 거죠. 시작하려나 보네요."

아직 몇몇 빈자리가 보였지만 개의치 않고 시작하려는지 행정지원실 직원이 단상 옆 마이크를 잡았다.

"아아! 곧 월례회의가 시작될 예정이니 모두 자리에 앉아주시기 바랍니다."

그는 잠시 기다렸다가 다시 말했다.

"이제부터 월례회의를 시작하겠습니다."

사회자가 있지만, 역할은 거의 없었다. 시작과 끝을 알리고,

회의 분위기가 소란스러워지면 조용히 시키는 것이 다였다.

고웅섭 센터장이 단상에 올라가 마이크를 잡았다.

"아침 일찍 나오느라 고생했습니다. 허허! 회의에 앞서 모두 새해 복 많이 받으십시오."

"원장님도 새해 복 많이 받으세요!"

"허허허! 감사합니다. 작년 한 해도 참 다사다난했죠. 하지만 그런 와중에도 여러분의 노력 덕분에 좋은 결과를 냈습니다. 수고하셨습니다!"

짝짝짝짝짝!

고웅섭은 마이크를 내려놓고 손뼉을 쳤고 대부분 따라 쳤다.

"예상보다 잘한 곳도, 예상보다 못한 곳도 있었지만, 개원한 지 2년째였다는 걸 생각한다면 적응 기간이었다고 생각합니다. 대학에서 예과 2년을 두고 적응할 시간을 주는 것과 비슷합니다. 그러니 지난해까지의 일은 모두 잊읍시다."

회의 참석한 사람들은 이쯤 해서 오늘 고웅섭이 무얼 말하고 싶어 하는지 눈치챘다.

본격적으로 매출로 쪼갰다고 선전포고를 하는 자리였다.

"하지만! 올해는 3년 차. 이젠 본과 1년 차가 되는 해입니다. 적응 기간은 끝났다는 겁니다. 행정지원실에서 올해 한방센터의 매출을 전망했는데 작년과 비교하면 절반 정도에 불과하더군요."

허! 아! 같은 한숨이 터져 나왔다.

하지만 왜 그런지 묻는 사람은 없었다. 이미 이유는 알고 있었다. 다만 그동안 안마과가 얼마나 많은 돈을 벌었는지 깨달았는지 시선이 안마과로 향했다.

이방익이 냉소를 지으며 나지막이 속삭였다.

"자신들이 대형 병원 한의사네, 교수입네 하고 여유를 즐길 때 우린 화장실도 못 가고 일했다는 걸 이제야 안 모양이군."

"억울하세요?"

"한의사 협회에서 안마과 전문의 과정을 긍정적으로 생각하게 됐으니 괜찮아. 다만 얹힌 게 내려간 것처럼 시원하네."

"선생님도 참……. 이제부턴 교숩니다 하고 다니세요."

"안 그래도 그럴 생각이다."

"여유가 생긴 김에 결혼도 하시죠?"

"큼! …그게 내 맘대로 되냐."

"은수에게 물어보니 성 선생님이 선생님을 엄청 좋게 보고 있 다던데요."

"그래? 뭐라는데?"

표정을 보니 조만간 청첩장을 받을 것 같다.

고웅섭의 말은 계속됐다.

"매년 같을 수는 없겠죠. 좋은 때도 있고 나쁠 때도 있는 법 이니까요. 하지만 너무 한꺼번에 무너지는 건 문제가 되지 않겠 습니까? 이번에 각 과에서 매출 예상치를 적어서 냈을 겁니다. 그 매출에서 160%는 한다고 생각해 주세요."

"말도 안 됩니다! 이미 충분히 고려해서 낸 건데 거기에 60%를 더하라니요. 그럼 작년의 두 배는 더 해야 한다는 건데 불가능합 니다."

한방신경정신과 과장이 상기된 목소리로 외쳤다.

"정말 불가능하다고 생각합니까?"

"필요 이상으로 검사를 하고, 비싼 약을 권하면 가능하겠죠. 그게 정녕 센터장님이 바라시는 겁니까?"

"그렇게 매출을 올리는 건 바라지 않습니다. 그건 병원 전체를 놓고 봐서도 좋은 일이 아니니까요. 한데 더 많은 환자를 오게 할 생각은 안 하십니까?"

"…그게 맘대로 되는 게 아니잖습니까?"

"이런 말을 하게 될 줄은 몰랐는데… 그럼 아무것도 안 하고 계속 적자를 보며 기다리겠다는 겁니까?"

"제 말은 그게 아니라……."

"그럼 뭘 하겠다는 겁니까!"

"……."

고웅섭이 버럭 소리쳤다. 원래 화를 내지 않던 사람이 화를 내면 무섭듯이 웬만한 일은 그냥 허허 하고 넘어가던 고웅섭이 목소리를 높이니 회의실 분위기는 순식간에 싸늘해졌다.

"안 과장, 지금까지 어떤 노력을 얼마만큼 해왔는지 말해보세요! 첫해에 잘하다가 작년엔 어떤 노력을 했기에 곤두박질 친 겁니까?"

"……."

"남과 비교하는 거 못할 짓이지만 이번엔 한번 해봅시다. 안마과가 잘 되는 건 비만클리닉 때문이라고 하도 성화라 작년에 내과랑 부인과에 넘겼습니다. 그리고 내과가 맡고 있던 면역클리닉은 스트레스가 원인인 경우가 많다며 안 과장이 가져갔고요. 그래서 두 개의 클리닉을 하게 됐죠?"

"…네."

"욕심을 내서 두 개의 클리닉을 가졌으면 그만큼 매출이 늘어야 하는데 어떻게 됐죠?"

"그건 인원이 한정돼서……."

"거의 차이가 없었죠. 인원이 없었으면 애초에 할 수 있다고 하질 말든가. 가져갔으면 운영을 잘했어야죠! 그런 반면 비만클리닉이 사라진 안마과는 어떤지 알아요? 성기능클리닉을 시작해서 환자 치료 매뉴얼을 만들고 매출도 서서히 올라오고 있는 상황입니다. 자! 다시 묻겠습니다. 안 과장은 뭘 했습니까?"

"……."

고웅섭은 안 과장을 뚫어질 듯 쳐다봤고, 마주 보고 있던 안 과장은 더는 할 말이 없는지 시선을 피하며 고개를 숙였다.

몇 초간 더 그를 쳐다보다가 시선을 돌린 고웅섭은 천천히 회의장에 있는 사람들을 둘러보다가 말했다.

"후우~ 여러분이 착각하는 게 있는 것 같아 이번 기회에 확실하게 말하겠습니다. 종합병원의 필수 진료과에 우리 한방센터는 들어가 있지 않습니다. 지금 내가 하는 말이 무슨 의미인지 잘 새겨두길 바랍니다."

고웅섭의 폭탄 발언에 조용하던 회의실이 갑작스럽게 소란스러워졌다. 매출이 제일 적었던 한방소아과와 한방이비인후과의 웅성거림이 유독 컸다.

그럴 만도 한 것이 매출이 시원찮으면 과가 사라질 수 있다고 공식적으로 말한 것이기 때문이다.

뒤이어 잘해보자는 말과 2월 달의 굵직한 계획들이 이어졌지만 사람들의 심란한 마음을 풀어주진 못했다.

회의가 끝나고 삼삼오오 짝을 지어 나갔다. 오늘 폭탄 발언에 대한 대책을 마련하려는 듯 보였는데 사실 해결책은 간단했다.

최선을 다하는 모습만 보여주면 됐다.

민규식과 고웅섭은 설령 결과가 나쁘더라도 노력하는 사람을 내치는 성격은 아니었다.

이방익 역시 비슷한 생각을 한 모양이다.

"쯧쯧! 열심히 노력하는 모습만 보여줘도 되는 일인데. 안 그래, 한 선생?"

"제 생각도 비슷합니다."

"그나저나 엘튼 깨워라. 가야지."

"제가 들고 가겠습니다."

"처져서 들기 힘들 텐데? 어차피 일해야 되잖아."

"레지던트들에게 쉬운 환자를 맡기세요. 어차피 슬슬 환자 보게 해야 하잖아요?"

"하긴 이제 슬슬 환자 볼 때도 됐지. 근데 안 도와줘도 되겠냐?"

"이 정도야 가뿐하죠."

"…생긴 것답지 않게 힘도 세네."

두삼이 엘튼을 달랑 들자 이방익은 놀란 표정을 지었다. 그리고 가운을 벗어 엘튼의 얼굴과 몸을 덮으며 말했다.

"쪽팔리잖아."

"누가 뭐랬나요? 이 선생님이 얼마나 조카를 위하는지 엘튼 선생도 알아야 할 텐데요?"

"그걸 알면 어른이지. 이 녀석은 어른 되려면 아직 멀었어."

"가시죠. 전 엘튼 선생 당직실에 눕혀놓고 환자 한 명 보고 진료실로 가겠습니다."

할아버지의 의료 기록을 보다가 치료 방법이 떠올랐는데 테스트해 볼 생각이었다.

89. 그놈이 돌아온다

구본철의 기면증은 '뇌의 한 부분'이 잘못됐다고 생각했다.

그래서 하이포크레틴을 생성하는 자극점을 찾고, 없애는 혈을 알게 됐음에도 '왜?'라는 의문을 가진 채 그의 뇌 속을 헤맸다.

연관이 있는 호르몬을 찾고 그 호르몬의 자극점과 또 그 호르몬과 연관된 호르몬을 찾고.

구본철과 양태일 앞에선 태연한 척했지만, 거대한 숲에서 알지 못하는 물건을 찾아 헤매는 기분이었다.

근데 할아버지의 의료 기록을 읽다가 너무 뇌에 매몰되어 있는 것은 아닌가, 라는 생각이 들었다.

소화 장애가 있을 때 엄지와 검지 사이의 합곡혈을 꾹꾹 누르면 혈액순환을 좋게 해 소화 장애에 도움을 준다.

원리를 보자면 혈을 자극하는 순간, 그 자극이 뇌로 향하고 뇌에서 호르몬이 분비되어 '피의 흐름을 세차게 하라는 신호'를 심장으로, '위장의 운동을 활발하게 만드는 신호'를 위장으로 보낸다.

즉, 뇌의 이상이 아니라 몸의 이상으로도 충분히 기면증이 발생할 수 있다는 것이다.

수면, 하이포크레틴 호르몬, 뇌라는 세 단어가 고정관념을 만든 것이다.

물론, 몸의 이상을 찾는 것 역시 쉬운 것은 아니다. 파란색 전기적 신호를 따라서 뇌로 갔다가 거기서 변화하는 뇌파와 호르몬을 일일이 추적해 하이포크레틴 호르몬에 영향을 주는 것만 찾아야 하니 말이다.

그러나 뇌 속의 이상을 찾는 것보단 편하고…….

'쳇! 쉬울 줄 알았는데…….'

생각과 실제의 괴리랄까. 막상 손을 대고 신체의 이상 부분을 찾으려고 하니 막막했다.

그래도 막연한 것보단 명확한 것이 낫다는 생각에 염증이 있는 몇 곳을 살펴봤지만, 결과적으론 역시 실패였다.

'언젠간 찾겠지.'

언제 쉽게 고친 적이 있었던가. 환자가 시한부 삶이 아니라는 것만으로도 위안이 된다.

"구본철 환자, 저녁에 다시 올게요. 근데 어머닌 오늘 안 보이시네요?"

"…오지 마시라고 했습니다."

"……?"

"병원에서 할 일 없이 있는 것도 보기 그렇고… 고등학생인 동생이 있거든요."

"아하! 다음부터 그런 변화가 있으면 나한테 말해요. 아무리 안전이 보장된 방이라고 해도 갑작스럽게 쓰러져 다칠 확률이 없는 건 아니니까요."

"네, 선생님."

"잠깐만 기다려요."

구본철이 있는 곳은 안전 병실이라고 예전에 나연섭이 있던 VIP룸과 비슷했다. 바닥도 벽도 앞으로 꼬꾸라져도 괜찮을 만큼 안전했다. 하지만 완벽한 것은 없었다. 침대로 쓰러지거나 화장실에서 쓰러진다면 위험할 수밖에 없었다.

두삼이 가져온 건 스마트시계였다.

"잠이 들면 신호가 간호사실로 전해질 겁니다. 그때마다 들러서 확인하라고 할 테니 마음 편히 있어요."

"감사합니다."

"당연히 해야 할 일인데요. 저녁에 봐요."

병실에서 나오는데 폴린에게서 연락이 왔다.

"무슨 일이에요, 폴린?"

─할 말이 있는데.

"지금 외래 진료 시간이라 끝나고 가면 늦을까요?"

─10분 정도면 돼. 중요한 일이야.

"전화로는 곤란한 말인가 봐요? 가는 데 10분쯤 걸릴 것 같은데."

─곤란해.

"네네. 금방 갈게요."

엘튼도 자고 있는데. 시간을 아끼려면 뛰는 수밖에.

조깅을 하듯이 뛰어 부르스의 병실에 5분 만에 도착했다. 베인은 차를 마시고 있었다.

"벌써 10분이 지났나?"

"뛰어왔죠. 근데 무슨 일로 찾으셨습니까?"

"말하기 전에 한 가지만 물어볼게. 혹시 지금 하는 치료가 중요한가?"

현재 부르스의 치료는 한방색전술이 제대로 되어 있는지를 확인하고 기운을 소주천시켜 주는 것이 다였다. 그러나 중요함을 따진다면 당연히 중요하다.

"아! 질문이 잘못됐군. 혹시 한이 하는 진료를 폴린이 대신할 수 있나?"

"아직은 무립니다."

"…그런가?"

"많이 좋아지니까 또 일 생각이 나십니까?"

"허허! 들켰군. 맞네. 요즘 미중 관계를 보면 불확실성이 많이 커졌거든. 기회가 되느냐, 도태되느냐가 달려 있달까. 그래서 홍콩에 한동안 머물러야 할 것 같아."

하여간 욕심도 많은 사람이다. 처음엔 살 수만 있으면 사업이야 아무래도 상관없다더니, 몸이 좋아지니 그새 사업 욕심이 나나 보다.

사실 그의 몸속 암 덩어리들은 절반 크기 이하로 줄었다. 특별한 일만 없다면 차츰 좋아질 터. 배영옥처럼 암세포가 사라질 때까지 붙잡아두고 싶지만, 하루 두 시간도 안 되는 치료를 받는 부르스가 좀 쑤셔하는 건 당연했다.

생각을 정리한 두삼이 말했다.

"지키는 대로 할 것. 한 달에 한 번 들릴 것. 이 두 가지만 약속하면 홍콩에 가도 좋습니다."

"그 정도라면 충분하지. 일주일에 한 번이라고 해도 왔을 걸세."

"그럼 일주일에 한 번 할까요?"

"쿨럭! …한 달로 하지."

"아! 그리고 마지막 한 가지. 상태가 나빠져도 저 원망하지 마십시오."

"그야 어쩔 수 없지. 그런데… 그럴 가능성이 얼마나 될 것 같나?"

"시키는 대로만 하면 암세포 사라지는 게 늦어질지 모르나, 재발하는 건 희박할 겁니다."

겁을 줄까도 생각했으나 치료엔 긍정적인 에너지도 필요했다. 그리고 폴린이 옆에 있고 언제든 최상의 진료를 받을 수 있는 사람이니 문제없을 것이다.

"허허! 그리 말해주니 한결 홀가분하게 떠날 수 있겠군. 그럼 언제 떠나면 될까?"

"사흘쯤 더 머물러 주십시오. 그동안 폴린에게 주의할 점과 해야 할 것을 알려주도록 하겠습니다."

"그러지. 이건 치료비일세."

"이게 뭡니까?"

그는 신용카드만 한 플라스틱을 건넸다.

"해외 계좌에 넣어뒀네. 어딜 가나 세금이 문제 아닌가. 현금으로 줄까 하다가 양이 많아서 귀찮을 것 같아 이것으로 준비했네."

"그냥 계좌로 보내주세요."

"응?"

"절세는 해도 탈세는 하고 싶지 않네요."

한때는 현금으로 주면 좋아했던 적이 있었다. 근데 지금은 굳이 그럴 이유가 없었다.

"허허허! 이거 내가 실례를 했군. 그렇게 하지."

"그럼 저녁에 오겠습니다. 아! 부르스, 한 가지 부탁하고 싶은 게 있는데요."

"왜? 병원 지어줄까?"

"하하……. 그건 아니고요. 다른 게 아니라……."

두삼은 쑥스러운 듯 말했다.

*   *   *

설날을 10여 일 남겨둔 일요일, 오랜만에 한가해진 하란과 선물을 사러 백화점을 찾았다.

그래서일까 엄청난 차량이 몰려 일대 도로가 주차장처럼 북적였다. 주차도 문제겠다 싶었는데, 백화점 입구 쪽에 들어서 옆길을 따라 돌자 다소 한가해졌다.

역시 하란이다 싶어 한마디 했다.

"이런 곳에 주차장이 있을 줄이야. 역시 사람은 정보가 중요한가 봐."

"아니. 여긴 VIP 주차장이야."

"…그런 것도 있어?"

"있더라고. 등급도 여러 가지고. 내리자."

대리 주차도 해주는 모양이다.

후문으로 들어가자 입구의 북적임이 무색하게 다소 한가한 느낌이다. 그리고 들어서자 명품 숍이 줄지어 보였다.

"응? 여기도 VIP룸이야?"

"PSR(Personal Shopping Room)이래. 사실 나도 거의 올 일이 없어서 잘 몰라."

"VIP, 갑자기 모른 척이세요?"

"회사에서 필요한 물건을 사서 VIP지. 그리고 난 뭔가 필요하면 카드만 줄 뿐이야."

"크으~ 클래스 오지고요."

장난이 치고 싶었는지 우쭐한 표정을 짓는 하란. 두삼은 아가씨를 모신 하인처럼 호들갑스럽게 굴었다.

"어? 근데 여기 백화점 현성 그룹 계열사인데, 오빠한테 혜택 같은 거 없어?"

1년에 한 번 현성 그룹 회장인 현원석의 요청이 있을 때 건강검진을 해주는 것으로 계열사 중 하나의 사외 이사로 앉아 있었다.

"…그러고 보니 메시지가 온 것 같기도 하고."

스마트폰을 찾아봤더니 그룹 홍보실에서 작년과 올해 두 번

메시지가 온 적이 있었다.

　이런저런 혜택을 말해주고 있었는데, 그중 백화점에서 필요한 것만 말했다.

　"특별 직원 할인이라고 10~50% 해준대. 그리고 다이아몬드 회원이라는데."

　"오! 1년에 한 번이지만 현 회장이 오빠를 꽤 생각하는 모양이네."

　"다이아몬드가 좋은 거냐?"

　"아니, 할인해 주는 거. 참고로 난 트리니티. 백화점 상위 1,000명에 속해."

　"헐! 소비의 여왕이네."

　"호호! 할인도 팍팍 해준다니 본격적으로 소비를 시작해 볼까."

　"카드부터 만들어야 해."

　직원에게 물어 위층으로 올라가 카드를 만들었다. 그리고 본격적인 쇼핑을 시작했다.

　돈이 많아지면서 세무 관리를 하란의 회사를 맡은 회계 법인에서 대신해 주고 있었는데, 환급은 고사하고 상당한 세금을 내야 한다고 소비를 많이 하라는 권고(?)를 받았다.

　쓸 시간이 없으니 이럴 때라도 쓰는 수밖에.

　평소에 입을 옷을 샀다. 양복의 경우 하란이나 두삼이나 맞춤으로 사는 곳이 있었다.

　"이번엔 가방 사러 가자."

　"부모님 드리게?"

"네 것도 사고."

"그럼 올해는 그냥 넘어가자. 그동안 계속 가방만 선물했잖아. 어머니도, 엄마도 가방이 많아."

"가방은 많을수록 좋은 거 아닌가?"

"가방에도 유행이 있어. 명품이라고 다르지 않고. 올해까진 충분하니까 사드리려면 내년에 사드려."

"내가 뭘 알겠냐. 알았어. 그럼 주얼리는 어때?"

"본인이 직접 고르는 게 낫긴 한데… 돈으로 드리면 분명 안 사시겠지?"

"그렇겠지. 가자."

밝은 조명 아래의 반짝반짝 빛나는 주얼리는 두삼에게 거의 다 예뻐 보였다. 하지만 하란은 마음에 드는 것이 없는지, 쇼핑하는 시간이 즐거운 건지, 한참 동안 이것저것 차보며 어떤지 물었다.

"예쁘네. 근데 이거 어때?"

두삼의 눈에 띈 건 별도의 유리관 안에 든 목걸이였다. 제법 비쌌지만 긴 목에 하얀 피부를 가진 하란에게 어울릴 것 같았다.

하란도 마음에 드는지 눈이 반짝인다.

"결혼 예물로 받으면 좋겠다."

"결혼 예물은… 따로 해줄게. 이건 그냥 선물."

"그냥 선물이라기엔 비싸."

하란도 두삼과 비슷하게 막상 자신에게 투자하는 건 아까워하는 스타일이었다.

명품으로 둘둘 포장하고 다녀도 될 법한데, 옷장에 중저가 옷이 더 많았다.

하긴 어떤 옷을 입어도 명품을 입은 것처럼 보인다.

아무튼, 간만에 마음에 들어 하는 것 같아 꼭 사주고 싶었다.

"알았어. 그럼 예물1로 해."

"사양하지 않고 받을게. 근데 1은 뭐야. 이걸로 충분하니까 엉뚱한 짓 하지 마."

"누구 말씀이라고 거역할까. 엉뚱한 짓 안 할게."

엉뚱한 짓의 기준은 사람마다 다른 법이니까.

부모님, 장모님(?), 하란의 선물까지 사고 나자 점심시간이 됐다. 카드를 만들 때 예약해 둔 레스토랑에서 식사하며 설날 계획을 세웠다.

그리고 식사 후 2차 쇼핑을 시작했다.

사실 오늘 백화점에 온 진짜 이유는 1년간 감사한 사람들을 위한 명절 선물을 사기 위함이었다.

다행히 이번 쇼핑은 굳이 돌아다니지 않고 편안한 의자에 앉아 카탈로그로 하는 쇼핑이었다.

"양주는 휴가 다녀와서 했으니까 굴비 세트로 할까?"

"오빠, 그보단 평균적으로 좋아하는 한우가 낫지 않아? 한의사니까 보약이 나으려나?"

"보약은 내가 직접 내리는 게 더 나아."

"시간은 있고?"

"…없네."

50만 원대 선물 세트를 보고 있는데 거의 한우 아니면 보약이다. 100만 원대도 마찬가지. 상품권으로 주는 게 나을 것 같은데 왠지 성의가 없어 보인달까.

고민하다가 결국 한우로 결정을 내리고 받을 사람들의 주소와 전화번호를 작성했다.

설날이 가까워지면 백화점에서 알아서 배달해 줄 것이다.

빼먹은 사람이 없나 생각하는데 낯익은 얼굴과 시선이 마주쳤다. 손가락이 잘렸던 우진식 환자의 동생인 우형식 선생이었다.

"어! 우 선생님."

"어! 한 선생. 여긴 웬일이야? 한 선생도 선물 보내려고 왔나 보네."

"아, 네. 선생님도요?"

"나이가 들면 받을 줄 알았는데 들어갈수록 어째 챙겨야 하는 사람이 더 느네. 근데 애인?"

"하하! 제 약혼녀입니다."

"처음 뵈요. 우하란입니다."

"같은 병원에 다니는 우형식입니다. 데이트 중인데 방해를 해서 미안해요."

"아니에요."

"그런데 형님은 어떠세요?"

수술을 도운 후 어떻게 됐나 궁금하긴 했는데 괜스레 간섭하는 것 같아 찾아가지 않았다.

"아주 좋아."

"다행이네요."

"한 선생 덕분이야."

"에이~ 저야 잠깐 도운 건데요. 김학길 선생님이 고생하셨죠."

"선배 말이 기적이라고 할 정도로 경과가 좋대. 아무래도 한 선생이 무슨 수를 쓴 것 같다던데?"

"그냥 하시는 말씀이죠. 근데 주소는 어떻게 되세요?"

"왜, 명절 선물 보내주게?"

"네. 이렇게 뵀는데 안 보내는 것도 이상하잖아요?"

"이상할 것도 없다. 됐어. 도움을 받아서 내가 하나 보내줄 생각이었어. 그리고 조만간 시간 좀 내. 술 한잔 같이하자고. 그럼 방해꾼은 이만 갈게요. 결혼식 할 때 불러주세요."

"호호! 네."

우형식은 다른 테이블에 가서 앉고 나서야 두삼은 자리에 앉았다. 그리고 병원으로 연락해 우형식의 주소와 전화번호를 받았다.

"저 선생님께도 보내 드리려고?"

"보내주실 것 같은데 받기만 하긴 뭐하잖아."

"그렇긴 하네."

"다 됐다. 이제 우리 영화 보러 갈까?"

"그것도 괜찮겠다."

바로 옆에 영화관이 있었기에 차는 두고 걸어서 가기로 했다.

*　　　　*　　　　*

어린 시절, 마냥 좋았던 설날.

어른이 되었다고 해서 그 날의 의미가 퇴색되진 않겠지만, 어린 시절과는 확연히 달랐다. 선물을 사고, 세뱃돈을 준비하고, 계획을 짜고, 짧은 휴일을 치르려고 열심히 준비하는 느낌이랄까.

싫었던 적도 있었다.

아예 그동안 일하고 추가 수당을 받은 적도 있었다.

그냥 미친 듯이 잠만 잔 적도 있었다.

그러나 올해는 가족과 고향 친구들을 볼 생각으로 기쁘게 준비 중이다.

설날 연휴가 월, 화, 수 3일. 한데 토, 일요일까지 해서 5일 연휴가 되는 바람에 병원은 부산스러웠다.

'모두 휴일!' 하고 쉬면 좋겠지만 그럼 입원한 환자들과 사고가 나서 긴급히 달려오는 환자는 누가 볼까.

병원에 와서 알게 된 일이지만, 명절 연휴가 병원에 입원해서 의료 서비스를 받는 날이라고 생각하는 이들도 제법 많았다.

물론 한방센터는 본관과 비교하면 여유가 넘쳤다.

이방익은 안마과 한의사가 모인 자리에서 말했다.

"이번 연휴 동안 전문의는 5일 중에 화요일 하루만, 수련의는 일요일, 수요일 두 번만 나오면 돼."

"헐! 뽑기 잘못하셨구나. 과가 몇 갠데 그렇게 어정쩡한 날을 뽑았어요! 완전 똥손이네, 똥손."

"…요즘 니가 안 맞아서 몸이 근질근질하지?"

"대박! 어제도 때려놓고. 너무 많아서 몸이 욱신욱신하고만.

혹시 치매… 크악!"

엘튼은 꿀밤을 맞고 나서야 입을 다물었다.

"아무튼, 그렇게 됐어. 그래서 날을 정해야 해."

"제가 하겠습니다."

두삼이 손을 들었다. 작년에 두 달 쉬었으니 이럴 때라도 보충을 하는 게 옳았다. 이미 마음속으로 어느 날이 걸려도 할 생각이었다.

"고향 내려간다고 하지 않았어?"

"네. 하지만 새벽에 올라오면 됩니다."

"아냐. 한 선생은 따로 해줬으면 하는 일이 있어. 잠시 후에 얘기하기로 하기로 하자. 일요일이랑 화요일은 내가 맡을 테니까 엘튼 넌 수요일을 맡아."

"에? 전문의가 하루, 수련의가 이틀 맡는 거 아니었어요?"

"작년에 애들 고생했잖아. 그리고 올해 레지던트 1명이라 고생할 것 같아서 이럴 때 쉬게 해주려고 그런다. 왜 불만이냐?"

"아뇨. 그런 거라면 찬성입니다."

"네가 순순히 웬일이냐?"

"어차피 집에 가봐야 장가가라는 얘기밖에 안 할 텐데 괴롭기만 하죠. 삼촌도 경험자잖아요."

"…가슴 아픈 얘긴 하지 마라. 어쨌든 결정 났으니까 다들 그렇게 알고 연휴 잘 보내."

"감사합니다, 과장님!"

"사랑해요, 과장님!"

"사랑은 애인이랑 하고. 가서 일 봐."

퇴원시켜야 할 환자, 연휴 동안 집에 다녀올 환자, 병원에 머물러야 하는 환자 등을 구분해야 하므로 레지던트들은 감사 인사를 한 후 우르르 나갔다.

엘튼까지 나가고 나자 이방익이 말했다.

"한 선생은 금, 토 이틀간 다른 일을 해줘야겠어."

"얼마든지요. 근데 무슨 일인데요?"

"명절 때만 되면 병원에서 명절을 보내는 사람들이 많다는 거 아나?"

"알죠. VIP실도 그때가 가장 바쁘답니다."

"안다니 얘기하기가 쉽겠군. 올해는 병실이 부족할 정도로 많은 이들이 입원한다고 연락이 왔다더군."

"쩝! 병원은 휴일이 없다고 생각하는 모양이네요."

"어쩔 수 없는 일이지. 근데 그 환자들이 들어오면 제일 먼저 건강검진부터 하는데 그게 문제야. 검사 인원이 많이 남아야 하거든."

그가 무슨 말을 하려는지 알 것 같았다. 검사 시간을 획기적으로 줄일 수 있는 건 자신밖에 없었다.

"제가 그 일을 대신하라는 거군요?"

"그래. 검사겸사해서 진료 비용은 다 우리 과 매출로 잡힐 테고."

"올해는 매출 욕심 없으시다면서요?"

"월례회의 때 고 센터장님 그렇게까지 얘기했는데, 체면이라도 세워드려야지."

"하하! 고생이시네요. 그럼 그렇게 알고 있겠습니다. 배려해 주셔서 감사합니다."

설날 당일인 화요일 날 일하는 거보단 토요일 날 일하는 게 훨씬 나았다.

이방익의 진료실에서 나온 두삼은 VIP실로 곧바로 올라갈 수 있는 엘리베이터가 있는 지하 주차장 맨 아래층으로 내려갔다.

검은색 자가용 세 대가 나란히 서 있는 곳에 부르스와 폴린이 보였다.

"오래 기다리셨죠?"

부르스는 어차피 한 달 후에 볼 텐데 굳이 보고 간다고 기다리고 있었다.

"한을 만나고 가야 편할 것 같아서."

"제 얼굴이 사람을 편안하게 만드는 효과가 있는 줄 몰랐네요. 비행기 시간에 늦는 거 아닙니까?"

"늦으면 조금 늦게 출발하면 되지."

"아! 자가용 비행기죠. 이제 얼굴 봤으니 얼른 가십시오."

"그 사람 서둘긴. 하하하! 살려줘서 고맙네."

그는 손을 내밀었고 두삼은 맞잡으며 악수했다.

"건강하세요."

"하하하! 다시 얻은 삶인데 당연하지. 다음에 보세."

부르스는 인사를 끝으로 차에 올랐고 다음으로 폴린과 악수했다.

"수고하십시오."

"해준 것 없이 많이 배우고 가는군."

"도움이 됐으면 그걸로 된 거죠. 궁금한 것이 있으면 연락 주십시오."

"도움이 필요하면 연락 줘. 최선을 다해 돕지."

"그럴게요. 부르스가 기다리겠어요. 타세요."

"한시라도 빨리 보내고 싶은가 보군. 하핫! 자! 이건 회장님이 주는 퇴원 선물."

폴린은 작은 쇼핑백을 건넸다.

"치료비로 충분한데……. 감사합니다."

실랑이를 해봐야 어차피 받을 거 감사히 받았다. 그리고 그들의 차가 떠나는 걸 보고 선물을 확인했다.

맨 위에 쪽지가 붙어 있었다.

[결혼 축하하네. 신부에게 어울렸으면 좋겠군.]

"……!"

세계적인 부자니 괜찮은 걸 선물했겠거니 했지만, 상자를 열어보니 예상을 한참이나 벗어난 선물이었다.

목걸이, 귀걸이, 팔찌로 이루어진 보석 세트.

사흘 전, 하란에게 줄 결혼 예물로 부탁한 것인데 선물로 주고 갈 줄이야.

영수증을 보니 치료비 절반에 가까운 금액이다.

"쩝! 부담스럽게. 괜한 부탁을 했나 보네."

두삼은 머리를 긁적이며 안마과로 돌아왔다.

*   *   *

─현 시간 고속도로는 아직 양방향 교통이 원활합니다. 하지만

차츰 차가 늘어나고 있는 것이 눈으로 보이는데요. 오늘부터 귀향을 서두르는 사람들이…….

내일부터 설 연휴의 시작. 그러나 오늘부터 고속도로에 차량이 증가하고 있다는 뉴스가 나왔다.

두삼은 본관 2층에 마련된 진료실에서 라디오를 들으며 창밖을 보고 있다.

퇴원하는 환자들의 행렬이 꽤 인상적이다.

똑똑!

노크 소리에 드디어 시작인가 싶어 얼른 자리에 앉았다. 사실 몰려올 거로 생각했는데 금요일 아침부터 입원하는 사람은 없는지 10시 30분이 되도록 한 명도 없었다.

기대와 달리 들어온 이는 민규식이었다.

"어서 오세요, 원장님."

"어째 실망인 표정이군. 한가해서 그런가?"

"아닙니다. 커피 드릴까요?"

"마셨네. 근데 무슨 명절 선물을 그렇게 비싼 거로 했나? 누가 보면 뇌물인 줄 알겠더군."

"마음에 드셨습니까?"

"내 처가 그렇게 좋아하는 모습은 내가 원장 됐을 때 이후로 처음 봤네."

"하하! 기뻐했다면 선물이네요."

민규식에게, 정확하게는 그의 부인에게 한 선물은 한정판 명품 가방이었다.

미국에서 온 세 사람을 VIP실에 입원시켜 준 것에 대한 감사함의 표시였다.

"가격을 듣고 부담스러워도 했네만."

"원장님께 받은 것에 비교하면 약소합니다."

"이번엔 처가 워낙 좋아해 받겠지만 다음부터 그러지 말게. 그냥 선물 세트 같은 거면 충분하네."

"원장님께 감사하는 만큼만 하겠습니다."

"음, 그럼 너무 싼 건 하지 말게. 왠지 기분이 안 좋을 것 같군. 허허허!"

"알겠습니다. 하하! 앉으시죠."

"아닐세. 수술하러 가다가 잠깐 들린 걸세. 오늘 10시까진 꼼짝 못 하고 수술실에 있어야 하거든."

"다들 바쁜데 저만 한가해서 죄송하네요."

"후후! 점심 먹은 후엔 그런 소리 못 할 걸세. 아마 화장실 갈 시간도 없을걸. 다름이 아니라, 이번에 고향에 내려간다면서?"

"네. 내일 밤에 가서 성묘 지내고 올라올 생각입니다."

"내려갔을 때, 어떤 분이 선물을 주면 거부하지 말고 받아오게."

"……?"

"그냥 그렇게 알고 있어."

"주는 선물을 마다하지 않는 성격은 아니지만… 혹시 신을 받으셨어요?"

그는 대답 대신 빙긋 웃더니 '축하하네'라고 말하곤 가버렸다.

도대체 무슨 소린지. 혹시 어디가 아픈 건 아닌지 걱정스럽다.

그의 나이를 생각하면 기억이 깜박깜박할 수도 있다.

"안 되겠다. 얼른 가서 검사를 해봐야겠다."

일어나서 나가려는데 다시 노크 소리와 함께 이틀간 같이 일하게 된 담당 간호사가 고개를 내밀었다.

"선생님, 입원 환자 오셨습니다."

"아! 들어오시라고 해요."

늦었다. 나중에 보기로 하고 일단은 입원하려는 고객(?)에게 집중을 해야 했다.

반백에 많지 않은 머리를 옆으로 늘어뜨려 민머리를 감춘 60대 초반의 중노인이었다.

"안녕하세요, 검사를 맡게 된 한두삼입니다."

"아! 그 유명한 한의사 양반, 맞죠?"

"유명한가요? 하하……. 근데 혹시 성함이?"

"김재득이에요. 안 그래도 한 선생에게 검사를 받아보고 싶어 이 병원으로 왔어요."

"잠시 확인할 동안 탈의실에서 편안한 옷으로 갈아입고 나오시겠어요?"

입원할 환자들의 명단은 받아둔 상태였다. 돋보기 모양을 클릭해 '김재득'이라고 친 후 확인 버튼을 누르자 그에 대한 진료 기록이 주룩 떴다.

죄다 강남에 있는 종합병원의 기록인 걸 보니 전에 그곳에서 치료를 받았나 보다.

특별한 병도 없지만 그렇다고 건강한 몸도 아니다.

그는 편안한 체육복 차림으로 나왔다.

"침대에 엎드리세요."

"안마를 받으면서 진맥을 하는 걸 봤는데 기대가 됩니다. 허허!"

이 아저씨 혹시 빠돌인가?

너무 기대를 하니 왠지 부담스럽다. 그렇다고 안 할 수도 없었다.

"시원하게 해드리죠."

부담도 잠시 두삼은 편안한 표정으로 김재득의 몸을 주무르기 시작했다.

혈을 눌러 몸을 활성화시키고, 근육을 풀어 쌓인 찌꺼기가 혈관과 림프관으로 스며들게 하고, 림프관을 림프절로 밀어 찌꺼기를 빼낸다. 이 모든 동작이 한 번 주무를 때마다 이루어지고 있었다.

안마를 하면서 지압과 림프 마사지, 근육 풀기를 같이하다 보니 최근에 실력이 확 늘어난 것 같다.

뭐랄까, 이젠 평범한 마사지라기보단 정말 치료 수준의 마사지가 됐다고 할까.

노련한 피아니스트의 손처럼 의지대로 움직여 피시술자의 몸을 주물렀다.

물론, 기운이 내부로 들어가 상처를 스캔하는 걸 잊지 않았다.

20분의 짧은 시간. 앞으로 올 사람들을 생각하면 더는 곤란했다.

"다 됐습니다."

"…벌써요? 한 시간쯤 더 받았으면 좋았을 텐데. 아! 나빴다는 게 아닙니다. 잠깐 동안 온몸이 완전히 풀어지는 느낌을 받았으니까요."

"좋으셨다니 다행이네요."

"그런데, 한 선생. 혹시 우리 회사에 들어올 생각 없어요?"

"네?"

"지금 받는 연봉의 두 배, 아니, 세 배를 주죠. 대신 내가 원할 때 안마만 해주면 됩니다."

이걸 뭐라고 해야 하지? 실질적인 연봉을 말해줘야 하나?

칭찬으로 듣기로 했다.

"말씀만이라도 감사합니다. 하지만 아직 배워야 할 것이 더 있어서요."

"마음이 바뀌면 언제든 말해요."

"알겠습니다. 검사 결과를 말씀드리죠."

"후우~ 잠깐만요. 동영상에서 본 사람처럼 심한 병이 있다면 마음의 준비를 할 수 있도록 '안타깝지만'이라는 말을 붙여줘요."

"유쾌한 분이시군요. 유감스럽게도 그런 말을 들을 일은 없겠네요. 건강검진의 결과처럼 혈압과 혈당 수치가 다소 높은 걸 빼면 특별한 이상은 없습니다."

"안마를 받을 때 느꼈던 좋은 기분을 다시 한번 느끼게 되는군요."

"다만! 술, 담배를 많이 하시죠?"

"조그마한 사업체를 하다 보니 신경 쓸 때가 많거든요. 명절 때가 아니면 제대로 쉴 시간조차 없죠."

"그래도 줄이셔야 할 것 같습니다. 몸 내부에 염증이 많습니다. 지금처럼 관리를 한다면 심각하기 전에 병을 찾을 순 있겠지만, 병이 생기는 건 막을 수 없습니다."

"…의사들은 말을 참 어렵게 해요. 단도직입적으로 말해주겠어요?"

"원하신다면 그러죠. 암, 심근경색, 치매 등 수많은 병의 원인입니다."

"…그 정도로 심해요?"

"네. 지금같이 생활하실 거면 3개월에 한 번씩 꼭 병원에 와서 검사를 받으세요. 6개월이면 위험하고, 1년이면 돌이킬 수 없을지도 모릅니다."

"겁주려고 한 말이죠?"

두삼은 고개를 좌우로 흔들며 말했다.

"사장님을 위해서 말씀드린 겁니다. 연봉의 세 배를 주신다는 분이 잘못되면, 보험 하나를 잃는 것과 다름없잖아요. 지금 증상은 쉬 피곤하고 알 수 없는 열기에 잠을 설치는 정도겠지만, 점점 심해질 겁니다. 염증을 없애는 음식과 약을 준비시킬 때니 쉬는 동안만이라도 염증을 줄이는 데 힘쓰세요."

"……."

진실을 말해줬는데도 김재득은 믿지 못하겠다는 표정을 지었다. 더 말해줄까 했지만 의심을 하고 있는 지금 말해봐야 소용없어 보였다.

이제부터 실력보다 말발을 키워야 하나 싶다.

말이 씨가 된다고 민규식 원장의 말은 그대로 실현됐다. 점심 이후로 화장실 갈 시간도 없이 몰아쳤고 금요일은 10시, 오늘은 저녁 8시까지 점심도 이 간호사가 사다 준 도시락을 먹으며 버텼다.

"더는 없지?"

"네, 선생님. 행정실에 얘기했더니 안 온 사람은 내버려 둬도 된답니다."

이 간호사는 군대를 제대하고 간호사가 됐는데 꽤 서글서글했다.

어제 점심을 먹으며 말을 텄다.

"휴우~ 다행이네. 지금 왔으면 휴식보다 머리에 상식부터 채우라고 말했을 거야."

"하하……. 어제는 10시까지 하셨잖습니까?"

"오늘은 토요일이잖아. 퇴근해야지. 이 간호사도 내일부터 휴일이지?"

"네. 이 일 덕분에 나흘간 쉬게 됐습니다."

"고향은 안 내려가?"

"집이 서울이라, 하하! 고향 안 가는 친구들이랑 신나게 놀려고 하고 있습니다."

"그렇구나. 이만 퇴근해. 명절 잘 보내고."

"선생님도 잘 보내십시오. 그럼 다음에 뵙겠습니다."

"고생했어요. 참! 이거 가져가. 명절에 고생한다고 챙겨주는 분들이 계셨거든."

손님들이 팁처럼 찔러준 돈과 상품권이 꽤 됐다. 두삼은 절반을 나눠 이 간호사에게 건넸다.

"아닙니다. 선생님이 받으신 거잖습니까."

"원래 팁은 같이 일한 사람끼리 나눠가지는 거야. 이틀이었지만 우린 팀이었잖아, 안 그래?"

"그래도 너무 많은데……."

"상품권은 명절 상 차릴 때 쓰고, 돈은 클럽 가서 써. 얼른 받아, 팔 아파."

"…감사합니다."

이 간호사가 떠나는 걸 보고 두삼도 하란에게 간다는 연락 후 얼른 정리를 하고 집으로 향했다.

하란은 떠날 준비를 하고 기다리고 있었다.

"저녁은?"

"못 먹었어. 하란이 넌?"

"기다렸지."

"샤워하고 근처에서 먹고 가자."

나흘 집을 비워야 해서 냉장고를 비워둔 상태라 간단히 먹고 가는 게 나았다.

준비를 마치고 집을 나섰다. 동네에서 저녁을 먹고 출발한 차는 고속도로 입구부터 막혔다. 다행히 금요일부터 어느 정도 차가 빠져나가서인지 주차장이라고 할 만큼은 막히지 않았다.

느릿느릿 움직이는 차 안에서 루시에게 운전을 맡기고 얘기를 나눴다.

아무래도 결혼이 머지않아서인지 결혼 후의 생활에 대해 얘기하는 경우가 많았는데, 오늘은 아이에 대한 얘기가 나왔다.

하란이 말했다.

"난 둘은 있었으면 해. 혼자 자라서인지 몰라도 형제자매 있는 사람들이 부러웠거든."

"나도. 아들, 딸 한 명씩이면 딱 좋겠다."

"그게 마음대로 되나? 뭐, 오빠가 원하면 맞출 때까지 노력해 보고."

"하하! 말은 고맙지만 키울 것도 생각해야지."

"뭐, 유모 구해서 도움받으면 되지. 혹시라도 유모랑 바람피울 생각 마. 그땐……."

"헐! 유모를 고용할 상상도 못 했거든."

"하긴. 한국은 아직 흔한 경우는 아니지."

"솔직히 난 그것보다 미세먼지가 걱정이야."

하란의 집에서 가장 잘되어 있는 건 당연히 루시다. 그러나 다음으로 잘 되어 있는 건 환기 시스템이다.

미세먼지가 많은 날 정원으로 나가면 탁한 먼지 냄새가 숨을 막히게 하는 느낌이다.

미세먼지가 나이를 가려가며 좋고, 나쁘겠냐마는 두삼이 보기엔 특히 자라나는 아이에겐 치명적일 수밖에 없었다.

더 심각한 건 위정자들이 미세먼지가 심할 때만 잠깐 일하는 척하는 것뿐이라는 것이다.

유명 의대 교수팀의 연구 결과, 미세먼지 농도가 올라가면 저체중 출산 위험이 올라가고 사산 위험도마저 올라가는 것으로 조사됐다.

　더 최악은 태어난다고 해도 폐 기능 장애를 가진 채 태어난다는 것이다.

　이러니 아이를 가진다는 것 자체가 공포다.

　옛날엔 미국 국적을 위해 원정 출산을 많이 했다면 요즘은 공기 때문에 원정 출산을 한다.

　"그건 그렇지. 어머니 댁에서 낳고 키울까?"

　둘 다 일을 하는 상황에서 말도 안 되는 소리였다. 물론 두삼 자신을 배려해서 한 말임 알고 있다.

　'이거 이사를 가거나 해외에서 생활하는 걸 심각하게 고민해야 봐야 할지도⋯⋯.'

　두삼이라고 여느 부모와 다르지 않았다. 아이에게 더 좋은 환경을 제공하고, 좋은 것만 주고 싶었다.

　경기도를 벗어나자 차가 서서히 달리기 시작했다. 그리고 통영대전고속도로를 타자 제 속도를 냈다.

　고향 집 근처에 도착하니 새벽 2시. 곧장 집으로 가지 않고 예약해 둔 하동의 호텔로 갔다.

　특급 호텔은 아니었지만 깔끔하니 괜찮았다.

　8시까지 잠을 자고 정갈한 아침을 먹은 후 고향집으로 갔다.

　"하란아, 어서 와! 아들도."

　"먼 길 오느라 힘들었지? 아침은?"

　"먹었어요. 작은아버지는요?"

"진주에 있는 경인이가 애를 낳아서 거기에 갔다. 간 김에 설을 보내고 온다더라."

이경인은 이봉래와 노혜자의 아들로 두삼보다 여섯 살 어렸다.

"헐! 그 꼬맹이가 애 아빠라고요?"

"네가 늦었다는 생각은 안 하냐?"

"네. 안 해요. 애는 건강하대요?"

"점심 먹고 가볼 생각인데, 가서 직접 확인해 보든가."

"당신이랑 나만 다녀오면 되지 온 식구가 갈 필요가 뭐가 있어요. 운전하고 내려오느라 힘든 애들한테 괜히 부담 주지 말아요."

"…아니, 그냥 오랜만에 얼굴이나 보라고 그런 거지."

어머니 말에 아버지는 찔끔하셨다.

예전이면 상상도 못 할 일이었지만, 요즘은 이 모습이 익숙하다.

젊었을 때 잘해야겠다는 생각이 새삼 든다.

"같이 가요. 일찍 가서 점심은 진주에서 먹고 다른 분들 만난 후에 시장도 같이 보고요. 두 분 다 냉면 좋아하시니 진주 냉면 먹어요."

어릴 때 아버진 냉면을 드실 때 습관처럼 냉면은 겨울에 먹어야 원래 제맛이라고 말하셨다.

"…그러든가. 그럼 들어가서 쉬고 있어."

"할아버지께 인사드리고요."

하란인 어머니와 얘기를 나눈다고 남고 아버지와 함께 할아버지의 위패가 있는 사당으로 갔다. 전에 왔을 때와 달리 리모델링이 되었는지 입구가 아파트 현관처럼 바뀌어 있었다.

"어! 싹 고쳤나 봐요?"

"너무 오래되고 어두워서 바꿨다. 나중에 손주 녀석들도 올 텐데 밝은 게 낫잖아."

"…너무 멀리까지 가신 것 같은데요?"

"애 안 낳으려고?"

"그건 아니지만."

"돈이 없는 것도 아닌데 가능하면 많이 낳아. 네 할아버지도 증손주들 많으면 좋아하실 게다."

비밀번호-할아버지의 제삿날-을 누르고 들어가자 사당 내부 역시 바뀌어 있었다. 마치 깔끔한 납골당 같다고나 할까.

"여기가 할아버지 자리다."

좌우로 당겨서 열 수 있는 옷장 같은 것이 여러 개 서 있는데 가장 우측에 있는 것을 열자 위패와 함께 할아버지가 쓰시던 물건이 놓여 있었다.

그중에 유독 눈에 띄는 게 있었는데 그건 바로 자신에게 능력을 줬을 것이라 생각한 장갑이었다.

"이 장갑은……?"

"아, 이거. 전에 할아버지가 환자들 환부를 만질 때 쓰던 위생 장갑이야. 전에 이곳에 놔뒀는데 봉래가 쓴 건지 집 뒤쪽 나무 쌓인 곳에 있어서 다시 갖다놨지."

"아!"

평상을 고칠 때 그곳에 벗어둔 모양이었다.

자신의 능력이 유전적으로 생겨난 것임을 확신하는 순간이었다.

"필요하면 네가 써."

"아뇨. 제가 쓰다가 잊어버렸었거든요."

"그랬냐? 그럼 얼른 인사드리고 나와라. 어차피 모레 제사 지낼 거잖아."

"네."

특별하게 뭔가를 하기 위해서 온 건 아니다. 그저 그동안 어떻게 지냈는지, 할아버지가 살아계셨으면 했었을 얘기들을 속으로 말하는 게 다였다.

두삼만의 할아버지를 대하는 방법이랄까.

15분쯤 있다가 위패함의 문을 닫고 나왔다.

진주로 출발하기로 한 시간은 11시. 뭔가를 하기엔 어정쩡한 시간이었기에 복분자를 마시며 잡다한 얘기를 나눴다.

어머니는 주로 하란과 얘기를 나눴고, 두삼은 아버지의 대화 상대가 되어드렸다.

"회사는 잘 다니고 계세요?"

"나중에 손주들에게 용돈 주려면 열심히 해야지."

"너무 무리하진 마세요."

"난 좀 무리해도 돼. 넘치는 힘 쓰지 않으면 사고나 치고 다닐걸."

"…이제 연세도 생각하세요."

"이놈의 힘은 나이랑 상관없어. 너도 알잖아. 아! 아직 어려서 모르려나? 일단 각성하고 나면 죽을 때까지 계속돼."

어째 돌아가시기 전까지 사고를 칠 수 있다는 얘기처럼 들려 무서웠다.

　그러고 보니 아버지는 할아버지가 일찍 돌아가신 이유를 알고 있을지도 모르겠다. 그러나 직접 묻기엔 아버지도 힘들어하실 것 같아 살짝 돌려 말했다.

　"힘은 좋을지 몰라도 할아버지는 건강에 비해 일찍 돌아가셨잖아요."

　"그건… 어? 내가 말해주지 않았냐?"

　"뭘요?"

　"아! 내 정신 좀 봐. 네 할아버지가 해준 말을 전해준다는 것이 그동안 네가 전화를 받지도 않는 통에 까맣게 잊고 있었네."

　"…제가 잘못한 겁니까?"

　"이제 와서 뭘 따지냐. 다른 건 아니고 절대 무리해서 기운을 운용하지 말라고 하셨다. 그러다 원기가 50% 이상 손상되면 돌이킬 수 없다고 말이야."

　"그럼 할아버지는 원기가 손상되셨던 겁니까?"

　"나에게도 별말씀 없으셨다만, 그러지 않을까 생각한다. 네 할아버지가 능력을 각성하신 게 6.25때라고 들었거든. 그땐 지금과 같은 환경이 아니었으니 사람을 살리려면 무리를 할 수밖에 없지 않았겠냐."

　할아버지는 당신의 몸에서 기운이 사라지는 걸 느끼고 죽음이 가까워졌다는 걸 아셨던 게 분명했다.

　아쉬운 것이 있다면 왜 자신에겐 일언반구도 하지 않았느냐는 정도.

'어린 나에겐 말하기 힘들 수도 있으셨겠지. 아버지처럼 늦게 각성을 할 수도 있는 일이니까.'

몇 가지 의문은 여전했지만 궁금한 것들이 이제야 이해가 됐다.

"특별히 무리한 건 아니지?"

아버지가 걱정스럽게 물었다. 표정을 보니 설령 무리를 했다 하더라도 말해선 안 될 것 같았다.

"한두 번 있었지만, 할아버지가 말씀한 정도로 무리한 적은 없어요."

"…다행이다. 괜스레 미국에서처럼 무리하지 마라."

"그럴게요."

막 얘기를 마무리하려고 하는데 밖에서 누군가가 부르는 소리가 들렸다.

"두삼아! 아버지! 어머니! 저 왔습니다!"

"어! 이거 만수 목소리 같은데?"

"그러게요. 제가 나가볼게요."

밖으로 나가니 오토바이를 타고 오느라 얼굴이 상기된 백만수가 서성이고 있었다. 두삼을 본 그는 활짝 웃으며 말했다.

"밖에 차를 보고 너 온 줄 알았다!"

"누가 보면 죽은 사람이 되돌아온 줄 알겠어요. 잘 지냈어요?"

"큭큭! 그나저나 TV에서만 보던 스타를 이렇게 보니 무지 반갑네. 인천에서 활약한 거 보고 놀랐는데, 미국에서도 제대로 한 건 했던데?"

"…그 얘기 하려면 가요."

"하하! 부끄러워하긴. 나쁜 짓 한 것도 아니고 좋은 일 한 건데 뭐가 그리 부끄럽냐."

"본론이나 말해요."

"어째 인기를 얻더니 더 까칠해진 거… 아! 미안. 그만 놀릴게."

눈을 좁히니 그제야 본론을 꺼냈다. 물론 입가의 웃음은 여전했지만 말이다.

"올 설날은 무슨 일이 있는지 호정이랑 엽상이랑 제일이랑 다들 내려왔더라. 그래서 한잔하기로 했는데 안 올래?"

김호정, 정엽상, 손제일은 동네에서 같이 놀던 형과 동갑내기 친구였다. 두삼이 먼저 공부를 위해 서울로 나왔고 다른 이들도 고등학교 졸업을 하면서 부산이나 진주 등 도시로 나간 것이다.

당연히 만나고 싶은 이들.

"저 진주에 다녀와야 해요. 봉래 아저씨 아들 이경인이 애를 낳았대요."

"진짜? 그 꼬맹이가 벌써?"

"걔도 올해 서른인데요."

"그런가? 하긴 내 나이를 생각하면 그 정도 됐겠네. 그래서 거기 갔다가 언제쯤 오는데?"

"서너 시쯤에 올 거예요."

"그럼 그때 합류하면 되겠네. 자리 잡으면 연락할게."

"알았어요."

"제수씨 데리고 올 거냐?"

"아뇨."

데리고 가면 무슨 얘기가 나올지 빤했다. 아마 과거의 흑역사와 여자 얘기는 백퍼센트 나올 것이다.

"미인이라고 너무 아끼는 거 아니냐?"

"그럼 형수 모시고 나와요. 얘기할 사람이라도 있어야죠."

"…내가 미쳤냐? 스스로 무덤을 파게."

"……."

"아무튼 좀 있다 보자."

"조심히 가세요."

그가 떠난 후, 우리도 진주로 떠날 준비를 했다.

*　　　*　　　*

"아기 너무 예쁘더라."

"그러게요, 어머님. 그 작은 애가 눈을 뜬 채 절 바라보는데 꼭 껴안고 싶더라고요."

"험! 두삼이 땐 잘 몰랐는데 귀엽더군. 딸이라서 그런가?"

이경인의 아기를 보고 돌아오는 길. 어머니도, 하란이도 심지어 아버지까지 예쁘다고 난리다.

"오빠가 보기에도 예뻤지?"

"으, 응. 귀엽더라."

"내가 보니까 두삼인 아기의 손을 잡고 놓을 줄을 모르더라. 남자가 아기가 예뻐 보이면 아이를 낳을 때가 됐다는데.

호호호!"

"……."

솔직히 귀엽긴 하지만 지금처럼 수선을 떨 만큼은 아니었다. 손을 잡은 건 그저 아기가 혹시 아픈 곳은 없나 걱정이 돼서 내부를 살펴본 것뿐이다.

기분 좋게 얘기하는데 찬물을 끼얹을 수 없었기에 장단을 맞췄다.

악양면에 도착한 두삼은 하란에게 핸들을 맡기고 차에서 내렸다.

"미안. 최대한 빨리 끝내고 갈게."

"20년 만에 만나는 거라면서. 난 부모님이랑 보내고 있을 테니까 천천히 놀다가 와. 늦으면 난 먼저 잘게."

아무리 성격이 좋다고 하지만 낯선 부모님과 시간을 보내는 것이 편할 리는 없을 것이다.

미안해하는 표정을 계속 짓고 있어서인지 하란이 말을 더했다.

"너무 미안해하지 마. 오빠가 미국에서 그랬잖아. 내 시간을 존중한다고. 나도 오빠의 시간을 존중해."

"알았어. 실컷 놀다가 들어갈게."

뒷좌석에 앉아 있는 부모님이 '외국에서 살았다더니 애정 표현이 남다르네요'라든가, '무뚝뚝하던 우리 아들 아닌 거 같아'라고 중얼거리는 소리가 들렸다.

생각해 보니 둘만 있었던 것이 아니다. 말이 더 나오기 전에 돌아섰다.

악양면의 주요 시설—면사무소, 보건지소, 마트 같은—이 모여 있는 중심지라고 해도 도시의 거리처럼 술집이 많지 않았다. 그래서인지 약속 장소는 테이블 몇 개 없는 치킨집이었다.

들어가자 한 테이블을 차지한 채 와자지껄 떠들고 있던 네 남자가 시선이 일제히 두삼을 향했다.

낯익은 얼굴들. 중학교 때 얼굴에 세월의 흔적만 조금 더해졌을 뿐, 길을 가다가도 대번에 알아볼 수 있을 것 같았다.

두삼은 자신도 모르게 들뜬 목소리로 외쳤다.

"호정 형! 엽상이 형! 제일아!"

"한두삼!"

"꼴통! 잘 지냈나?"

"일이삼! 어떻게 예전이랑 달라진 게 없냐?"

누가 먼저라 할 것 없이 어깨를 감싸며 안고, 악수하고, 어깨를 치고 정신없이 인사를 나눴다.

5분 정도 독차지하고 있는 치킨집을 시끄럽게 한 후에야 자리에 앉을 수 있었다.

"여기 오백 하나만 더 줘요! TV에서 자주 봐서 그런지 전혀 낯설지 않다."

한 살 많은 김호정이 말했다.

"형도 전혀 변하지 않았어요. 머리숱 관리는 좀 해야겠네요."

"핫핫핫! 행님아, 행님아! 하면서 졸졸 쫓아오던 두삼이가 어느새 커서 내 머리숱을 지적하네."

그랬었나? 한 살 차이에 키도 자신이 더 커서 오히려 가끔 때렸던 것 같은데…….

뭐, 사실이든 아니든 즐겁게 기억을 하고 있다면 그걸로 충분했다.

이번엔 정엽상이 말했다.

"근데 어떻게 너 같은 꼴통이 나라를 떠들썩하게 하는 한의사가 됐냐?"

"형들 따라다니느라 공부를 못 해서 그렇지, 원래 머리는 좋았거든요. 하하!"

"헐! 아무리 옛일이라고 해도 말은 똑바로 해라. 너 때문에 내가 공부 못한 거거든."

"형은 원래 머리가 안 좋지 않았나?"

"확! 죽을래? 입학하기 전에 구구단을 다 외웠던 나야. 아! 잠깐만 내가 공장 동료들한테 내 고향 동생이다, 라고 말해도 아무도 안 믿더라. 사진 한 장 박고 시작하자."

정엽상이 스마트폰을 꺼내 셀카 자세를 잡자 일제히 고개를 내밀며 포즈를 취했다.

"다른 놈들은 빠지지?"

"헐! 엽상이 부산물 먹더니 형은 보이지도 않는 모양이다. 옛날 기억나게 해줘?"

"…만수 형은 빼고요. 호정아, 대가리 좀 치워라."

"나중에 내가 유명해질 때를 대비해 하나쯤 가지고 있어라."

"지랄! 뉴스에나 나오지 마라."

셀카 찍는 것은 소란스러웠다. 돌아가면서 스마트폰을 꺼내 사진을 찍고 나서야 조용해졌다.

건배를 하고 나자 손재일이 말했다.

"두삼아, 근데 그거 진짜냐?"

"그거라니?"

"거 있잖아. 그러니까… 손을 딱 잡으면 상대가 어떤 병이 있는지 알 수 있는 거 말이야. 이상한 단체랑 대결할 때 대번에 아저씨의 병명을 맞췄잖아. 진짜 존나 신기하더라."

왜 이 질문이 안 나오나 했다.

사람들이 TV에 나온 인천 건물 붕괴 사고나 차이나타운 사건을 많이 알긴 하지만, 대부분은 그저 사람을 구하는 데 도움을 줬다는 정도밖에 모른다. 대신 진의모와의 대결하는 영상을 가장 흥미로워했다.

아무리 봐도 마술 같은 모양이다.

모르는 사람이 그랬다면 믿든지 믿지 않든지 그냥 웃고 넘겼을 것이다. 그러나 어린 시절 친구가 의심하는 건 사양이었다.

물론 증인은 있었지만 말이다.

"두삼이 실력은 진짜야. 두삼이가 우리 딸내미 복합 통증 증후군 고쳤다고 좀 전에 말했잖아."

"말로만 해선 모를 수 있죠. 간단히 테스트해 볼까? 손 내밀어 봐."

"…괜히 겁나는데."

"건강검진 받는다고 생각해. 자랑삼아 하는 말이지만, 나한테 건강검진 받으면 엄청 비싸다."

"일이삼, 자신감은 여전하구나?"

"홋! 자신감 빼면 시체지."

어린 시절 형들과 친구를 만나니 마치 당시로 돌아간 것처럼 호기롭게 말했다.

어쩌면 공중보건의 때 인생의 쓴맛을 느끼지 않았더라면 이상윤 저리가라 잘난 척하며 살고 있을지도 모르겠다.

쑥스러움을 감추고 손제일의 맥을 잡았다. 그리고 빠르게 살펴본 후에 말했다.

"몸이 전체적으로 나쁘지 않은데 왼쪽 어깨와 팔꿈치에 염증이 보여. 빨리 치료하지 않으면 움직이는 게 쉽지 않을 거야."

"헉! 지, 진짜였구나! 나 택배 하는데 가끔 왼팔이 찌릿찌릿 했거든."

"그리고 또 한 가지는 치질. 위나 장에는 문제가 없는데, 아마도 피곤했을 때 작게 난 치질이 쓸리면서 커진 것 같아."

"…대박! 너 진짜 한의사 맞구나."

"가짠 줄 알았냐?"

"과거의 널 생각하면 그럴 가능성도 있지. 그런데 치료는 못하냐?"

"일단 치료보다 술 마시지 마. 염증이 심해져."

"설날인데 그게 되겠냐?"

"쩝! 어쩔 수 없지. 점퍼 벗고 팔 내밀어 봐. 염증에 도움이 되는 침이랑 치질이 더 커지지 않게 해줄게."

"치질은 바지를 벗어야 하는 거 아니냐?"

"미친……. 그렇다고 하면 벗을래?"

"아니. 아무리 옛날에 발가벗고 놀던 사이라고 해도 이젠 무리지."

"나도 좋은 날 더러운 꼴은 보고 싶지 않다. 잔말 말고 얼른 꺼내. 술 먹다가 이게 뭐하는 건지 모르겠네."

투덜거리면서도 두삼은 들고 다니는 침통을 열었다. 그리고 알코올 솜으로 찌를 곳을 닦은 후 침을 들었다.

"따끔할 거다."

"살살 부탁… 아, 따가워!"

말이 끝나기 전에 그의 팔꿈치와 어깨에 침을 꽂았다. 당장 염증을 없애진 못해도 기운을 북돋고, 자신의 기운을 듬뿍 주면 조금은 나아질 것이다.

치질은 더 쉬웠다. 항문으로 내려오는 세 혈관이 있는데 그중 하나가 성난 치질에 피를 공급하고 있었다. 즉, 그것만 묶어버리면 더는 커지지 않을 것이다.

이미 성난 부분은 피를 뽑고 가라앉혀야 했기에 내일 집에 잠깐 들리라고 조용히 전할 생각이다.

손제일에 이어 김호정, 정엽상 두 사람 역시 병이 있는지 살펴봤다.

다행히 위산 과다 같은 사소한 병은 있었으나 크게 문제될 것은 없었다.

다들 침을 꽂고 있는 걸 보곤 백만수가 한마디 했다.

"술을 먹으러 온 거야? 치료를 받으러 온 거야?"

"이게 바로 병 주고 약 주고 아니겠습니까."

"하하하! 적절한 표현이네. 자! 약은 받았으니 이번엔 병을 주자고! 건배!"

"건강검진을 받고 아무 이상이 없다니 몸이 가뿐한 느낌이군요. 오늘 죽어봅시다!"

김호정, 정엽상, 손제일이 한마디씩 하고 술잔을 들었고, 모두 '쨍!' 하는 소리가 들리게 잔을 부딪친 후 술잔을 비웠다.

치킨 가게에서 1차를 마치고 2차는 조금 걸어서 백만수가 자주 찾는 식육 식당으로 갔다.

마블링이 먹음직하게 박힌 소고기에 소주를 마시며 이번엔 각자가 사는 얘기를 했다.

진주에서 농협 하나*마트의 정직원인 김호정, 부산 공장에서 일하고 있는 정엽상, 산청에서 택배 일을 하고 있는 손제일.

각자가 각각의 장소에서 열심히 살고 있었다.

그러나 세 사람 중 결혼한 사람은 없었다.

경제 이야기와 정치 이야기가 중간에 잠깐 나왔지만, 암울하고 답답한 얘기를 좋아하는 사람은 없었다. 금세 공통사인 과거의 얘기를 하며 웃었다.

백만수가 말했다.

"혹시 너희 호정이 섬진강에서 빠져 죽을 뻔했던 거 기억하냐?"

"하하하! 그날 진짜 대박이었죠."

"대박은 무슨……. 그 때문에 아직도 물을 무서워하고 있고만."

어린 시절 수영장이나 다름없었던 섬진강은 사실 해마다 한두 명은 물놀이를 하다가 빠져 죽을 만큼 위험한 곳이었다.

한데 그땐 죽음이라는 단어가 듣고 스쳐 지나가는 정도였는지, 날씨가 더워지면 어김없이 하천이나 섬진강으로 향하곤 했다. 그러다 보니 물놀이에 대한 추억은 웬만하면 하나둘씩은 가지고 있었다.

"진짜 대박은 엽상이었지. 호정아! 하고 뛰어가다가 모래사장에 곤두박질쳐서 기절했잖아. 그때 난 줄초상 치르는 줄 알았다."

"…아, 진짜! 그 얘기는 왜 또 꺼내요? 아주 평생 우려먹겠네. 그리고 그만큼 서둘러 가다 보니까 그런 거잖아요. 만수 형이랑 제일이, 넌 뭐 했는데?"

"우린 침착하게 대처할 준비를 하고 있었지. 너처럼 서두르다간 죽도 밥도 안 되잖아."

"개뿔! 무서워서 떨고 있었으면서."

"니가 봤냐? 아! 기절해서 아무것도 못 봤지? 캬하하하하!"

참 해묵은 얘기다. 그날 이후로 수십 번은 더한 얘기였지만 여전히 같은 패턴으로 싸운다. 20년이 지났지만 이다음 나올 얘기 역시 알고 있었다.

"두삼이네 할아버지가 아니었으면 호정인 진짜 죽을 뻔했지."

"두삼이가 침착하게 대응한 거지."

할아버진 빤히 섬진강에 가는지 알면서도 말리지 않으셨다. 말렸어도 어차피 갈 거라고 생각하셨는지도.

대신 수건과 함께 물에 잘 뜨는 슬리퍼와 가볍지만 질긴 끈을 챙겨주면서 혹시나 위험한 상황이 오면 묶어서 던지라고 말해주셨다.

그리고 그 덕분에 김호정은 살 수 있었다.

과거 얘기를 하며 소주를 먹다 보니 다들 은근히 취했다. 아직 8시가 조금 넘은 시간. 이대로 헤어지는 게 아쉬운 모양인지 엽상이 3차 얘길 꺼냈다.

"우리 좋은 곳에 가서 한잔 더 하자."

"여기에 좋은 곳이 있나? 하동에 나가야 하지 않나?"

"노래방에 가면 되지 않을까요?"

"…악양에 그런 곳이 있을 리가 없죠. 그러지 말고 그냥 가볍게 한잔 더 하고 들어가요.

총각 삼인방이 의기투합한다. 두삼은 별로인지라 부정적인 의견을 냈다. 그러나 백만수가 도와주지 않았다.

"있는데."

"오! 갑시다."

"대신 큰 기대는 하지 마라."

"에이~ 같이 노래나 부르자는 건데요. 남자들끼리 노래 부르면 재미없잖아요."

넷이 우르르 나가는데 뺄 수가 없어서 따라갔다. 근데 면내에서 약간 벗어난 곳으로 가는 거 아닌가.

좌우로 집도 없고 논밭밖에 없다.

김호정 역시 같은 의문이 들었는지 물었다.

"…이런 곳에 술집이 있어요?"

"응. 다 왔어. 저기 앞이야."

도착한 곳은 인적이 없는 곳에 위치한 오래된 판잣집이었다.

"…여기예요?"

"응."

"……"

"……"

"그러게 기대하지 말랬잖아. 그래도 겉으로 보는 거랑 달리 안에 들어가면 괜찮아."

"……"

"……"

썰렁한 겨울바람이 술을 깨게 만들었다.

*   *   *

김포공항 국제선 청사.

김광도는 입국장 앞에서 아들인 김장혁이 나오길 기다리고 있다.

악양의 한의원을 닫은 후, 웬 중국인에게 중의학을 배운다고 간 후, 거의 2년 만에 돌아오는 것이다.

작년에 잠깐 들어왔지만 그땐 나흘쯤 머물러 얼굴도 보기 힘들었다.

드디어 우르르 사람들이 나왔고 그중에 김장혁의 모습이 보였다.

"장혁아!"

"아버지!"

"고생했다. 이번엔 완전히 들어온 거냐?"

"예."

"많이 배웠고?"

"가면서 천천히 말씀드리겠습니다."

"아! 내 정신 좀 봐라. 가자!"

두 사람은 청사를 나와 대기하고 있는 차에 올랐다.

김장혁은 차에 오르자마자 물었다.

"그때 제가 부탁드린 건 어떻게 됐습니까?"

"한두삼 그놈의 입지를 좁혀두라는 거 말이냐? 차 실장에게 말해 일단 학교에 소문이 돌게 해뒀다. 여제자의 추문이라면 입지가 좁아지겠지."

"놈이 여제자랑 사귀고 있었습니까?"

"그건 아니고, 여제자가 그놈을 좋아했나 보더라. 사실이 중요한 게 아니니까."

"음, 근데 그것으론 부족하지 않겠습니까? 어차피 놈은 아직 총각이잖습니까."

"그 제자가 미성년자다."

"아!"

"그리고 걱정 마라. 차 실장이 또 다른 걸 준비 중인 모양이더라."

"입지를 좁히는 것에만 집중하고 손은 대지 말아주십시오. 제가 한강대학병원으로 가서 놈을 눌러 버리겠습니다."

"오랜만에 자신이 넘치는 모습을 보니 기쁘구나. 하하하! 그래, 내 아들인데 이래야지."

김장혁은 기뻐하는 김광도에게서 시선을 돌려 창밖을 봤다. 창밖으로 두삼의 모습이 보이기라도 하는 건지 인상이 굳어졌다.

'한두삼, 내가 왔다! 과연 그때와 같은 표정을 다시 지을 수 있는지 두고 보자! 네 모든 걸 뺏어주지!'

그는 각오를 다지듯 손을 꾹 쥐었다.

『주무르면 다 고침!』 14권에 계속…